CHRIS OFFUTT

EIN DRECKIGES GESCHÄFT

EIN KENTUCKY-KRIMI

AUS DEM ENGLISCHEN
VON ANKE CAROLINE BURGER

TROPEN

MIX
Papier | Fördert
gute Waldnutzung
FSC® C083411

Tropen
www.tropen.de
Die Originalausgabe erschien unter dem Titel »Shifty's Boys«
im Verlag Grove Press, ein Imprint von Grove Atlantic, New York

Cover: © Zero-Media.net, München
Fotos: © gettyimages/The Image Bank/Ron Watts (Explosion)
und FinePic®, München (Truck)
Gesetzt von Dörlemann Satz GmbH & Co. KG
Gedruckt und gebunden von CPI Clausen & Bosse GmbH
Übersetzungslektorat: Cathérine Fischer
ISBN 978-3-608-50186-5
E-Book ISBN 978-3-608-11999-2

FÜR SAM OFFUTT

Die Hügel verändern sich nicht.

CESARE PAVESE

KAPITEL 1

Wenn er erwachsen war, wollte er Rennfahrer werden. Das hatte Albin im Alter von acht Jahren beschlossen. Beim Bau von Modellautos hatte er verschiedene Bausätze zu ganz eigenen Hot Rods kombiniert, sie in Weiß und Grün bemalt und die Nummer Elf daraufgepinselt. In seiner Fantasie gewann er als jüngster Champion den Brickyard 400 und konnte sich von dem Preisgeld zu jeder Mahlzeit ein Eis kaufen. Dass er mit zweiundzwanzig Taxifahrer in seinem Heimatort Rocksalt, Kentucky, sein würde, hätte er sich im Traum nicht vorstellen können.

Der Großteil des Jobs bestand darin, im Auto zu sitzen und darauf zu warten, dass ihn die Taxizentrale anrief. In der restlichen Zeit fuhr er immer wieder dieselben Straßen ab, auf denen er in den vergangenen vier Jahren tausendmal unterwegs gewesen war – Asphalt, Lehm und Schotter. Die Karte der Gegend war in seinem Kopf eingebrannt. Er brauchte nur einen geistigen Blick darauf zu werfen, schon wusste er die beste Route. Ein paar Stammgäste hatte er: Männer, die stark alkoholisiert aus einer der beiden Bars im Ort kamen. Die meisten anderen Fahrgäste wollten zum Arzt oder mussten aus dem Krankenhaus heimgebracht werden. Sein Einkommen hing von diesen Kranken ab, und er war immer ein wenig enttäuscht, wenn sie wieder gesund wurden, was kein gutes Licht auf seinen Charakter warf, das war ihm klar.

Die vergangenen sechs Arbeitsstunden hatte er vergeblich auf einen Anruf gewartet. Er tuckerte über den kleinen Collegecampus, was abends komplett sinnlos war, aber er langweilte sich und musste endlich etwas verdienen. Die Main Street war wie leer gefegt. Er fuhr am neuen Gefängnis vorbei, ebenfalls reine Zeitverschwendung, weil nach Einbruch der Dunkelheit niemand mehr freigelassen wurde. In den Bars ging der Betrieb gerade erst los, und es würde noch Stunden dauern, bis die Besoffenen nach Hause wollten. Er rief in der Zentrale an, nur um ganz sicherzugehen, dass sein Handy auch wirklich funktionierte, wo man ihn aber nur dafür zusammenstauchte, dass er die Leitung blockierte.

In Rocksalt gab es nur wenige Stellen, an denen sich gut auf Fahrgäste warten ließ. Am besten eignete sich der Parkplatz einer Apotheke in der Ortsmitte, aber Albin war schon zweimal von Pillbillys überfallen worden, die ihr gesamtes Geld für verschreibungspflichtige Opiate ausgegeben hatten und mehr brauchten. Wurde langsam Zeit, sich ein ruhiges Plätzchen zu suchen, zweimal an seinem Joint zu ziehen und ein bisschen vom Rennfahrerdasein zu träumen. Es bräuchte nichts weiter als einen wichtigen Promoter, der aus irgendeinem Grund zu ihm ins Taxi stieg – der würde Albins Können am Lenkrad sofort erkennen.

Seinen ersten Gokart hatte Albin bei Western Auto gekauft, einem Laden, der schon vor etlichen Jahren dichtgemacht hatte. Besonders gut hatte Albin gefallen, dass man Western Auto auch durch den Hintereingang betreten und von dort mehrere Stufen hinunter zur Verkaufsfläche gehen konnte. Nirgendwo sonst im ganzen County gab es einen so großen Verkaufsraum, und als Teenager war er aus dem Staunen gar nicht mehr herausgekommen.

Jetzt war der geteerte Parkplatz hinter dem Laden voller Schlaglöcher, manche Krater waren so tief, dass es in den Stoßdämpfern krachte. Überall lagen Fast-Food-Tüten und leere Colaflaschen herum. Bedächtig steuerte Albin seinen Lieblingsplatz direkt vor der früheren Glastür an, die seit Langem mit Sperrholz vernagelt war. Dort warf das Vordach einen Schatten, unter dem man nicht in sein Taxi blicken konnte. In einer Ecke lag etwas seltsam Geformtes auf dem holprigen Boden, und Albin schaltete das Fernlicht ein. Jemand lag an dem kaputten Zaun und schlief, jemand, der sicher nach Hause gebracht werden musste.

Albin stieg aus, etwas, was Taxifahrer nur ungern tun, und näherte sich dem auf dem Rücken liegenden Mann. Ein Arm lag verdreht unter ihm, der andere schien sich Hilfe suchend am Boden nach Albin auszustrecken. Seine Kleidung war übersät mit dunklen Flecken. Albin hielt sie für Schlamm, bis er näher kam und sie als getrocknetes Blut erkannte. Er stolperte zu seinem Auto und alarmierte den Notruf. Er war froh, dass er noch nicht an seinem halben Joint gezogen hatte, und versteckte ihn in der USB-Ladebuchse am Armaturenbrett, bevor die Polizei eintraf.

KAPITEL 2

Mick Hardin wachte auf. Er hatte geträumt, er läge in seinem Kinderbett und könne sich nicht bewegen. Seine Lider waren schwer, und er fragte sich, ob er gestorben war, und jemand hatte ihm Pennys auf die Augen gelegt. Die Münzen sollten dafür sorgen, dass die Augen zublieben; außerdem hatte man so eine Bezahlung für den Fährmann dabei, der die Toten über den Unterweltfluss Styx brachte. Mick lag wach da und dachte an den Sprengstoffanschlag, der ihn drei Wochen lang ins Armee-Lazarett befördert hatte. Aus dem Krankenhaus entlassen, war ihm befohlen worden, sein Bein mit Physio wieder fit zu machen, eine langwierige und schmerzhafte Angelegenheit. Vom Bett hatte er sich zum Rollstuhl hochgearbeitet, dann ging er drei Monate lang an Krücken. Schließlich war er auf einen Stock umgestiegen, mit dem er sich aber nur ungern in der Öffentlichkeit sehen ließ.

Sein Vorgesetzter, Colonel Whitaker, schenkte ihm einen beschrifteten Veteranen-Krückstock. Das leichte Stück aus Aluminium war schwarz und trug die Aufschrift: »KEIN FUSS DEM FEIND«. Die Buchstaben waren vertikal darauf gedruckt, und von oben sah es so aus, als stände da »KEIN FASS DEM FEIND«. Wenn er mit dem Stock ging, musste Mick an das Regenfass neben der alten Hütte seines Großvaters mitten im Wald denken, in dem das Wasser so kalt war, dass es beim Untertauchen an den Zähnen wehtat. Mick machte bei allen Reha-Maßnahmen mit, bis er wieder selbstständig im Stützpunkt herumhumpeln konnte, dann bat er, sich zu Hause auskurieren zu dürfen. Seine Frau könne ihn versorgen und zum nächstgelegenen Veteranenkrankenhaus im achtzig Meilen entfernten Lexington fahren. Der Colonel willigte ein, unter der Bedingung, dass Mick sein Handy eingeschaltet ließ und auf alle Anrufe reagierte. Mick hatte zugestimmt und war nach Hause geflogen.

Jetzt öffnete er die Augen. Er lag im Haus seiner Mutter, nicht in der Hütte, in der er seine Jugend verbracht hatte. Er war müde, seine Glieder waren bleischwer – eine Folge der starken Schmerzmittel. Er hatte sich von Fentanyl direkt nach dem Sprengstoffanschlag zu Morphin und seit der Entlassung zu Percocet hochgearbeitet. Das schluckte er immer noch, auch wenn die momentanen Schmerzen solche schweren Geschütze eigentlich nicht mehr erforderlich machten.

Er hatte Colonel Whitaker angelogen. Mick hatte keine Frau, die ihn versorgen könnte. Sie hatten sich vor einem Jahr getrennt. Die Scheidungspapiere lagen, zusammen mit seinem abgeschalteten Handy, ohne Unterschrift in Micks Koffer. Er wartete auf einen Grund, die Papiere zu unterschreiben und sich von sechzehn Ehejahren loszusagen. Trotz der Umstände passte es ihm nicht. Genauso wenig wie die Tatsache, dass er im Gästezimmer seines Elternhauses schlafen musste. Micks Schwester Linda hatte es nach dem Tod ihrer Mutter geerbt. Linda war viel beschäftigter Sheriff im County und selten zu Hause, da sie sich gerade mitten im Wahlkampf um ihre Wiederwahl befand.

Der Wecker auf dem Nachttisch zeigte halb elf, und Mick wusste, dass Linda schon relativ bald zum Mittagessen da sein würde. Ihm blieb noch genug Zeit, um seine täglichen zwei Meilen zu gehen und sich hinterher mit einer Percocet zu belohnen. Er trat aus dem flachen Ranchhaus am Ende der Lyons Avenue und ging zügigen Schrittes los. Auf mehreren Nachbargrundstücken leuchteten die gelben Forsythienbüsche in der Frühlingssonne. Obenauf zeigten sich schon erste grüne Blattspitzen. Auch die Narzissen blühten. Am Hang oberhalb der Straße sah Mick Kanadischen Judasbaum und Hartriegel rosa schimmern. Kentuckys Hügel und Berge waren zu jeder Jahreszeit wunderschön, aber nie so wie im Frühling, wenn das Land so viel Hoffnung versprühte. Die Schönheit war überwältigend. In Micks Leben war eine Menge schiefgegangen, und hier war er nun, lebte unter dem Dach seiner Mutter und leckte sich die Wunden, versorgt von seiner wenig mütterlichen Schwester. Kurz musste er über die Absurdität der ganzen Situation schmunzeln.

Eine Nachbarsfrau winkte ihm aus dem Blumenbeet zu. Hinter einem anderen Haus kamen zwei Hunde hervorgetrottet, die Mick so begeistert begrüßten, dass ihr ganzes Hinterteil wedelte. Mick mochte sein Tempo nicht verlangsamen und kraulte sie im Vorbeigehen. Sein Bein tat weh, aber kräftig auszuschreiten, fühlte sich trotzdem gut an. Er war fast vollständig genesen. Täglicher Sport war die letzte Phase der Reha, damit die Muskeln wieder aufgebaut wurden, die sich beim wochenlangen Herumliegen in trostlosen Krankenhausbetten zurückgebildet hatten. Auf der anderen Straßenseite war Miller unterwegs, der Postbote, den Mick noch aus der Schule kannte. Er hatte einen der wenigen Behördenjobs im Ort ergattert, obwohl sich über vierhundert Leute auf die Stelle beworben hatten. Wie Miller das geschafft hatte, war immer noch allen ein Rätsel.

Insgeheim verfluchte Mick sich für das schlechte Timing – jetzt würde er mit jedem an der Straße, der zum Briefkasten ging, um nach der Post zu schauen, ein Schwätzchen halten müssen. Und tatsächlich: Old Man Boyle beobachtete von seinem Briefkasten aus, wie Mick näher kam. Er trug eine Hose mit Bügelfalte, braune Lederschuhe und ein bis oben zugeknöpftes Hemd, als habe er sich extra für den Gang vor die Tür schick gemacht. Bull Boyle hatte selbst in Vietnam gedient und einen seiner Söhne im Irakkrieg verloren. Er empfand eine gewisse Sympathie für Mick, durchsetzt mit einer Menge Bitterkeit darüber, dass Mick mehr oder minder intakt aus dem Krieg zurückgekommen war. Hinter beiden Ohren trug Boyle große, halbmondförmige, hautfarbene Hörgeräte. Mick erkannte sie als die scheußlichen Uraltmodelle, die kostenlos an Kriegsveteranen ausgegeben wurden.

»Wie läuft die Maschine?«, fragte Boyle und zeigte auf Micks Bein.

Mick verlangsamte respektvoll den Schritt.

»Jeden Tag besser«, antwortete er. »Und, was Gutes in der Post?«

»Und ob. Ich habe zweitausend Dollar gewonnen. Muss nur zum Chevy-Händler gehen und sie mir abholen. Dafür kriege ich ein schönes Verkaufsgespräch und ein Paar Kopfhörer. Was soll ich damit machen, bitte schön? Damit sehe ich doch aus wie ein wandelnder Elektroladen.«

Mick musste lächeln.

»Wie geht's deiner Schwester?«, fragte Boyle.

»Gut, ständig will sie was von mir. Ich mache meinen Spaziergang nur, damit sie mich eine Stunde lang nicht nerven kann.«

»Sie ist ein guter Gesetzeshüter, so als Frau«, sagte Boyle. »Ich wähle sie.«

»Linda meint, es könnte knapp werden.«

»Der andere Bursche taugt nichts. Er hält sich für einen echten Windhund, und das würde er auch noch tun, wenn er ein Holzbein hätte.« Er warf einen entschuldigenden Blick auf Micks Bein. »Das war jetzt nicht persönlich gemeint.«

»Schon klar, Mr. Boyle. Ich muss dann mal weiter, sonst wird's noch steif, das Bein.«

»Brav«, erwiderte er. »Bis bald mal wieder.«

Mick legte einen Zahn zu und lauschte dem schwach hörbaren *Pop* in seinem Knie und dem eingebildeten Knirschen in der Hüfte. Luftlinie war es nur eine Viertelmeile vom Haus seiner Schwester bis zur ersten Querstraße, aber die Lyons Avenue folgte einem gewundenen, aus den Bergen kommenden Bachlauf, deswegen hatte er eine ganze Meile zurückzulegen. Zweimal wechselte er auf die andere Straßenseite, um Bekannten auszuweichen.

Vater Hardin war jung gestorben, und Linda war bei ihrer Mutter geblieben. Mick hatte vom achten Lebensjahr an bei seinem Großvater und Urgroßvater gelebt, mitten im Wald, zwölf Meilen vom Ort entfernt. In der Kleinstadt hatte er sich noch nie zu Hause gefühlt. Er hatte nichts gegen Rocksalt im Besonderen, es ging einfach um Menschenansammlungen im Allgemeinen. Im Ort brauchte man eine gewisse Umgänglichkeit, eine kleinstadttaugliche Fassade, die ihm abging. Hier sagte man das eine, meinte aber etwas ganz anderes. Die Leute konnten mit seiner offenen Art nicht umgehen. Ihm war die Direktheit der Landbevölkerung und Armeeangehörigen lieber.

Die Lyons Avenue endete an der Second Street, ein Name, über dessen Einfallslosigkeit sich Mick immer wieder amüsieren konnte. In einer Großstadt waren solche Bezeichnungen vielleicht sinnvoll, weil es viele Querstraßen gab, aber ganz Rocksalt hatte nur drei Kreuzungen: Main Street, First Street und Second Street. Mick machte kehrt und lief zurück zum Haus seiner Schwester. Zwei Autos fuhren vorbei, und er winkte, ohne hinzugucken. An Rücken und Beinen floss ihm der Schweiß herunter. Er bekam genug Luft, sodass er sein Tempo auf Eilmarsch steigern konnte, Blick strikt geradeaus, Wachsamkeit an den Blickfeldrändern. Das Haus tauchte vor ihm auf, und er verfiel in einen Laufschritt, zählte den Rhythmus im Kopf mit, hundertachtzig Schritte pro Minute, bis er an der Einfahrt ankam.

Hechelnd wie ein Hund ließ er sich gegen die Außenwand fallen und trank aus dem Gartenschlauch. Mick war sehr zufrieden mit seinem Fortschritt – er fühlte sich fast stark genug, um zum Dienst zurückzukehren. Die Frau, mit der er sechzehn Jahre lang verheiratet gewesen war, lebte mit einem anderen Mann und dem gemeinsamen Kind im Nachbarort. Im besten Licht betrachtet, war es nichts weiter als der Kollateralschaden einer langjährigen Stationierung in Übersee. Weniger positiv betrachtet, hatte er als Ehemann versagt.

KAPITEL 3

Sheriff Linda Hardin fuhr mit dem Dienstwagen nach Hause, um zusammen mit ihrem Bruder Mittag zu essen. Sie liebte die Lyons Avenue, in der sie aufgewachsen war. In dieser Straße hatte sie das Fahrradfahren gelernt, war in der Adventszeit von Tür zu Tür gegangen, um Kerzen für ihre Schule zu verkaufen, hier hatte sie sich mit einer Freundin getroffen und heimlich geraucht. Linda kannte sämtliche Nachbarn, von denen keiner vorhergesagt hätte, dass sie der erste weibliche Sheriff in der Geschichte des Countys werden würde. Sie fuhr gern schnell, aber in ihrer eigenen Straße drosselte sie immer das Tempo, damit jeder den großen SUV mit dem offiziellen Abzeichen auf den Türen und dem Blaulichtbalken auf dem Dach ausgiebig bewundern konnte.

An diesem Morgen war zwar viel los gewesen, aber nichts dabei herausgekommen – ein herrenloses Auto, das auf einer Lehmpiste bei Big Brushy stand, nicht zu entziffernde Graffiti auf einer Scheune und vier wilde Hunde, die eine Kuh jagten. Am Nachmittag hatte Linda einen Gerichtstermin. Kein schlechtes Leben für eine alleinstehende Frau, verbunden mit einem guten Einkommen. Das Einzige, was ihre Laune etwas trübte, war ihr Bruder, der sich von der Sprengstoffverwundung in Afghanistan körperlich erholt zu haben schien, aber immer noch Schmerzmittel schluckte und kaum aus dem Haus ging. Seine Anwesenheit war überall zu spüren, er füllte jeden Raum mit seiner verwundeten Seele. Sie liebte ihn, er war ihr Bruder, aber sie lebte lieber allein.

Als sie in die Einfahrt fuhr, sah sie, dass Mick an der hölzernen Hauswand lehnte und sich den Wasserschlauch über den Kopf hielt. Das Wasser bildete einen Kegel um sein Gesicht wie ein Schleier. Es war seine erste Dusche seit vielen Tagen.

»Hey, Mick«, sagte sie. »Schön, dass du dich mal ordentlich wäschst.«

Er nickte, sodass der Wasserschleier schwankte wie ein Duschvorhang. Als Linda ins Haus trat, um ihm ein Handtuch zu holen, verzog sie das Gesicht: Alle lagen noch genauso sauber und ordentlich gefaltet da wie vor einer Woche. Sie brachte das Handtuch nach draußen.

»Nicht, dass du mir das ganze Haus nass tropfst«, sagte sie.

Mick stellte den Wasserhahn ab.

»Was ich dich mal fragen wollte«, sagte sie. »Warum duschst du eigentlich nicht? Wegen deinem Bein?«

»Nein«, antwortete er.

»Das geht mir echt total auf den Senkel.«

»Hättest du mir das mal gesagt, als du noch mehr als einen Senkel hattest.«

Sie schmunzelte.

»Also?«

»Bei der Armee habe ich jeden Tag geduscht, manchmal sogar zweimal am Tag. Zum Teil wegen dem vielen Staub in der Wüste. Aber hauptsächlich, weil man nie wissen konnte, wann man wieder Gelegenheit dazu haben würde.«

»Schon klar, und?«

»Bei dir gibt es immer fließend Wasser. Wenn ich weiß, dass ich jederzeit duschen kann, brauche ich's nicht unbedingt zu tun.«

»Diese Logik geht auf keine Kuhhaut, großer Bruder.«

»Verständlich«, sagte er. »Irgendwie kommt mir momentan gar nichts logisch vor.«

»Das liegt wahrscheinlich an den Pillen, die du dir dauernd reinpfeifst. Warum schluckst du die Dinger eigentlich noch?«

»Weil ich hier bei dir rumhänge, statt bei meiner Frau zu wohnen. Besser als Whiskey zu saufen.«

»Vielleicht kehrst du besser zurück.«

»Zum Whiskey?«

»Nein, nach Deutschland zu deinem Stützpunkt. Zu dem Leben, wie du es dir eingerichtet hast.«

»Noch nicht«, erwiderte er.

Er ging davon und rubbelte sich dabei den Kopf trocken. Linda sah ihm hinterher. Sie machte sich Sorgen um ihn, aber er war ein erwachsener Mann, und ihre Karriere war momentan wichtiger. Vor einigen Jahren war Linda Dispatcherin beim Sheriff geworden. Sie war selbst erstaunt darüber gewesen, dass es ihr Spaß machte, Teil einer größeren Sache zu sein und für das Wohl des Countys zu arbeiten. Als sein Deputy wegen eines Skandals um sexuelle Belästigung zurücktreten musste, hatte man Linda die Stelle angeboten. Die Politiker hofften, mit der Ernennung des ersten weiblichen Deputys etwas gegen die negativen Schlagzeilen auszurichten. Widerstrebend sagte Linda zu, hauptsächlich, weil es mit einer Gehaltserhöhung verbunden war. Dann starb der Sheriff ganz überraschend, und Linda übernahm seine Stelle. Nicht der dienstälteste Deputy – ein fauler Nichtsnutz, der nebenbei noch auf der Müllkippe arbeitete und es dort unglaublicherweise geschafft hatte, drei Müllautos zu Schrott zu fahren. Eine beeindruckende Leistung. Er gab seine Stelle auf, Linda ernannte Johnny Boy Tolliver zu ihrem Deputy und brachte sich das Sheriffshandwerk selbst bei.

Eigentlich hatte sie nicht vorgehabt, jetzt bei der Wahl um das Amt des Sheriffs anzutreten. Geplant war, den Posten zu bekleiden, bis Neuwahlen ausgeschrieben wurden, und den Sieger darum zu bitten, als Dispatcherin weiterarbeiten zu dürfen. Aber dann bewarb sich ein ausgemachter Idiot und Frauenfeind um die Stelle. Ihn von dem Amt fernzuhalten, wurde zu Lindas neuem Ziel im Leben. Gewann er die Wahl, würden sich nur all die Betonköpfe bestätigt fühlen, die dagegen waren, dass eine Frau Autorität ausübte.

Außerdem machte sie ihre Sache gut. Ihre Familiengeschichte kannte eigentlich jeder – der Vater ein Säufer, die Mutter hatte das Haus nicht verlassen, der Bruder ein schwieriger Typ mit Eheproblemen. In Eldridge County galt sie als vertrauenswürdig, weil all diese Dinge über sie bekannt waren. Linda war davon überzeugt, dass sie die Wahl gewinnen konnte, wenn ihr Bruder nirgendwo für Schwierigkeiten sorgte. Nach außen wirkte er ruhig und berechnend, aber sie wusste, dass er manchmal auch völlig impulsiv handelte. Bei ihm wusste man nie, was als Nächstes kam. Vielleicht sollte sie eine Razzia bei einem Dealer durchführen, das Zeug beschlagnahmen und so dafür sorgen, dass Mick ausreichend Opiate zur Verfügung hatte. Solange er betäubt war, bestand kein Risiko, dass er ihr bei der Wahl in die Parade fahren würde. Im Notfall könnte sie ihn wegen unerlaubten Besitzes von Betäubungsmitteln einbuchten und zurück zur Army verfrachten lassen. In sich hinein grinsend betrat sie das Haus.

Mick hatte für sie beide etwas zu essen auf den Tisch gestellt – mit Pute und Käse belegte Sandwiches, Kartoffelchips, dazu Limonade. Eine leicht angespannte Stimmung lag in der Luft. Er aß schweigend, als ob er in der Truppenküche sitzen würde – Arme schützend vor den Teller gebreitet, Augen aufs Essen gerichtet. Linda durchforstete ihr Gehirn nach einem unverfänglichen Thema, um die Stimmung etwas aufzulockern, was schwierig war, da so viele wichtige Themen tabu waren – seine Frau, seine Verwundung, die Schmerzmittel und jetzt sogar sein verdammtes Duschverhalten.

»Ach, ich muss dir was erzählen«, sagte sie. »Neuigkeiten aus dem Ort.«

Er nickte kauend.

»Vor zwei Tagen hatten wir eine Leiche.«

»Ach, nur eine?«

»Genau, du Witzbold, einen Toten. Jedenfalls kennst du ihn.«

Sie wartete darauf, dass er Interesse an der Welt jenseits seines Tellerrands zeigte. Stattdessen sah er sie nur abwartend an.

»Es war Fuckin' Barney«, sagte sie.

»Dealt der immer noch Heroin?«

»Seit zwei Tagen nicht mehr«, antwortete sie.

Sein schnelles Grinsen war, als würde die Sonne urplötzlich hinter einer schwarzen Wolke hervorblitzen und dann wieder verschwinden. Linda freute sich über ihren Triumph.

»Und, wen hast du im Auge?«, wollte er wissen.

»Niemanden. Fällt in den Zuständigkeitsbereich der Polizei. Barney Kissick lag hinter dem Western Auto. Mit drei Schüssen getötet.«

»Ich dachte, der Laden hätte dichtgemacht.«

»Hat er auch«, antwortete sie. »Es ging nicht um den Laden.«

»Und worum dann?«

»Drogen«, sagte sie. »Ist doch immer das Gleiche. Kannst du den Abwasch übernehmen? Das wäre nett. Und stell dich verdammt nochmal unter die Brause. Ich muss los, ich hab eine Verhandlung.«

Sie erhob sich von dem uralten Küchentisch, richtete ihren Dienstgürtel und ging. Mick fragte sich, welche Laus ihr über die Leber gelaufen sein mochte. Als guter Soldat befolgte er ihren Befehl, dann schluckte er ein Percocet und legte sich aufs Sofa. Eine Tablette blieb ihm noch. Er konnte sie bis morgen aufsparen oder gleich nehmen. Er nahm sie gleich. Morgen würde er das bereuen, wenn der Drang nach einer weiteren Pille heftig sein würde, aber es gab eh schon so viel zu bereuen. Zu bereuende Dinge türmten sich um ihn herum auf wie Brennholz. Lange war er nicht mehr krankgeschrieben. Bis dahin musste er von den Medikamenten weg sein. Ohne Tabletten würde die Zeit noch zäher vergehen.

Und dann fingen die Opiate an zu wirken – bei Weitem nicht so stark, wie er das gern hätte, aber stark genug, damit jedes Zeitgefühl verschwand. Es war schön, die Sonne zu beobachten, wie sie zum Fenster hereinschien.

KAPITEL 4

Vier Tage später fühlte Mick sich schon neunzig Prozent besser. Seit er das Percocet nicht mehr nahm, hatte sich die Benommenheit gelichtet. Die ab und an hochkommenden Gelüste, nicht so sehr nach Opiaten oder Whiskey, sondern nach Flucht allgemein, hatte er niedergekämpft. Mick wusste, dass er sich glücklich schätzen konnte - er trank gern Alkohol, jetzt wusste er auch, dass ihm Betäubungsmittel zusagten, aber er hatte keinen Hang zu Suchtverhalten. Er konnte sich einfach von der Sucht verabschieden, als würde er einen Schalter umlegen. Die ersten paar Tage waren allerdings schlimm. Noch schlimmer war es zu wissen, dass man den Schalter auch jederzeit wieder in die andere Richtung kippen konnte.

Sein Todfeind war die Langeweile, deswegen legte er jetzt zwei, immer länger werdende Märsche pro Tag ein, erst drei, dann fünf, schließlich sechs Meilen. Das Bein tat nur nachts weh. Er räumte auf und duschte jeden Tag, was die Laune seiner Schwester verbesserte. Von den Hardin-Angehörigen lebte sonst niemand mehr. Beide hatten keine Kinder. Es gab nur seine Schwester und ihn, da konnte man auch genauso gut miteinander zurechtkommen. Mick beschloss, es mit Fernsehgucken zu probieren, aber auf jedem Kanal liefen Sendungen mit viel Sex, Zombies, Serienmördern oder depressiven Polizisten. Die Komödien waren nicht lustig. Er fand eine Doku über Atlantis, einen Ort, den es möglicherweise mal gegeben hatte, aber niemand wusste, wo, mit vielen Aufnahmen vom offenen Meer. Wie konnte man so was als Dokumentarfilm bezeichnen?

Jemand klopfte an der Vordertür, was seltsam war, da die meisten Leute zur Seitentür durch die Küche ins Haus kamen. Mick stellte den Fernseher aus und öffnete die Tür. Vor ihm stand Mason Kissick. Sie musterten einander wie Männer, die vom Land kamen, sich mit der Situation und der Stadt unwohl fühlten und erst einmal abwarteten, wie der andere reagierte. Mason senkte das Kinn zum Gruß.

»Mick«, sagte er.

»Mason.«

Damit war die Begrüßung ausgestanden, und eine weitere Minute verging, in der Mick sich fragte, was der Bruder von Fuckin' Barney wohl von ihm wollte. Mason stand nur da, wie ein Baum, dem kein Sturm der Welt etwas anhaben konnte.

»Hab gehört, du wärst angeschossen worden, bei denen da drüben«, sagte Mason.

»Nee, bin in die Luft gejagt worden. Ein USBV.«

»Scheiße. Ich hab auch einen USB-Stick daheim. Wusste gar nicht, dass die explodieren können. Hat das wehgetan?«

»Ein USBV ist eine selbst gebaute Bombe, Mason. Worum geht's?«

»Mommy schickt mich. Sie will mit dir reden.«

»Dann bring sie her.«

»Sie kommt nicht in den Ort. Sie hat mich geschickt, ich soll dich holen kommen.«

»Als deine Mutter und ich das letzte Mal miteinander geredet haben, sind wir nicht gerade im Guten auseinandergegangen.«

»Sie hat gesagt, ich soll dir ausrichten, das ist Schnee von gestern.«

»Was will sie von mir, Mason?«

Er schüttelte den Kopf. »Darf ich nicht sagen. Sie will's dir selbst erklären.«

Mick überlegte. Bisher war er noch nicht weiter als bis zur Apotheke oder zum Krankenhaus gekommen. Einmal war er zu seinem früheren Haus gefahren, das jetzt leer stand, seit seine Frau ausgezogen war. Er hatte ein paar Klamotten geholt. Das hatte ihn derart deprimiert, dass er sich schwor, nie wieder zum Haus zurückzukehren. Ein Ausflug ans andere Ende des Countys würde ihm guttun.

Mason navigierte seinen Taurus mit äußerster Vorsicht. Offenbar hatte er keine Übung darin, in der Stadt Auto zu fahren. Jedem Stoppschild näherte er sich schleichend, mit mehrmaligem, angedeutetem Halten und dann einem langen Stopp direkt vor dem Schild. Wenn er sich restlos versichert hatte, dass eine Weiterfahrt gefahrlos möglich war, machte er einen plötzlichen Satz auf die Kreuzung, wo er noch einmal schnell auf die Bremse trat, als wolle er einem in letzter Sekunde entgegenkommenden Fahrzeug, das er womöglich übersehen haben könnte, ausweichen. Mick starrte aus dem Fenster. Er hatte bei der Army schon schlimmere Fahrer erlebt. Die mit großem Abstand schlechtesten waren die irakischen Zivilisten.

Das helle Grün des Frühlings hatte sich über das Land gelegt. Jede frische Blattknospe strebte der Sonne entgegen. Mit den in Blüte stehenden Bäumen sprühten die Berge nur so vor Energie, den zarten Blättern der Ahornbäume, den neugeborenen Tieren – Rehkitze, Kaninchenjunge und naive kleine Schlangen. Das Licht war sanft, der Himmel pastellgetönt. Es war ein gutes Gefühl, mal rauszukommen, in Bewegung zu sein, ein Ziel zu haben, auch wenn es nur Masons Mutter war. Bei der letzten Begegnung mit Mrs. Kissick waren sie beide bewaffnet gewesen. Sie war eine harte Frau.

Mason bog von der Asphaltstraße ab auf die ungeteerte Zufahrt, die zum Haus seiner Mutter führte.

»Was ich noch sagen wollte«, sagte Mick. »Tut mir leid wegen deinem Bruder.«

»Danke«, antwortete Mason. »Nur, dass du Bescheid weißt. Mommy will, dass wir ihn nicht mehr Fuckin' Barney nennen. Er heißt jetzt Barney. Nur noch Barney.«

Mick nickte. In den Bergen war der Tod eine Macht, die für

Respekt sorgte. Er musste an eine Frau denken, die jemanden geheiratet hatte, den ihre Eltern zu Lebzeiten verabscheuten. Aber als der junge Mann starb, setzten sie ihn im Familiengrab bei.

Mason fuhr auf die Wiese vor dem Haus und parkte neben den drei Holzstufen hoch zur Veranda, die sich an der gesamten Vorderseite des Hauses entlangzog. In das enge Tal kam weniger Licht als im Ort, und an der Hauseiche zeigten sich noch kaum Knospen. Das Gras wuchs nur spärlich. Die beiden Männer gingen die Treppe hoch ins Haus.

Shifty Kissick saß in einem Liegesessel, dessen Klappmechanismus mit Panzerband repariert war. Auf den Armlehnen lagen Spitzendeckchen. Neben Shifty stand ein niedriger Tisch, darauf ein Aschenbecher, eine Tasse Kaffee und eine kurze Pistole ohne Hahn, damit man nicht in den Kleidern hängen blieb. Mick kannte Mrs. Kissick als witzig, manchmal auch bedrohlich, aber so wie jetzt hatte er sie noch nie gesehen – vor Trauer verhärmt, Augen glühend wie ein Hochofen. Er wartete darauf, dass sie etwas sagte. Stattdessen zeigte sie auf einen Stuhl.

»Mason«, sagte sie, »hol dem Mann einen Kaffee.«

»Mein Beileid, Mrs. Kissick«, sagte Mick.

Sie erwiderte nichts. Mittlerweile hatte sie die Plattitüde scheinbar so oft gehört, dass sie an ihr abglitt wie Schmalz. Zwei von ihren fünf Kindern waren ihr weggestorben, zwei Söhne, einen hatte sie vor vielen Jahren bei einem Verkehrsunfall verloren, und jetzt Barney. Mason kam mit einem dampfenden schwarzen Kaffee zurück, auf der Tasse eine lächelnde Kuh. Respektvoll hielt Mick die Tasse so, dass das Kuhgrinsen verdeckt war. Im ordentlich aufgeräumten Wohnzimmer standen ein Sofa, zwei Sessel, ein Großbildfernseher mit Gaming-Konsole, an der Wand hing ein nach Zahlen gemaltes *Abendmahl* im Filigranrahmen. An einer anderen Wand war ein verblasstes Farbfoto von Shifty mit ihrem verstorbenen Mann zu sehen. Beide wirkten glücklich. Mick nippte an dem bitteren Kaffee.

»Dienst du noch?«, fragte Shifty.

»Jawohl, Ma'am. Ich habe Heimaturlaub, bis mein Bein wieder in Ordnung ist.«

»Und wie lang noch?«

»Kommt drauf an, was der Doc sagt. Aber lange dauert's nicht mehr, eine Woche oder so.«

Sie nickte, und ihm wurde klar, dass sie das alles schon wusste. Wahrscheinlich wusste sie auch über seine Frau und ihr uneheliches Kind Bescheid. Er fragte sich, ob sie auch über das Percocet Bescheid wusste. Er saß still da und wartete ab. In den Bergen war es nicht üblich, oberflächliche Nettigkeiten auszutauschen. Shifty hatte ihn kommen lassen. Er war da. Jetzt war sie dran, das anzusprechen, weswegen sie nach ihm gerufen hatte.

»Ich könnte etwas Hilfe gebrauchen«, sagte sie.

Das überraschte ihn. Einer ihrer Jungs war ausgefallen, aber Mick hatte nicht vor, anstelle von Fuckin' Barney ins Drogengeschäft einzusteigen. Er warf Mason einen schnellen Blick zu, ihrem jüngsten Sohn, der für jede Handlung genaue Anweisungen zu benötigen schien. Vielleicht brauchte sie jemanden, der auf ihrem Land mit anpackte. Da könnte er sich körperlich verausgaben, Mason würde ihn herumfahren.

»Wobei brauchen Sie Hilfe, Mrs. Kissick?«

»Ich will wissen, wer Barney getötet hat.«

»Da müssen Sie mit der Polizei reden.«

»Hab ich längst gemacht«, erwiderte sie. »Ich habe mir den Mund fusselig geredet. Interessiert hat es die einen feuchten Kehricht.«

Ihre Pupillen wurden vor Wut ganz klein. Mrs. Kissick starrte ihm mit dem rechten Auge ins rechte Auge, ein deutliches Zeichen von Aggression. Mick betrachtete seine Kaffeetasse.

»Und was hat die Polizei zu Ihnen gesagt?«, fragte er.

»Ich soll sie in Ruhe lassen.«

»Und wenn Sie einen Anwalt einschalten? Der weiß bestimmt, wie man richtig mit der Polizei redet.«

»Geht nicht«, sagte sie.

»Sie können nicht oder wollen nicht?«

»Beides. Geht halt nicht.«

»Klingt verzwickt.«

»Ist es auch«, erwiderte sie. »Barney war immer schwierig, sogar jetzt noch, dabei ist er tot. Ich zahl dir auch gutes Geld dafür.«

Mick lehnte sich zurück, setzte sich entspannter hin und blickte mit dem linken Auge in ihr rechtes, damit sie sich ein bisschen abregte. Er sprach so, dass seine Stimme tief und beruhigend klang.

»Ich kann nicht ja sagen, Mrs. Kissick«, sagte er, »bis ich nicht mehr über die Sache weiß.«

»Zum Beispiel?«

»Was die Polizisten gesagt haben. Warum die Beamten Ihnen nicht glauben. Wer Ihrer Meinung nach Barney ermordet hat.«

Bleischwer hing ihr Schweigen in der Luft. Shifty sah im Zimmer umher wie ein wildes Tier, das in die Ecke gedrängt worden war. Sie war Ende fünfzig, aber ihr langes Haar war noch dunkel. Nur an den Schläfen hatte sie zwei graue Strähnen, die sich am Hinterkopf vereinigten. Als Shifty sich vorbeugte, war Mick darauf gefasst, dass sie sich auf ihn stürzen würde. Stattdessen sprang sie gelenkig wie ein Kind auf die Füße.

»Draußen«, sagte sie. »Mason, du bleibst hier.«

Mick folgte ihr hinaus auf die Veranda. Sie setzten sich auf Holzstühle mit Blick auf die Straße und Masons roten Taurus. Sie zündete sich eine Zigarette an und schlug die Jeans hoch, um in den Aufschlag zu aschen.

»Kippe?«, fragte sie.

»Nee, hab aufgehört. Fehlt mir aber ganz schön.«

»Glimmstängel taugen nichts«, sagte sie, »aber manchmal braucht man sie trotzdem. Ein bisschen wie Barney.«

»Was hat die Polizei gesagt?«

»Ein Drogendeal, bei dem was schiefgegangen ist.«

»Vielleicht stimmt das ja.«

»Nix da. Nicht im Ort. Dafür war er viel zu schlau. Seine Geschäfte hat er immer auf dem Land abgewickelt.«

»Wie sieht es mit einer Freundin aus? Der Mann der Freundin. Der Ex von irgendjemandem?«

»Eine feste Freundin hat er nicht gehabt. Er wollte sich auf nichts Kompliziertes einlassen, hat er gesagt. Ein paar Bekannte hatte er, bei denen er regelmäßig vorbeigeschaut hat. Immer dieselben. Er war kein Frauenheld, wie so gewisse andere.«

Ganz langsam stieg ihr die Röte vom Hals nach oben ins Gesicht. Das Thema körperliche Intimität war ihr sichtlich unangenehm.

»Und darüber hat er mit Ihnen geredet?«, fragte Mick.

»Einmal. Da hatte er einen über den Durst getrunken und dann noch Kraut geraucht. Er wollte sich bei mir entschuldigen, dass er nicht für Enkelkinder gesorgt hat. Ich habe ihm gesagt, macht nichts, deine Schwester hat ja vier Kinder. Aber Schuldgefühle hatte er trotzdem. Mein Großer ist mit einer Mexikanerin zusammen, in Kalifornien. Die haben auch keine Kinder. Mason hatte vor fünf oder sechs Jahren mal eine Freundin, das ging aber keinen Monat gut. Barney war überzeugt, er müsste den Namen Kissick weitervererben. Er wollte mir verklickern, warum er Junggeselle ist.«

»Und wie hat er es genau gesagt?«

»Mein Mann ist früh verstorben, das war schwierig für unsere Familie. So was wollte Barney seiner Frau und seinen Kindern nicht antun. Er wollte schnell Geld verdienen und dann raus aus dem Business. Sein Hobby war Wrestling, was die da bei WWE zeigen. Hat oft davon geredet, dass er gerne Wettkämpfe organisieren würde. Gekonnt hätte er das auf jeden Fall. Er hatte eine Menge Grips.«

Sie sprach nicht weiter. Sie drückte die Zigarette an einer der grauen Verandalatten aus und steckte sich die nächste an. Eine Wanderdrossel mit etwas leuchtend grünem Moos im Schnabel landete auf einem modrigen Holzstoß im Garten. Sie saß auf der dicken Rinde eines Stücks Hickory, machte einige ruckartige Kopfbewegungen, ob sie auch nicht beobachtet wurde, und schlüpfte in den Raum zwischen zwei Holzscheiten.

»Die bauen sich jedes Jahr ein neues Nest«, sagte Mick.

»Weiß ich doch. Ich hab schon gesehn, wie sie die Jungen von andern Vögeln gefüttert haben. Großzügig, die Vögel.«

»Ich find's schön, dass sie das ganze Jahr über singen.«

Mehrere Minuten lang betrachteten beide den Holzstoß. Eine Wolke zog vor der Sonne vorbei und dimmte das Licht wie ein Gazeschleier. Mick genoss es, mit Mrs. Kissick dazusitzen. Sie blies den Rauch in die Luft, wo er von einer Brise erfasst wurde.

»Und«, sagte sie. »Machst du's?«

»Sie trauern, Mrs. Kissick, das weiß ich. Aber ich verstehe einfach nicht, warum Sie die Sache nicht der Polizei überlassen wollen.«

»Die denken doch eh nur, Barney war ein Dealer und hat seine gerechte Strafe gekriegt.«

»Ganz sicher?«

»Und ob. Vor zehn Jahren war meine Tochter mal mit einem Jungen aus dem Rocksalt Police Department zusammen. Und von dem weiß ich, dass der Fall noch nicht abgeschlossen ist, aber nach dem Mörder suchen tun sie auch nicht.«

»Und wie heißt der Polizist?«

»Vergiss es.« Sie schüttelte den Kopf. »Aus mir kriegst du nichts raus.«

»Und Barney?«

Sie riss den Kopf zu Mick herum und bedachte ihn mit einem Blick, der alles in seinem Weg schwarz versengt hätte. Das Sonnenlicht blitzte in ihren Augen wie Funken auf einem Feuerstein. Ihre Stimme klang rau.

»Wir Kissicks verpfeifen keinen.«

Mick saß ruhig da, bis ihr Zorn verflogen war. Sie zerdrückte ihre Kippe und steckte die nächste an.

»Wenn Sie wollen, dass ich Ihnen helfe, muss ich solche Fragen stellen«, sagte Mick.

Sie atmete tief ein und wieder aus und zog lang an der Zigarette.

»Das heißt, du machst es?«

»Warum ich?«

»Ich trau den Gesetzeshütern nicht.«

»Ich bin Gesetzeshüter bei der Army, Ma'am. Strafverfolgung beim Militär.«

»Ich seh hier kein Militär.«

»Sie haben meine Frage nicht beantwortet. Warum ich?«, fragte er.

»Dir traue ich, wenigstens halbwegs«, sagte sie leise.

»Warum?«

»Weil es dir egal ist.«

Mick ließ sich das durch den Kopf gehen. Sie hatte recht – ihm waren ihr Sohn und die Gesetzeshüter egal. Wurde in den Bergen von Kentucky jemand ermordet, zog das unweigerlich weitere Morde nach sich. Ihm war nur eins wichtig: dass möglichst viele Menschen weiterleben konnten.

»Machen wir's doch so«, sagte er. »Ich hör mich mal ein bisschen um. Wenn ich das Gefühl kriege, irgendwo ist was faul, dann stochere ich weiter in der Sache herum. Aber wenn nicht, dann bin ich raus. Und dann will ich nicht, dass Sie sauer auf mich sind. Verstehen Sie?«

»Ja, schon klar. Ich bin eine trauernde Mutter, verdammt noch mal, kein hirnverbrannter Idiot.«

»Und was glauben Sie, wer war es?«

»Ich hab keine Ahnung.« Ihre Stimme klang auf einmal verzweifelt. »Darüber grübel ich von morgens bis abends nach.«

Mick erhob sich und nickte ihr zum Abschied zu. »Danke für den Kaffee. Kann Mason mich heimbringen?«

Sie rief nach ihrem Sohn und zeigte auf das Auto. Bedächtig fuhr Mason die Lehmpiste hinunter bis zur Hauptstraße in den Ort.

Jenseits des Straßengrabens leuchteten die hellgrünen Ahornblätter, die Eichen und Hickorys trieben noch aus.

»Und was meinst du, wer Barney umgebracht hat?«, fragte Mick.

»Was hat Mommy gesagt?«

»Sie weiß es nicht.«

»Ich weiß es auch nicht.«

Mick kannte die hartnäckige Loyalität der Bergbevölkerung. Eine Stunde später hatten sie die sechzehn Meilen weite Reise nach Rocksalt vollendet. Mason hatte die ganze Zeit über nichts gesagt. Er war ein guter Sohn. Niemals würde er seine Familie verraten oder einen Strafzettel für zu schnelles Fahren bekommen.

KAPITEL 5

Deputy Johnny Boy Tolliver saß in seinem Büro und freute sich an der Raumgestaltung. Alle Wände waren gesäumt von zerbeulten Aktenschränken. Die in den Schränken hängenden Akten reichten siebzig Jahre zurück und waren sorgfältig nach Jahren geordnet, dann jeweils alphabetisch nach Namen des Opfers. Johnny Boy hatte sie in drei Gruppen unterteilt – laufende Ermittlungen, Wiederholungstäter und ungelöste Mordfälle. Diese letzte Untergruppe war schmal, er sah sie sich aus rein privatem Interesse einmal pro Monat an. Sein Cousin gehörte dazu, Billy Rodale, vor fünfundzwanzig Jahren ermordet, keine Festnahmen. Für ihn stellten diese Akten die Geschichte des Countys dar. Im Grunde war er ein Archivar, der nebenbei eine Schusswaffe am Körper trug.

Als Vertreter des Sheriffs brauchte er sich kein scheußliches, ölgemaltes Porträt des Gouverneurs an die Wand zu hängen. Johnny Boy hatte einen Nachdruck der frühesten Landkarte von »Kentucke« aus dem Jahr 1784 an der Wand; an dessen östlichem Rand hatte es auch damals schon das heutige Eldridge County gegeben. Auf einem Regal standen mehrere Bücher und Nachschlagewerke über den Bundesstaat Kentucky. In einem Buch waren alle offiziellen Embleme, Motti und Symbole Kentuckys aufgelistet. Einige Informationen hatten den Deputy erstaunt, zum Beispiel, dass Milch Kentuckys offizielles Getränk war. Ale-8, der einzige in Kentucky erfundene Softdrink, hätte sich viel besser geeignet.

Johnny Boys Computer war fünfzehn Jahre alt, klobig und langsam. Ein kurzes Kabel verband ihn mit einem Drucker. Der Drucker gab ihm immer wieder Rätsel auf und erinnerte ihn an ein störrisches Maultier, das sich aus unerfindlichen Gründen weigerte weiterzugehen – ob aus Erschöpfung, Langeweile oder Dickköpfigkeit, blieb unklar. Auf dem Tastentelefon daneben konnte er Sheriff Linda und Sandra, die seit Neuestem als Dispatcherin bei ihnen arbeitete, direkt anwählen. Am Rand des Schreibtischs stand ein einziges persönliches Andenken: ein gerahmtes Foto, das er vor einem Jahr mit seinem Handy aufgenommen hatte. Darauf war Linda zu sehen, wie sie ihren Bruder abführte. Es war in der Zeitung des Countys und im *Lexington Herald-Leader* erschienen. Auf dieses Foto war er stolz, obwohl es ihn ein wenig enttäuscht hatte, dass es nicht viral ging.

Linda war bei Gericht, Sandra beim Mittagessen, insofern war Johnny Boy jetzt für alles verantwortlich, was er sehr genoss. Einen Anruf hatte er bereits entgegengenommen: Eine demente ältere Frau war auf einem brachliegenden Acker gesichtet worden. Er kannte Mrs. Hayes, ihre erwachsenen Kinder und Enkel, sogar ein paar der Urenkel. Hin und wieder machte sie sich auf den Weg zu dem Haus, in dem sie vor sechzig Jahren mit ihrem Mann gewohnt hatte. Johnny Boy sammelte sie wieder ein und brachte sie nach Hause. Ein halbwüchsiges Mädchen war an die Tür gekommen und hatte gesagt: »Danke. Ist nichts Neues, dass Granny uns ausbüchst. Wie eine Katze.«

Jetzt saß Johnny Boy in seinem Büro und dachte über das Mittagessen nach. In einer Kleinstadt mit sechstausend Einwohnern gab es nicht viel Auswahl. Einen Chinesen, einen Mexikaner, Pizza oder Hamburger. Über den neuen Cracker Barrel an der Autobahn wurde viel geredet, aber er fand es zu unruhig da mit den vielen, an die Wände genagelten Antiquitäten. Noch schlimmer war, dass die letzte Frau, mit der er zusammen gewesen war, dort arbeitete. Es war zwar sieben Jahre her, aber es stimmte ihn trotzdem jedes Mal wieder traurig, wenn er sie sah.

Und er musste sich das Mittagessen ja nicht mit Traurigsein vermiesen.

Er entschied sich für ein Sandwich beim Coffee Tree, einer Buchhandlung, in der es auch Kaffee und Strickwolle gab. Aus reiner Gewohnheit sah er in seinen Papierkorb, in dem aber nichts lag, da er ihn heute schon zweimal geleert hatte. An manchen Tagen langweilte er sich so sehr, dass er Papier zusammenknüllte und wegwarf, damit er den Papierkorb leeren gehen konnte.

Sheriff Hardin kam wie immer eilig zur Tür herein. Mit langen Schritten stiefelte sie mit ihren Cowboyboots über den abgewetzten Teppich. Sie ging schnurstracks in ihr Büro, und Johnny Boy stellte sich in die Tür.

»Wie lief's vor Gericht?«, fragte er.

»Drei Monate ohne Bewährung, aber die U-Haft wird angerechnet. Er ist frei.«

»Der Methkocher? Das kann doch nicht wahr sein.«

»Er hatte drei Vorteile. Sein Methlab war ein mitten im Wald geparkter Wohnwagen. Es ist in die Luft geflogen, und man konnte nicht beweisen, dass es seins war. Zweitens trug er bei der Verhaftung keine illegalen Substanzen bei sich.«

»Und der dritte?«

»Er ist ein Ryan mütterlicherseits. Für einige Familien gelten halt andere Gesetze.«

»Die Ryans tragen die Nase so hoch, dass sie es gar nicht mitkriegen, wenn sie sich auf die Schuhe pinkeln.«

Linda reagierte nicht auf seinen Witz, und ihm wurde klar, dass sie gereizt war und jederzeit in die Luft gehen konnte. So schnell wie möglich informierte er sie über den einzigen Anruf des Morgens, der Fall Mrs. Hayes, und dass er sie wieder eingesammelt hatte. Linda brummte, während sie die vor ihr liegenden Schreiben durchging.

»Ich habe was für dich zu tun«, sagte sie.

»Ich wollte gerade zu Tisch.«

»Macht nichts, du kannst auch unterwegs essen. Du müsstest bitte Mick hochbringen zu Papaws alter Hütte. Er will seinen Pickup abholen.«

»Klingt nicht direkt nach einem offiziellen Auftrag.«

»Ist es auch nicht, aber du darfst mit dem SUV fahren. Mick ist bei mir zu Hause. Ihr könnt euch unterwegs was zu essen holen.«

»Ist das ein Befehl?«

»Nein, verdammt, aber du würdest mir einen großen Gefallen tun. Ich muss mich um meine Wahlkampagne kümmern.«

»Aber ich glaube, Mick kann mich nicht sonderlich gut leiden.«

»Er kann niemanden sonderlich gut leiden.«

Sie warf Johnny Boy den Schlüssel zu. Er fing ihn mit einer geschmeidigen Bewegung auf und klimperte damit.

»Und fahr mir keine Delle rein«, mahnte sie.

Auf dem Parkplatz begegnete Johnny Boy der Neuen, die gerade vom Essen zurückkam. Sandra Caldwell war Mitte dreißig, braunhaarig, schlau und bestens organisiert. Sie hatte sich vor nicht allzu langer Zeit von ihrem Freund getrennt, und Johnny Boy hegte die fiebrige Hoffnung, sie könne sich vielleicht für ihn interessieren. Sie könnten eine der hochromantischen Büroaffären führen, die geheim blieben, bis die Hochzeit bekanntgegeben wurde, und dann würden sich alle schrecklich für sie freuen.

Sandra nickte ihm zu, ohne ihren Schritt zu verlangsamen, und betrat das Gebäude. Er sah ihr hinterher; er musste sich unbedingt ein Gesprächsthema einfallen lassen, bei dem sie nicht nur Informationen austauschten.

Zweimal cruiste Johnny Boy durch den Ort, auf derselben Route, die freitagnachts von den hiesigen Teenagern abgefahren wurde. Wie gewohnt war auf dem Bürgersteig alles praktisch ausgestorben, abgesehen von zwei alten Männern, die auf einer Bank saßen. Der eine schien zu schlafen, und der andere war blind. Johnny Boy winkte trotzdem, eine kurze Handbewegung, die zu dem Fahrer eines Dienstwagens passte. Er fuhr zu Lindas Haus und hupte zweimal. Mick kam zur Seitentür nach draußen, durchquerte den Carport und stieg auf der Beifahrerseite ein.

»Schön, dass du wieder im Lande bist«, sagte Johnny Boy. »Tut mir echt leid, dass sie dir da drüben einen Schuss vor den Bug verpasst haben.«

»Wird schon wieder.«

»Wo soll's hingehen?«

»Auf der alten Sechzig nach Osten.«

»Ist es okay, wenn wir unterwegs anhalten und uns was zu essen holen? Drive-in geht auch.«

Mick nickte nur und saß bewegungslos auf dem Beifahrersitz, während Johnny Boy durch den Ort und zum Fast-Food-Fenster fuhr. Er hielt das Essen auf dem Schoß und aß mit einer Hand, während sie tiefer in den Wald hineinfuhren. Sobald sie Rocksalt hinter sich gelassen hatten, schien Mick sich zu entspannen, er starrte durch die Scheibe hinaus auf das freundliche Grün der jungen Ahornblätter. Hin und wieder flog ein Roter Kardinal so blitzschnell durch die Luft, dass es wie eine Blutspur aussah.

»Neulich habe ich was Interessantes gelesen«, erzählte Johnny Boy. »Es will mir einfach nicht aus dem Kopf. Kentuckys Staatsedelstein ist Achat. Und das Staatsmineral ist Kohle. Aber was ich einfach nicht kapiere: Kohle ist kein Mineral, sondern ein Gestein. Und Achat ist ein Mineral, kein Stein. Die haben das völlig durcheinandergebracht. Wie haben sie das nur so vermurksen können?«

»Da rechts geht's hoch ins Bearskin-Tal.«

Leicht gekränkt, dass seine Frage so komplett ignoriert wurde, bog Johnny Boy auf eine einspurige, von Schlammlöchern durchzogene Asphaltstraße. Der County hatte sie irgendwann mal mit so wenig Material wie möglich asphaltieren lassen, um Geld zu sparen, aber trotzdem Stimmen einzuheimsen. Wenn man nach dem Zustand der Straße ging, musste es mindestens zwei Wahlperioden her sein. Johnny Boy umfuhr Schlaglöcher, in denen hohes

Gras wucherte. Langsam, aber beständig führte die Straße immer steiler in den dichten Wald. Ahornzweige und Sonnenstrahlen bildeten ein sich ständig wandelndes Lichtkaleidoskop. Die geteerte Straße verlor sich, wurde erst zu Lehm, dann zu zwei Spurrillen. Johnny Boy hielt an.

»Sind wir ganz sicher richtig?«, fragte er.

»Von hier aus geht's zu Fuß weiter. Ist ungefähr eine halbe Meile.«

»Du schaffst das mit dem Bein?«

Mick stieg aus und marschierte einfach drauflos. Johnny Boy sprang ebenfalls aus dem Wagen, verriegelte ihn, überprüfte noch einmal sämtliche Türen und eilte Mick dann hinterher. Es ging steil bergauf. Eine Krähe krächzte warnend. Zwei Meisen unterbrachen ihr Gespräch. Johnny Boy hörte seine eigenen Stiefel auf dem festen Untergrund, aber nicht die von Mick, was ihn verwirrte. Vielleicht ging man leiser, wenn einem das Bein wehtat.

Oben auf der Bergkuppe wurde aus den Spurrillen wieder ein mit Schwingelgras, Wolfsmilch und Physalis zugewucherter Waldweg. Vor ihnen lag eine Lichtung, umgeben von einer Wand aus Bäumen. Johnny Boy war noch nie hier oben gewesen, aber Linda hatte ihm von der hundert Jahre alten Hütte erzählt – der Blockhütte, in der Mick aufgewachsen war. Ursprünglich waren die runden Baumstämme mit Schlamm verfugt gewesen, was mittlerweile aber durch graue Betonstreifen ersetzt worden war. Zwei Anbauten standen rechts und links ab wie Flügel. Der Rauchabzug des Holzofens ragte aus dem Dach, und eine einsame Regenrinne führte zu einer Wassertonne. Dahinter stand eine alte Räucherkate, so schief, als würde die Schwerkraft sie bergab ziehen.

Vor der Hütte parkte ein uralter Chevy Pick-up aus den Sechzigerjahren. Alle vier Reifen waren platt. Das Gewicht des Motors hatte so schwer auf die Vorderreifen gedrückt, dass das Gummi geplatzt war. Dünne Zweige und Heu ragten aus einem Loch im

Reifen, wo sich kleine Tiere häuslich eingerichtet hatten, wahrscheinlich Mäuse. Mick machte die Chevytür auf und versuchte, den Motor anzulassen. Nichts, noch nicht mal ein Klicken. Johnny Boys Laune verschlechterte sich rapide, als ihm klar wurde, dass er Mick auch noch weiter würde herumkutschieren müssen. Er konnte nur hoffen, dass irgendjemand im County ein Verbrechen beging – und zwar bald.

Mick umrundete die Hütte genauso lautlos wie vorher, als müsse er sein eigenes Zuhause auskundschaften. Johnny Boy nahm sich vor, ihn nach dieser Technik zu fragen, und folgte Mick ins Haus. Drinnen sah es völlig verwüstet aus: leere Bierdosen, Zigarettenkippen, zerbrochene Gläser und Teller. In einer Ecke lagen leere Fast-Food-Tüten herum, als wären sie vom Wind hereingeweht worden. Das Ganze erinnerte Johnny Boy an das Chaos, das zu seinen Collegezeiten nach Partys zurückgeblieben war – achtloses Verhalten junger Studenten. Mick warf einen schnellen Blick in alle Zimmer und hob eine leere Packung Zigarettenblättchen auf.

»Da haben sie aber ordentlich gefeiert«, sagte Johnny Boy. »War die Tür abgeschlossen?«

»Nein, war sie nie. Papaw hielt nicht viel von Schlössern.«

»Soll ich beim Saubermachen helfen?«

Mick wirkte ein wenig überrascht über das Angebot und nahm an. Johnny Boy war selbst überrascht, aber die Situation erforderte das nun einmal. Eine ganze Stunde arbeiteten sie und füllten drei große Müllsäcke und einen leeren Karton, in dem mal zwölf Flaschen Whiskey gewesen waren.

»Komisch«, meinte Johnny Boy, »ich seh gar keine leeren Whiskeyflaschen.«

»Die liegen im Wald. Hab ich selbst geleert, vor einem Jahr.«

»Wusste gar nicht, dass du trinkst.«

»Tu ich auch nicht. Aber wenn ich mal trinke, mache ich alles wett, was ich in den Jahren davor ausgelassen habe.«

Stirnrunzelnd versuchte Johnny Boy zu verstehen, was Mick damit meinte. Er konnte ihn sich nicht betrunken vorstellen. Dass er allein im Wald becherte schon eher.

»Ich kann Bars nicht leiden«, sagte Johnny Boy. »Sind mir zu laut und zu voll. Die vielen Leute machen mich ganz kirre, und dann will ich noch mehr trinken. Am schlimmsten sind die ganzen Besoffenen, die einen vollquatschen.«

Sie traten nach draußen in das, was hier mitten im Wald als Garten durchging. Es war ein hübsches, friedliches Fleckchen mit direkter Sonneneinstrahlung. Die Singvögel kümmerten sich nicht länger um die Anwesenheit der Menschen und gingen wieder ihren Geschäften nach.

»Keine Reifenspuren zu sehen«, stellte Johnny Boy fest. »Wenn die zu Fuß hergekommen sind, dann waren es bestimmt Schüler.«

»Ausgezeichnete Beobachtungsgabe.«

Johnny Boy war einen Moment schrecklich stolz über das Lob, bis ihm wieder einfiel, dass das Teil seiner Stellenbeschreibung war.

»Allzu sehr scheinst du dich ja nicht aufzuregen wegen der Hütte«, sagte er.

»Na, sie steht leer. Jungs stecken die Nase in alles, was nicht abgeschlossen und verriegelt ist. Das kann man ihnen nicht vorwerfen. Sich über so was aufzuregen, ist so sinnlos, wie wenn sich zwei Flöhe drüber streiten, wem der Hund gehört. Das hat mein Papaw immer gesagt.«

»Ich habe einen Cousin, der kann deine Karre wieder zum Laufen bringen. Und wenn hier jemand arbeitet, nisten sich auch keine Kids mehr ein.«

»Den müsste ich mir erst mal angucken.«

Sie gingen zurück zum SUV. Johnny Boy freute sich wie ein Schneekönig über die Rückfahrkamera und fuhr eine halbe Meile weit im Rückwärtsgang, bis er an einer Kurve scheiterte und fast einen Wegedorn mitgenommen hätte. An der ersten breiteren

Stelle fuhr er ein Wendemanöver und rollte der Asphaltstraße entgegen. Auf der Hauptstraße bog er in westlicher Richtung ab zum Haus seines Cousins.

»Hast du das von Fuckin' Barney gehört?«, fragte Mick.

»Den hat jemand umgebracht.«

»Und was meinst du, war etwas ungewöhnlich dran?«

Johnny Boy fühlte sich gebauchpinselt, dass er nach seiner Meinung gefragt wurde. Wenn Mick ihm diese Frage stellte, vermutete er bestimmt, dass etwas an der Sache faul war, und Johnny Boy dachte angestrengt nach, worauf Mick wohl hinauswollte. Zwei Meilen später kam ihm auf einmal ein Geistesblitz.

»Drei Schüsse sind auf ihn abgefeuert worden«, sagte Johnny Boy. »Mitten in der Stadt. Und niemand hat die Schüsse gehört.«

»Und wie erklärst du dir das?«

»Der Täter hat einen Schalldämpfer benutzt.«

»Oder er wurde erst da abgeladen, als er schon tot war«, sagte Mick. »Kannst du vielleicht irgendwie an den Polizeibericht rankommen? Ich weiß, dass ihr nicht dafür zuständig seid.«

»Ich hab ihn schon längst. Liegt im Büro.«

»Die Polizei hat ihn dir überlassen?«

»Ein Kumpel hat mir eine Kopie gemacht. Ich hab mein Archiv immer gern vollständig.«

Sanftes Frühjahrslicht erfüllte die Luft. Sie fuhren an einem Weidengebüsch vorbei, an dem die silbernen Weidenkätzchen schon glänzten.

»Ach, und wenn du meine Meinung hören willst«, sagte Mick. »Irgendein Politiker hatte ein größeres Achatvorkommen auf seinem Land. Und dann hat er sich gedacht, wenn er Achat zum Staatsedelstein ernennt, dann ist er echtes Geld wert.«

»Aha.«

»Und Kohle wird untertage in einer Grube abgebaut. Das Wort ›Grube‹ kommt von graben. Man muss sich in den Berg hineingraben, um an Mineralien heranzukommen. Und als sie angefangen haben, Kohle im Untertagebau abzubauen, haben sie die Kohle einfach zum Mineral ernannt.«

»Woher weißt du das bloß alles?«

»Bist nicht der Einzige in diesem Wald, der schon mal ein Buch in die Hand genommen hat.«

Selbstzufrieden grinste Johnny Boy in sich hinein. Endlich machte er Fortschritte mit dem miesepetrigen Bruder seiner Chefin.

KAPITEL 6

Jacky Turner führte bei seiner Arbeit im Schuppen Selbstgespräche, eine Angewohnheit, die er laut seiner Mutter schon als Kind gehabt hatte. Auf durchhängenden Regalen reihten sich beschriftete Kartons aneinander: *Räder und Zahnräder, Schildkrötenpanzer, mumifizierte Vögel, gute Metallreste, kurzer Draht, Diverses, Dies & Das, Lötzinn.* Unter den Regalen gab es eine Arbeitsbank mit Kästen voller Schrauben, jede mit der passenden Mutter darauf. Jacky hielt gern Ordnung. Beim Ordnen waren seine Hände beschäftigt, während er sich geistig mit seinen neuesten Erfindungen befassen konnte. Zeit seines Lebens hatte er sich kreative Lösungen für relativ einfache Probleme ausgedacht, aber bisher hatte noch keine seiner Ideen richtig eingeschlagen. Als Letztes hatte er ein Rasiermesser mit extrakurzer Klinge entwickelt. Es war für Männer gedacht, die sich um ihre Aknepickel herum rasieren mussten, und leistete auch beim akkuraten Kürzen eines Schnurrbarts gute Dienste. In einen Prototypen hatte er einen kleinen Spiegel eingebaut, damit Mann seine Koteletten besser sehen und symmetrisch beschneiden konnte.

Seine Erfindungen sollten die Welt verbessern, aber die Welt interessierte sich einfach nicht dafür - zumindest noch nicht. Ein Schubkarren, der nicht umkippte. Ein Laubbläser, der keinen Krach machte. Eine kleine Vorrichtung für Handbohrer, die dafür sorgte, dass die Schraube gerade ins Holz ging. Auf sein derzeitiges Projekt war er gekommen, als er an einem Fitnesscenter vorbeifuhr, dem ersten in Rocksalt. Jacky hatte angehalten, ein Stück zurückgesetzt und eine Stunde lang vom Auto aus zugeguckt. Acht Personen saßen auf Standrädern und fuhren nirgendwohin. Die ganze schöne Energie, verschwendet, nur der Gesundheit zuliebe.

Seit diesem Erlebnis arbeitete er an einer Methode, um die Radfahrenergie einzufangen, in Elektrizität umzuwandeln und in Akkuzellen zu speichern. Das könnte noch wichtig werden für die Zukunft, wenn das Stromnetz zusammenbrach und nichts mehr funktionierte. Dann könnten die Menschen sich auf ihre Standräder setzen und ihren eigenen Strom erzeugen.

Er ging aus dem Schuppen hinüber ins Haus, wo er sein Materiallager – das Wohnzimmer, sein Schlafzimmer und die halbe Vorratskammer – nach einer schwachen Glühbirne durchsuchte. Sein Vater litt an einem Lungenemphysem und war bettlägerig, seine Mutter saß vor dem Fernseher. Am liebsten schaute sie Quizsendungen, bei denen die Teilnehmer verulkt und gedemütigt wurden. Warum das lustig sein sollte, leuchtete Jacky nicht ein. Ansonsten war sie mit der Pflege ihres Mannes beschäftigt, sodass Jacky freie Verfügung über das Haus hatte. Seine Mutter hatte sich schon vor Langem damit abgefunden, dass er seltsame Dinge in seinem Schlafzimmer hortete. Als ihr Mann krank wurde, war sie zu beschäftigt gewesen, um die allmähliche Verwandlung des Hauses in ein gigantisches Materiallager irgendwann eventuell wertvoll werdender Gegenstände zu bemerken. In letzter Zeit saß sie ihrem Sohn jedoch ständig im Nacken, er solle das ganze Zeug loswerden – oder ausziehen.

Jacky fand eine Sieben-Watt-Birne, nahm sie mit in den Schuppen und setzte sie in ein schwarz angemaltes Holzkästchen mit dicht schließendem Deckel.

Auf einer Seite befand sich ein kleines Loch, das er mit einem durchscheinenden, roten Klebeband abgeklebt hatte. Ein 110-Volt-Kabel führte von dem innen schwarzen Kasten zu einer Spule, die an einem Standfahrrad befestigt war. Er stellte die Stoppuhr, strampelte sich eine Weile auf dem Fahrrad ab und schaute immer wieder, ob es hinter dem roten Klebeband schon leuchtete. Er wusste natürlich, dass es eine Weile dauern würde, bis sich ausreichend Spannung aufgebaut hatte, und trat schneller in die Pedale, fest entschlossen, nicht mehr ständig in Richtung Kästchen zu schauen, um das Experiment nicht negativ zu beeinflussen. Radfahren war langweilig, immer dieselbe Bewegung. Seine Hose war zu eng. Er verlangsamte die Bewegung und öffnete Hosenbund und Reißverschluss. Jetzt ging es schon ein bisschen besser.

Jacky strampelte, bis er so verschwitzt war, dass es sich anfühlte, als würden ihm die Kleider vom Körper fließen. Seine schwarze Hornbrille wurde von einem an die Bügel geknoteten Schuhsenkel auf der Nase gehalten. Jacky hörte Motorengeräusche, dann sah er einen Polizeiwagen vor dem Haus halten. Dem entstieg sein Cousin zusammen mit einem Unbekannten.

»Hidy, Vetter«, rief Johnny Boy. »Hast du kurz Zeit?«

Jacky schüttelte den Kopf, nein, hatte er nicht. Durch die Bewegung lief ihm der Schweiß in die Augen, er musste immer wieder blinzeln und konnte nicht mehr erkennen, was sich bei dem schwarzen Kästchen tat.

»Da, das rote Loch, leuchtet das?«, fragte er.

»Was?«, erwiderte Johnny Boy.

»Da, an dem schwarzen Kasten. Guck mal, ob das rote Klebeband aufleuchtet.«

Johnny Boy folgte dem Kabel zu dem kleinen Kasten und stellte überrascht fest, dass ein Stück rotes Klebeband tatsächlich heller als normal wirkte, als würde es von innen erleuchtet.

»Allerdings, tut es«, sagte er.

Befriedigt stieg Jacky von den Pedalen und hielt die Stoppuhr an. Elf Minuten. Er wischte sich den Schweiß aus den Augen, glitt vom Fahrrad und beugte sich über das Kästchen. Er stellte die Stoppuhr zurück auf null, startete sie erneut und beobachtete den Klebestreifen.

»Ich hab dir hier jemanden mitgebracht«, sagte Johnny Boy. »Der wollte dir was vorschlagen.«

Ganz allmählich verschwand der Glanz hinter dem Klebeband. Jacky betrachtete es konzentriert aus nächster Nähe. Als es wieder den gewohnten dumpfen Rotton angenommen hatte, hielt er die Stoppuhr an. Er richtete sich auf, und die geöffnete Hose rutschte an seiner Hüfte nach unten. Er hielt sie mit beiden Händen fest, aber seine Unterhose hatte herausgeblitzt, und er sah schnell hinüber zum Haus, ob seine Mutter auch nichts davon mitbekommen hatte.

»Sieht aus, als könntest du einen Gürtel gebrauchen, Vetter«, sagte Johnny Boy.

»Elf Minuten abrackern für vierzig Sekunden Licht. Das reicht noch nicht.«

Jacky schloss die Hose, steckte die Stoppuhr in die Tasche und wischte sich das Gesicht mit dem Hemdzipfel ab.

»Sie produzieren Ihren eigenen Strom?«, sagte Mick.

»Yep.«

»Wenn man in einem niedrigeren Gang radeln würde, dann könnte man mehr Saft abzapfen. Wie wenn man mit einem Zehn-Gang-Rad bergauf fährt. In Europa haben die Dinger sogar siebenundzwanzig Gänge.«

»Aha. Da werden sie wohl eine Neungangschaltung mit drei Ritzeln benutzen.«

»Haargenau«, erwiderte Mick. »Drüben, überm großen Teich, fahren sie Rennen mit solchen Fahrrädern.«

»Vielleicht probier ich's mal aus«, sagte Jacky. »Momentan muss ich mir was einfallen lassen, wie ich die Energie speichere.«

»Wie wär's mit 'nem Schwungrad?«

»Zu schwer. Ich dachte eher an Pumpspeicher oder so. Ein Ansatz mit Gravitationskraft.«

Die Fliegentür öffnete sich, fiel mit einem Knall wieder zu, und Jackys Mutter winkte Johnny Boy zu.

»Komm, begrüß deinen Onkel«, rief sie. »Sein eigener Sohn hat ja nie Zeit für ihn.«

Johnny Boy nickte und ging auf das Haus zu.

»Du bist also Jacky, ja? Und hast ein Händchen für alles Mechanische?«

»Ich kann alles auseinandernehmen und dann wieder so zusammenbauen, dass es hinterher besser funktioniert als vorher. Das ist mir zu langweilig geworden, deswegen entwickle ich jetzt meine eigenen Sachen. In letzter Zeit beschäftige ich mich damit, wie man hier zu Hause Strom speichern kann. Unsere alten Hügel sind nicht für Solarpaneele gemacht.«

Mick nickte. Obwohl es wolkenlos und sonnig war, lagen die Wälder an den Westhängen in tiefem Schatten. Das kam den Eichen und Hickorys, den Morcheln und Ginsengpflanzen zupass, aber für die Nutzung von Sonnenenergie war es unpraktisch.

Jacky zog sich das durchgeschwitzte Hemd vom Körper und zitterte, als der Schweiß ihn kühlte.

»Woran arbeitest du momentan noch?«, fragte Mick.

»So einiges. Ein Mantel, um sich unsichtbar zu machen. Hinten auf dem Rücken hat man eine Kamera. Vornedrauf ist eine Projektionsfläche. Mit Live-Übertragung von der Kamera hinten. Jeder, der einen kommen sieht, würde meinen, man wäre gar nicht da.«

»Und was ist mit dem Kopf? Den sieht man doch durch die Luft schweben.«

»Ich geb's zu, das ist ein Problem«, sagte Jacky. »Oben in Kanada bei der Armee haben sie einen Mantel, mit dem man sich komplett unsichtbar machen kann.«

»Die haben doch gar keine Armee.«

»Na, vielleicht ja doch, aber der Mantel funktioniert hundertprozentig.«

Mick lachte.

»Echt jetzt! Ohne Scheiß«, sagte Jacky. »Unter ihrem Tarnmantel haben die Kanadier vielleicht eine ganze Armada von Panzern direkt an der Grenze aufgefahren, und sie warten nur auf den richtigen Augenblick, um uns anzugreifen.«

»Aber warum sollte Kanada uns denn angreifen?«

»Die Großen Seen, Alter. Bald ist bei denen da oben alles ausgetrocknet, und dann gibt es nur noch in den Großen Seen Wasser.«

»Alles klar«, sagte Mick. »Und was hast du sonst in der Mache?«

»Ein Perpetuum mobile. Gar nicht so einfach. Die Reibung macht mir immer wieder einen Strich durch die Rechnung.«

»Hast du einen Prototyp?«

»Den darf keiner sehen. Nicht dass mir jemand meine Ideen klaut.«

»Aber wenn ihn keiner sehen darf, wie willst du dann Investoren finden?«

»Bist du ein Investor?«

»Nein, ich bin bei der Army, momentan krankgeschrieben. Aber in Italien habe ich mal ein Modell von da Vincis Perpetuum mobile gesehen.«

»Das mit den Kugeln am Rad?«

»Genau, im Museo Galileo. Das lief richtig lange, aber irgendwann hatte auch er das Problem mit der Reibung.«

»Früher oder später erwischt sie uns alle. Die Schwerkraft ist noch schlimmer. Deswegen schrumpfen alte Leute auch. Reibung und Schwerkraft bringen uns um.«

»Na komm, zeig mir deine Maschine doch mal«, sagte Mick. »Ich verspreche dir, dass ich deine Idee nicht klaue.«

»Aber keine Fotos!«

Mick nickte und folgte Jacky in einen Anbau, der von außen windig, von innen aber wie frisch renoviert aussah. Er beherbergte eine erstaunlich saubere, helle Werkstatt. Tischsäge, Bohrständer, Fräsmaschinen, Drehbänke für Holz und Metall, mehrere Schleifmaschinen. Auf der Werkbank standen ein Schraubstock und mehrere Elektrogeräte. An der Wand hingen reihenweise Werkzeuge, jedes mit schwarzem Marker umrahmt, damit es an den richtigen Platz zurückgehängt werden konnte. In einer Ecke wartete ein Industriestaubsauger.

Voller Stolz zeigte Jacky auf eine kleine Holztreppe, aus der seitlich eine Kurbel ragte. Auf einer Stufe in der Mitte lag ein Slinky-Treppenläufer aus Metall. Jacky setzte den Slinky so in Bewegung, dass er sich auf die nächste Stufe nach unten faltete. Mit der anderen Hand drehte er die Kurbel, sodass die Stufen sich nach oben bewegten. Im Grunde war es eine Minirolltreppe. Jacky drehte die Kurbel im selben Tempo wie der Slinky, der in Bewegung blieb, aber nie unten ankam. Der Anblick bereitete Mick eine solche Freude, wie er sie seit Monaten nicht mehr verspürt hatte. Die Metallgeräusche des Slinkys ergaben zusammen mit dem Knarren der Holzstufen eine Art Musik.

»Das ist Version Nummer zwei«, sagte Jacky. »Ich habe es auch schon mit einem Mühlrad und einem Bach versucht, aber der Wasserzufluss war zu unbeständig.«

»Und als was bezeichnest du dich?«, fragte Mick. »Als Erfinder oder Künstler?«

»Keine Ahnung. Wo liegt der Unterschied?«

Mick zuckte die Achseln und fragte, ob er auch mal kurbeln durfte.

Ein paar Minuten später stieß Johnny Boy zu ihnen, betrübt über den schlechten Zustand seines Onkels. Uncle Billy war sein Leben lang kräftig und robust gewesen, und jetzt war außer einem bleichen Klumpen nichts mehr von ihm übrig. Er atmete unter großen Mühen und musste oft so lange husten, dass es klang, als wolle er einen Teil seiner wunden Lunge mit aushusten. Es jagte Johnny Boy schreckliche Angst ein. Zwanzig Jahre hatte sein Onkel unter Tage gearbeitet, bekam aber trotzdem keine Hilfszahlungen von der Regierung für Patienten mit Kohlenstaublunge. In Kentucky gab es als einzigem Staat ein neues Gesetz, welches es Radiologen verbot, Röntgenbilder von Staublungen auszuwerten. Davon profitierten die Bergwerksbetreiber, aber nicht die sterbenden Arbeiter.

Johnny Boy war nur kurz bei seinem Onkel dringeblieben und hatte Schuldgefühle, als er wieder ging. Jetzt Mick dabei zu erwischen, wie er mit einem Treppenläufer spielte, war ähnlich beunruhigend, wie seinen sterbenden Onkel zu sehen. Mick hörte auf, die Kurbel zu drehen. Der Slinky sprang auf die unterste Stufe, torkelte auf den Zementboden und bewegte sich noch ein wenig weiter, bis er stehen blieb. Alle Augen waren auf den Treppenläufer gerichtet, dann sahen sie einander an.

»Kennst du dich auch mit alten Autos aus?«, sagte Mick zu Jacky.

»Kinderspiel. Je älter desto besser.«

»Und wie sieht's mit einem 1963er-Chevrolet Pick-up aus?«

»Ach, der Pick-up mit Trittbrett. Was ist drin?«, fragte Jacky.

»Hundertvierzig Kawe. Das 230er-Modell. Muss wieder flottgemacht werden.«

»Und, was zahlste?«

»Wie viel kriegen Automechaniker hier in der Gegend?«

»Ich zahle immer zwölf und ein paar Zerquetschte pro Stunde.«

Mick sah Jacky abwartend an.

»Nö«, sagte Jacky. »Ich bin nicht wie die andern.«

»Zwanzig die Stunde«, sagte Mick. »Mehr gibt's nicht.«

»Welche Farbe hat er?«

»Das altmodische Hellblau mit weißem Dach.«

»Na okay«, antwortete Jacky. »Einen Blauen reparier ich.«

»Eine Sache noch«, sagte Johnny Boy. »Du musst solange in seiner Hütte übernachten und da ein bisschen aufpassen.«

»Na, ich weiß ja nicht«, sagte Jacky. »Mein ganzes Werkzeug und meine Sachen sind doch hier.«

»Warum machen wir es nicht so«, sagte Mick. »Wir organisieren jemanden, der dir hilft, alles rüberzuschaffen, was du zum Arbeiten brauchst. Du kannst jederzeit herkommen, wenn du mehr Werkzeug und Verpflegung brauchst.«

»Tja«, sagte Jacky. »Ein bisschen Ruhe könnte ich gut gebrauchen, um Sachen zu zeichnen. Wie weit ist es weg?«

»Ungefähr fünfunddreißig Minuten.«

»Und wann soll ich anfangen?«

»Sobald ich die Straße etwas entkrautet habe. Ist alles ein bisschen zugewuchert.«

»Miet mir einen Miniplanierer«, entgegnete Jacky, »dann mach ich's dir.«

»Die kannst du auch fahren?«

»Das schaffen Dümmere als ich jeden Tag.«

Mick und Jacky schlugen ein und nickten sich einmal zu. In den Bergen hieß das: Dieser Vertrag galt, bis die Arbeit getan war. Die Männer verließen den Schuppen, und Jacky begleitete sie zum Einsatzwagen. Er war in Gedanken versunken, als wäre er schon dabei, eine Liste der Ausrüstung anzulegen, die er rauf zur Hütte transportieren musste.

»Ach, Vetter«, sagte Johnny Boy. »Was meinen die Ärzte eigentlich wegen deinem Vater?«

»Nichts Gutes.«

»Tut mir echt leid. Schon mal dran gedacht, was zu erfinden, mit dem man Geld verdienen kann?«

»Zum Beispiel?«

»So wie Big Mouth Billy Bass zum Beispiel. Kennst du den noch, den singenden Fisch?«

»Na klar, das war dieses scheußliche Gummiding, das das Maul aufgeklappt und ›Take Me to the River‹ gesungen hat. Nach zehn Minuten hatte jeder die Nase voll davon.«

»Das Ding hat hundert Millionen Dollar pro Jahr eingebracht. Ich habe im Internet was darüber gelesen.«

»Dein Internet kannst du behalten. Deine tollen Vorschläge auch.«

»Darf ich mal dein Handy benutzen, Johnny Boy?«, fragte Mick. »Ich muss beim Miniplaniererverleih anrufen.«

»Und wo ist dein eigenes Handy?«, fragte Johnny Boy.

»Bei Linda im Haus.«

»Viele Leute tragen so was übrigens mit sich herum, nur dass du's weißt.«

»Ich hab so was gar nicht erst«, sagte Jacky. »Von den Dingern kriegst du Hirntumor.«

Johnny Boy reichte sein Handy an Mick weiter und setzte sich mit angewidertem Gesicht ins Auto. Sein Cousin war bekanntermaßen ein närrischer Kauz, und jetzt hatte Mick sich auch noch auf seine Seite geschlagen. Johnny Boy mochte Big Mouth Billy Bass. Er besaß schon das dritte Exemplar davon.

Mick setzte sich neben ihn, und sie fuhren zurück nach Rocksalt. Johnny Boy war so aufgebracht, dass er vergaß, den Entgegenkommenden zuzuwinken.

»Warum hast du dem Spinner zwanzig Dollar die Stunde angeboten?«, fragte er.

»Ich halte deinen Cousin für eine Art Genie.«

»Wegen einem blöden Slinky, der ein paar Bretter runterhüpft? Wem soll das was bringen?«

»Vielleicht geht's ja genau darum.«

KAPITEL 7

Linda parkte ihren Camry vor einem allein stehenden Haus und drückte zweimal auf die Hupe. Ein paar im Matsch liegende Planken verbanden das Haus mit der Straße. Linda überprüfte den Namen des Besitzers auf der Grundsteuerliste und hupte noch einmal. Hinter dem Vorhang bewegte sich etwas. Die Haustür ging zögerlich auf, und ein Mann trat hinaus auf die Veranda. Er hatte einen dicken Bauch, aber seine Beine waren kurz, spindeldürr und steckten in ungeschnürten Arbeitsstiefeln. Linda ging auf den Holzplanken ein Stück auf das Haus zu.

»Hidy, Mr. Campbell«, sagte sie. »Ich heiße Linda Hardin. Ich bewerbe mich um den Posten als Sheriff.«

»Sind Sie nicht schon der Sheriff?«

»Sehr richtig, Sir, das stimmt, aber ich bin gerade nicht im Dienst. Deswegen bin ich auch mit meinem Privatwagen gekommen. Die Wahlen finden nächste Woche statt, und ich würde mich freuen, wenn Sie mich wählen.«

»Warum?«

»Ich bringe Erfahrung mit. Ich wohne immer schon hier. Ich verstehe, was die Leute wollen und wie sich Probleme am besten ausbügeln lassen.«

»Die Leute wollen vor allen Dingen nicht ins Kittchen«, erwiderte Mr. Campbell.

»Ich als Sheriff habe gar kein Gefängnis. Das Gefängnis in Rocksalt gehört dem County.«

»Was macht das für einen Unterschied?«

»Einen gewaltigen, würde ich sagen. Die Polizei und der Richter sperren Leute ein. Ich bin vor allem dafür verantwortlich, bei Querelen zu vermitteln.«

»Ich vertrage mich mit allen.«

»Das freut mich«, erwiderte sie. »Aber man weiß ja nie, was auf einen zukommt. Ein Landstreicher. Wilde Hunde. Ein Nachbar, der ein Methlabor aufmacht. Oder Auseinandersetzungen über den Grenzverlauf an Ihrem Grundstück. Bei so etwas kann ich Ihnen helfen.«

»Und was hab ich davon, wenn ich Ihnen meine Stimme gebe?«

»Eine unparteiische Person, die Ihnen zuhört.«

Linda fasste in die Jackentasche nach dem Flugblatt, das sie zusammen mit einem Magneten für den Kühlschrank und einer kleinen Visitenkarte mit ihren Errungenschaften verteilte. Mr. Campbell sah sich die Materialien an.

»Haben Sie nicht mal Ihren eigenen Bruder verhaftet?«, sagte er.

»Korrekt, Sir. Gegen meinen Bruder lag ein Haftbefehl wegen unerlaubtem Fernbleiben von der Truppe vor. Ich habe ihn zurück zur Army geschickt.«

»Und warum haben Sie so was gemacht?«

»Das sind die US-Bundesgesetze. Auf eins können Sie sich verlassen, Mr. Campbell: Bei mir werden alle gleich behandelt.«

Er starrte an Linda vorbei zu ihrem Wagen, dann beobachtete er eine Purpurschwalbe, die rasend schnell in einen ausgehöhlten, von einem Ast hängenden Kürbis flog. Linda folgte seinem Blick zu dem Flaschenkürbis, der vom Gewicht des Vogels immer noch hin- und herschwankte.

»Fressen die wirklich Mücken?«, fragte sie.

»Und ob. Andere Insekten auch.«

»Und die Flaschenkürbisse ziehen Sie selbst?«

»Ja, hinterm Haus habe ich einen Garten. Einer von meinen Butternut-Kürbissen ist größer als ein kleines Schwein.«

Beide blickten in Richtung des Gartens, als könnten sie durch das Haus hindurchsehen. Linda fragte sich, wie klein das kleine Schwein sein mochte, von dem er redete.

»Meine Frau«, sagte Mr. Campbell. »Die hat einen Neffen, und es wäre gut, wenn der nicht ins Kittchen wandern würde.«

»Hat er was auf dem Kerbholz, worüber Sie sich Gedanken machen?«

»Kann sein.«

»Haben Sie vor ihm Angst?«, fragte sie.

»Ach, Quatsch. Die Sache ist die: Die Schwester von meiner Frau hat eine Sehnenscheidenentzündung, an den Händen, von der Näherei, wo sie in West Liberty an der Maschine gearbeitet hat. Jetzt kann sie nicht mehr nähen. Kann nicht mal ihr Unkraut jäten. Fernsehen guckt sie gern, aber die normalen Sendungen findet sie sterbenslangweilig. Ihr Sohn hat es so gedreht, dass sie die ganzen Kabelsender ins Haus kriegt. Das ist jetzt nicht hundert Prozent koscher, aber es ist das Einzige, was seiner Mutter Freude macht. Ich will nicht, dass die Gesetzeshüter ihnen das verbieten. Dann würde die Schwägerin ständig meiner Frau in den Ohren liegen und jammern.«

»Dieser Neffe«, entgegnete sie. »Hat der Sie auch mit Kabelfernsehen versorgt, hier im Haus?«

»Nein, ich gucke nicht gern in die Röhre. Lauter Idioten, die idiotische Sachen machen, und das soll man dann witzig oder schlimm finden.«

»Nicht mal Sport?«

»Wenn die Reds spielen, und das Spiel läuft auf einem kostenlosen Kanal, dann ja, dann stell ich's an, dreh den Ton ab und hör mir das Spiel im Radio an. Die Radiosprecher sind viel schlauer als die Fernsehsprecher.«

»Das haben meine Mutter und ich auch immer gemacht. Und sie hatte das von ihrem Daddy gelernt.«

»Tja«, sagte er. »Ist ja auch besser so.«

»Also, wenn Sie ganz persönlich nicht kostenlos Kabelfernsehen gucken«, sagte Linda, »dann geht mich die Sache nichts an. Wenn jemand kommt und sich über Ihre Schwägerin beschwert, dann kümmere ich mich drum. Ich pass auf, dass Ihr Neffe nicht ins Kittchen wandert.«

»Ehrenwort?«

»Wenn er sonst nichts ausgefressen hat, ja.«

»Tja«, sagte er. »Also.«

»Mir ist übrigens aufgefallen, dass Sie kein Schild auf dem Rasen haben. Wäre das in Ordnung, wenn ich eins von meinen hinstelle?«

»Ein Wahlplakat auf einem Stock?«

»Genau«, sagte sie. »Es steht allerdings auf zwei Drahtfüßen.«

»Da vorn auf dem Rasen geht das sicher in Ordnung.«

»Danke.«

Mr. Campbell ging zurück ins Haus, und Linda öffnete den Kofferraum. Sie holte ein auf Vinyl gedrucktes Wahlplakat mit Drahtenden heraus, das sie mit einem Kugelhammer in die weiche Erde klopfte. An diesem Tag musste sie noch zu zehn weiteren Häusern, aber dieses hier war das wichtigste. Grady Campbell war von der mittleren Campbell-Generation der Älteste, wodurch er besonderen Einfluss genoss. Linda hatte früher am Tag schon seine Mutter besucht und davon überzeugt, für sie zu stimmen, nachdem sie sich eine Stunde Klatsch und Tratsch angehört hatte. In der Familie Campbell gab es achtundvierzig Wahlberechtigte, und Linda wollte jede einzelne dieser Stimmen. Die Tatsache, dass das illegale Anzapfen eines TV-Kabelzugangs von den Bundesbehörden verfolgt wurde, nicht vom Sheriff, sicherte ihre kleine Notlüge ab.

Zwei Stunden später hatte Linda alle weiteren Plakate aufgestellt, elf weitere Stimmen eingeworben und es zurück in die Stadtmitte geschafft. Erfreut stellte sie fest, dass ihr Dienstwagen auf dem reservierten Platz vor dem Sheriffbüro parkte. Sie ging einmal um den SUV herum, fand aber keine Dellen und Kratzer. Sie hoffte, dass Johnny Boy daran gedacht hatte, den Sitz zurückzuschieben. Ihr Deputy war zwar größer als sie, fuhr aber gern der erhöhten Wachsamkeit zuliebe wie ans Lenkrad geklebt.

Vorn hinterm Eingang saß Sandra an ihrem Arbeitsplatz und blickte konzentriert auf den Bildschirm. Sie sah kurz auf und schüttelte den Kopf, was hieß, dass es keine Anrufe gegeben hatte und auch keine erwartet wurden. Mick stand in dem engen Kabäuschen, Johnny Boys Büro, und blätterte in einem Stoß Papier.

»Und, viele Stimmen eingeheimst?«, fragte Johnny Boy.

»Fünfzig bis sechzig«, sagte Linda.

»Die Wahl hängt immer vom Wetter ab.«

»Dann kutschiere ich die Leute halt zum Wahllokal«, erwiderte sie. »Ich leih mir einen Transporter mit Fahrer für den Wahltag.«

»Dann wollen sie als Nächstes am Einkaufsladen haltmachen.«

»Von mir kriegen sie alles, Hauptsache, sie wählen«, sagte Linda. »Und, was habt ihr da?«

»Eine Polizeiakte«, sagte Johnny Boy. »Mordfall Fuckin' Barney. Ich habe Mick eine Kopie gemacht.«

Lindas Gesicht verdunkelte sich wie unter einer schwarzen Wolke. Sie starrte ihren Bruder vielsagend an, machte eine Kopfbewegung in Richtung ihres Büros und ging. Mick folgte ihr mit den Unterlagen, die wegen eines Papierstaus im Drucker etwas verknickt aussahen. Ihm gefiel es in Lindas Büro. Die nüchterne Atmosphäre erinnerte ihn ans Militär. Bei Johnny Boy war es steif wie neu gekaufte Jeans, seine Ordentlichkeit wirkte fast zwanghaft.

»Ich habe das Foto auf Johnny Boys Schreibtisch gesehen«, sagte Mick.

»Das, wie ich dich festnehme?«

»Er wollte es schnell wegdrehen, aber er hat eine Reaktionsfähigkeit wie ein alter, im Sterben liegender Hund.«

»In Lexington haben sie es in der Zeitung gebracht, in Ashland und Carter County auch. Tatsache ist jedenfalls, dass es mir eine Menge Stimmen einbringt, großer Bruder.«

Sie nahm hinter ihrem Schreibtisch Platz, er setzte sich auf den Besucherstuhl. Hunderte von Malen hatte er auf ähnliche Weise seinen Vorgesetzten gegenübergesessen. Dass es sich jetzt um seine Schwester handelte, machte keinen Unterschied. Er war stolz auf sie, aber das würde er ihr natürlich nie sagen.

»Das Klinkenputzen macht mich völlig fertig«, sagte sie. »Wirklich nicht mein Ding. Und, bist du heute schon marschiert?«

»Sieben Meilen.«

»Und was hast du mit der verdammten Polizeiakte vor?«

»Die Mom von Fuckin' Barney hat mich gebeten, dass ich mir die Sache anschaue. Sie glaubt, da steckt mehr dahinter, aber die Polizei tut nichts.«

»Du und diese Familie«, erwiderte sie. »Ich kapier's einfach nicht.«

»Ganz früher hatte Mrs. Kissick mal was mit Dad.«

»Das geht uns doch nichts an.«

»Wenn ich ihr helfen kann, dann tue ich das auch.«

»Musst du dich nicht um deine Gesundheit kümmern?«

»Das eine hat nichts mit dem anderen zu tun. Fuckin' Barney ist eiskalt abgeknallt worden. Womöglich bringt der Schuldige bald den Nächsten um. Es bleibt ja nie bei einem. Wenn ich dem ein Ende setzen kann, dann tue ich das auch. Ich habe genug Tote in meinem Leben gesehen.«

Linda lehnte sich auf dem Drehstuhl zurück und starrte an die Decke. Ihr Bruder sprach prinzipiell nicht über das, was er im Krieg erlebt hatte, aber sie wusste, dass es hart gewesen sein musste. Vermutlich unvorstellbar schrecklich. Mick war auf jeden Fall zu Gewalt in der Lage, besaß aber dennoch eine erstaunliche Menge Empathie für seine Mitmenschen. Er klatschte nicht mal Stechmücken tot und versprühte kein Ameisengift. Wenn er Ameisen loswerden wollte, grub er in zwei großen Ameisenhaufen etwas Erde aus und schüttete sie auf den jeweils anderen. Die Ameisen kämpften gegeneinander, und die Überlebenden zogen woanders hin. Wenn er sich für die Kissicks einsetzte, wäre er beschäftigt, und sie hätte ihr Haus hin und wieder mal für sich allein.

»Du willst die Sache untersuchen?«, fragte sie ihn.

»So gut es geht. Ein bisschen Zeit habe ich noch.«

»Was steht im Polizeibericht?«

»Nicht viel«, antwortete er. »Auf den Tatortfotos sind Herointütchen zu sehen, die neben Barney auf dem Boden liegen. Die Polizei hält es einfach für einen Drogendeal, bei dem was schiefgelaufen ist. Aber jeder Kunde hätte den Stoff doch mitgenommen.«

»Du bist also argwöhnisch?«

»Sagen wir: neugierig«, antwortete er.

»Bring bloß niemanden auf die Palme«, sagte sie. »Ich muss noch die Wahl gewinnen.«

»Eine Person gibt es, die hockt schon oben auf der Palme.«

»Und zwar?«

»Mrs. Kissick.«

Linda reagierte auf diesen Satz mit einer für sie typischen Bewegungsfolge – sie schloss drei Sekunden lang die Augen, zuckte mit den Schultern und stieß mit geschlossenen Lippen einen kleinen Seufzer aus. Das war ihre Art, einen Fluch zu unterdrücken, und hieß, dass sie sich widerstrebend mit den Tatsachen abfand.

»Von den Kissicks gibt's nicht mehr viele«, sagte sie. »Die meisten gehen nicht wählen.«

»Aber wenn ich ihnen helfe, könnte sich das ändern. Kannst du Johnny Boy bitten, dass er mich zurück nach Hause bringt?«

»Kein Thema«, sagte sie. »Aber danach fährt er dich nicht mehr auf Staatskosten spazieren.«

»Ich lasse gerade meinen Chevy reparieren.«

»Lohnt sich das denn noch?«

»Wahrscheinlich nicht, aber ich mag diesen Pick-up. Der Cousin von Johnny Boy arbeitet daran.«

»Welcher Cousin?«

»Jacky Turner. Kennst du den?«

»Na klar. Wohnt bei seinen Eltern. Komischer Vogel, aber messerscharfer Verstand.«

Mick nickte und ging. Zehn Minuten später stand er mit seinem Handy bei Linda in der Küche und rief ein Taxi. Er verlangte nach Albin, dem Mann, der den Toten gefunden hatte. Der Mann in der Funkzentrale lachte. »Heute hat außer Albin eh keiner Dienst«, sagte er. »In fünf Minuten ist er da.«

Sein Bein und die Hüfte hatten Mick den ganzen Tag lang keine Schwierigkeiten gemacht. Er fragte sich, ob sich die Physio endlich auszahlte oder ihn die vielen Ereignisse des Tages nur von seinen Schmerzen abgelenkt hatten. So oder so war er dankbar dafür. Er steckte seine Beretta M9 im Lederholster hinten unters Hemd in den Hosenbund. Seit Wochen hatte er keine Waffe mehr getragen, und das Gewicht fühlte sich gut an.

Das Taxi fuhr vor, und er stieg auf den Rücksitz. Albin trug eine Vokuhila-Frisur, die entfernt an einen von Kentuckys kleinen Wasserfällen erinnerte.

»Wo soll's hingehen?«

»Western Auto.«

»Der Laden hat seit zehn Jahren zu.«

»Bring mich auf den Parkplatz. Kennst du den?«

»Na klar«, entgegnete Albin. »Genau da habe ich letzte Woche den Toten gefunden.«

Der Mörder hätte darüber nicht so bereitwillig Auskunft gegeben. Trotzdem konnte es gut sein, dass Albin etwas gesehen oder gehört hatte, irgendein Detail, von dessen Bedeutung er nichts ahnte. Gemächlich fuhr Albin die Lyons Avenue hinunter bis zur Querstraße.

»Du hast also den Toten gefunden«, sagte Mick.

»Ja, so war's.«

»Und bist du dahin beordert worden, solltest du jemanden abholen?«

»Ach was. Ich hatte Pause. Habe ihn da liegen sehen und gedacht, vielleicht braucht er ein Taxi. Ich hab mir gedacht, vielleicht ist er ja besoffen, ohnmächtig oder so.«

»Und was hast du gemacht?«

»Die Polizei gerufen. Ich fahre ein Taxi, keinen Krankenwagen.«

»Und woher hast du gewusst, dass er tot ist?«

»Ich? Gar nicht. Aber er sah nicht gut aus und hatte überall Blutflecken.«

Auf der Second Street verlangsamte Albin das Tempo und bog auf den Parkplatz hinterm Western Auto ein, auf dem gerade ein neueres Ford-Modell mit laufendem Motor stand. Als der junge Mann am Steuer das Taxi sah, fuhr er sofort los und beschleunigte, sobald er auf der Straße war. Eine Frau mit langen roten Haaren auf dem Beifahrersitz drehte den Kopf nach hinten und sah ihnen hinterher.

»Kennst du die?«, wollte Mick wissen.

»Nein. In letzter Zeit kommen eine Menge Kids her. Sie wollen sich gruseln: gucken, wo jemand gestorben ist. Wenn jemand bei einem Autounfall umkommt, schauen die sich das Autowrack an.«

»Darf ich dich um einen Gefallen bitten?«, fragte Mick. »Könntest du mit mir rübergehen und mir zeigen, wo du ihn gefunden hast?«

Mit der unwilligen Behäbigkeit eines Bauers, der vom Trecker steigen soll, verließ Albin sein Taxi. Er reckte sich und rollte die Schultern nach hinten.

»An dem Abend, an dem du ihn gefunden hast, wo hast du da geparkt?«, fragte Mick.

»Direkt da drüben, da, wo früher die Hintertür war.«

»Und wie hast du das sehen können, dass da jemand liegt, wenn es dunkel war?«

»Scheinwerferlicht.«

»Verstehe. Zeig mir mal genau, wo er gelegen hat.«

Albin ging Mick voran über den ruinierten Parkplatz – Löcher im Asphalt, mit Schotter aufgefüllte Stellen, zugewucherte Erde.

Frische Reifenspuren von mehreren Fahrzeugen waren auf dem Untergrund zu sehen. Albin zeigte auf die Stelle: »Genau hier hat er gelegen.«

»Wart mal kurz«, sagte Mick.

Er bewegte sich langsam im Halbkreis um die Stelle, auf die Albin gezeigt hatte. Er hielt die Augen auf den Boden geheftet und umrundete sie in allmählich kleiner werdenden Kreisen. Auf einem Flecken nackter Erde war eine gebogene Linie zu sehen, und er hielt nach einer zweiten, parallel dazu, Ausschau – die Spuren der Rollen an der faltbaren Trage, auf die der Tote geladen worden war. Mick ging in die Hocke und starrte auf den Boden. Kein Blut. Keine Patronenhülsen. Nichts, außer hartem Asphalt, auf dem ein Mann gestorben war.

Er holte einen Ausdruck des Tatortfotos heraus, betrachtete eingehend den Hintergrund und nahm genau dieselbe Stellung ein wie der Polizeifotograf. Barney lag auf dem Rücken, ein Arm unter dem Körper verdreht, der andere ausgestreckt in Richtung Kamera. Wie viele Male war Mick schon in dieser Situation gewesen: Er suchte den Ort eines Gewaltverbrechens auf und fand – nichts.

Er drehte sich zu Albin um, der etwas vor sich hin summte, das vage wie ein entstelltes Stück Classic Rock klang.

»Wo warst du, bevor du den Parkplatz hier angesteuert hast?«, fragte Mick.

»Ich bin herumgefahren und habe gewartet, dass die Zentrale sich meldet.«

»Wo warst du überall?«

»So viele Stellen, wo man hinkann, gibt's hier ja nicht«, antwortete Albin. »Die Main Street rauf und wieder runter, bei den Kneipen vorbei, aber für die war es noch zu früh. Dann eine Runde über den Collegecampus, dann bin ich hergekommen, um hier zu warten.«

»Warum gerade hier?«

»Von hier aus ist man überall schnell. Nachts ist es ziemlich dunkel. Kann man ein gutes Schläfchen machen, wenn einem danach ist.«

»Und hast du geschlafen?«

»Nein, ich habe vorher schon den Toten gesehen.«

»Gab es andere Autos?«

»Auf der Straße bin ich wahrscheinlich an ein paar vorbeigefahren.«

»Ich meine hier.«

»Nein, hier war niemand. Nur ich.«

»Hast du was gehört?«

»Was denn zum Beispiel?«

»Ein anderes Auto vielleicht. Ein Gespräch. Ein Radio. Schüsse.«

Albin rieb sich rechts den Kopf und legte die Stirn zum Nachdenken in Falten. Er kniff die Augen zusammen und blickte nach rechts oben ins Leere.

»Nein, ich glaube nicht. Wenn was gewesen wäre, hätte ich's gehört. Ich hatte die Fenster offen und keine Musik laufen.«

Mick nickte. Er war überzeugt, dass Albin die Wahrheit sagte. Im rechten Schläfenlappen des Gehirns waren die Erinnerungen gespeichert. Log jemand, blickte er oft nach links, zum kreativen Teil des Gehirns.

»Ich muss noch woandershin«, sagte Mick. »Du kannst die Zähluhr laufen lassen und auf mich warten.«

»Gehören Sie zur Familie?«, fragte Albin. »Zu den Kissicks, meine ich?«

»Nein, ich helfe ihnen nur.«

Darüber grübelte Albin nach, als er ins Auto stieg. Der Mann redete wie ein Polizist, war aber keiner. Soweit er wusste, hatten die Kissicks keine Freunde, nur Kunden. Und abgesehen von Familienmitgliedern arbeitete niemand für sie. Vielleicht arbeitete der Unbekannte fürs FBI. Dann hatte er vielleicht gute Kontakte zum FBI-Hindernisfahrkurs für Albin.

KAPITEL 8

Marquis Sledge III war der einzige Bestattungsunternehmer im Ort und bekleidete gleichzeitig das Amt des Coroners von Eldrige County. Sein Vater und Großvater hatten auch schon die Toten bestattet und der Polizei zugearbeitet, das Familienunternehmen bestand mittlerweile seit fünfzig Jahren. In letzter Zeit machte Marquis sich Sorgen, ob sein Sohn den Familienbetrieb wohl übernehmen würde, wenn die Zeit kam. Marquis gab dem Internet die Schuld. Seine drei Kinder verbrachten einen geradezu unglaublichen Teil ihres täglichen Lebens mit YouTube-Videos, besonders der fünfzehnjährige Marquis IV. Er wollte mal »Influencer« werden, ein Beruf, unter dem sein Vater sich nicht das Geringste vorstellen konnte.

Da keine Beerdigungen oder Totenfeiern angesetzt waren, hatte Marquis seine Empfangsdame nach Hause geschickt und beschäftigte sich gerade mit der Bestellung von Büroartikeln. Er war so in seine Arbeit vertieft, dass er zusammenzuckte, als jemand leicht an die Tür klopfte. Marquis atmete einmal tief durch, zog eine einfache, dunkle Anzugjacke über und setzte ein angemessen leidendes Gesicht auf – alles Lektionen, die er von seinem Vater gelernt hatte. Als er die Tür aufmachte, stand der Bruder des Sheriffs vor ihm. Von der Highschool kannte Marquis Mick flüchtig, und vor einem Jahr hatten sie zusammen an einem Mordfall gearbeitet. Mick war einer der wenigen Menschen im County, die keinerlei Scheu vor Marquis hatten, trotz seiner Arbeit.

Marquis begrüßte Mick und bot ihm einen Stuhl an. Sein Büro

war schlicht eingerichtet, mit einem Familienfoto, zwei eingerahmten Diplomen und einer Urkunde der *Kentucky Funeral Directors Association* an der Wand. Ein kleines Gerät in der Ecke parfümierte die Luft diskret mit Rosmarinduft, um jeden Hauch von Balsamierflüssigkeiten zu überdecken. Mick musste an Brathuhn denken.

»Nichts los heute?«, fragte Mick.

»In dieser Jahreszeit ist generell nicht viel los. Im Januar sterben mehr Leute. Danach nimmt es ab.«

»Und wie sieht es bei Tötungsdelikten mit Schusswaffen aus?«

»Da liegt Kentucky im Mittelfeld. In Texas gibt es die meisten, in Hawaii die wenigsten.«

Ein Block Sonnenlicht kroch vom Fenster über die Wand und erleuchtete die Zimmerecke. Der Berghang hinter dem Bestattungsinstitut lag im tiefen Schatten. Oberhalb der Baumwipfel trieb eine lange, dünne Wolke über den Himmel.

»Warum interessieren Sie sich für so was?«, fragte Marquis.

»Wegen Barney Kissick.«

Marquis stand auf, holte einen beigefarbenen Aktenordner aus einem beigefarbenen Aktenschrank und legte ihn auf seinen Schreibtisch, der mit einer beigefarbenen Schreibunterlage bedeckt war. Es war ein altmodischer Schreibtischschoner aus Papier mit gepolsterten Taschen an beiden Seiten, in die man Unterlagen stecken konnte. Auch die Wände und Vorhänge waren in Beige gehalten. Marquis klappte die Aktenmappe auf und las sich seinen Obduktionsbericht durch.

»Drei Schussverletzungen in der Brust«, sagte er. »Ein Projektil traf einen Lungenflügel, Pneumothorax.«

Er warf Mick einen Blick zu und wartete auf die unvermeidliche Frage, er möge die medizinische Terminologie übersetzen.

»Kollabierte Lunge«, sagte Mick. »Die dritte Kugel?«

»Hat das Herz gestreift. Okklusion der distalen rechten Herzarterie.«

»Todesursache?«

»Akuter Blutverlust.«

Mick nickte. Marquis hatte bestätigt, was auch in dem Bericht des Rocksalt PD stand.

»Haben Sie den Toten am Tatort untersucht?«, fragte Mick.

»Korrekt«, antwortete Marquis. »Ich habe ihn für tot erklärt und dann vor Ort eine vorläufige Obduktion durchgeführt.«

»War am Tatort Blut zu sehen beziehungsweise so viel, dass es auf Verbluten hingewiesen hätte?«

»Nein«, sagte Marquis.

»Innere Blutungen?«

»Minimal.«

»Das steht nicht im Polizeibericht.«

»Sie sind der Erste, der danach fragt.«

Mick nickte und ließ sich das Ganze durch den Kopf gehen. Scheinbar hatte niemand Marquis befragt, weil nur ein stadtbekannter Drogendealer, der Heroin bei sich hatte, erschossen worden war.

»Wäre es denn möglich, dass er anderswo ermordet und dann in die Stadt geschafft worden ist?«, fragte Mick.

»Das kann ich nicht sagen. Ich bin kein Polizist.«

»So rein hypothetisch gesprochen«, sagte Mick.

»Ja, es ist möglich, dass der Tote postmortal bewegt worden ist.«

»Nicht nur möglich, sondern wahrscheinlich?«

»Wenn ich Polizist wäre«, sagte Marquis, »würde ich das aufgrund des fehlenden Bluts am Tatort als brauchbare Hypothese annehmen.«

»Irgendwelche Spuren an der Leiche?«

»Keine Abwehrwunden. Unter den Fingernägeln hatte er Tonerde.«

»Ton haben wir hier überall in unseren Hügeln.«

»In diesem Fall war es aber eine beträchtliche Menge Ton. Mehr Ton als Erde.«

»Als hätte er mit den Händen hineingefasst?«

»Was er gemacht hat, weiß ich nicht, aber er hatte beide Hände in Tonerde, bevor er gestorben ist.«

Mick versuchte, das alles auf einen Nenner zu bringen, ohne viel Erfolg. Die hiesige Erde war so tonhaltig, dass es in der Gegend zwei seit Langem geschlossene Betriebe gab, die früher Backsteine herstellten. Im Nachbarcounty hatte es auch eine Ziegelei gegeben.

»Haben Sie seine persönlichen Gegenstände?«, fragte Mick.

»Sein Handy, seine Pistole, Brieftasche, Drogen und eine in seiner Brusthöhle sitzende Kugel wurden von der Polizei mitgenommen. Das Geschoss hatte erst eine Rippe getroffen, dann das Brustbein.«

»Welches Kaliber?«

»Es war verformt, weil es im Körper herumgewandert ist«, sagte Marquis. »Ich vermute aber, ein .45er.«

»Sonst noch etwas?«

»Der Tote trug weder Schmuck noch Armbanduhr. Seine Kleidung habe ich noch hier.«

»Die würde ich mir gerne ansehen. Geht das?«

Marquis stand auf und verließ das Zimmer. Während Mick wartete, betrachtete er die beigefarbene Ausstattung und fragte sich, welchen praktischen Nutzen diese Farbe haben mochte. Im Krankenhaus wurden seit Neuestem bei Operationen dunkelblaue Arztkittel getragen, weil das die Komplementärfarbe zum Rosa des Körpergewebes war. Mit dieser Kombination ermüdeten die Augen der Chirurgen weniger schnell. Bei der Armee war die Standarduniform olivgrün, da dieser Farbton schneller als die anderen im Halbdunkel unsichtbar wurde. Beige musste irgendwas mit der Verarbeitung von Trauer zu tun haben.

Marquis kehrte zurück, eine große Plastiktüte in der Hand. Sorgfältig entnahm er ihr Jeans, Hemd und Socken. Daneben stellte er ein Paar Arbeitsstiefel. An den Knien war die Jeans gelblich verfärbt, was der Farbe der hiesigen Tonerde ähnelte. Mick untersuchte die Stiefelsohlen. In dem dicken Profil gab es große Zwischenräume, in denen eine Menge Erde klebte, zum Teil dunkel, zum Teil hell.

»Wer macht für Sie die forensische Geochemie?«, fragte Mick.

»Meistens die bundesstaatliche Polizei. Ich kann das leider nicht beauftragen. Das muss von den Untersuchungsbeamten kommen.«

»Und wenn man das privat untersuchen lassen würde?«

»Dann wäre das Ergebnis nicht offiziell zugelassen.«

»Offiziell zugelassen bin ich auch nicht«, erwiderte Mick. »Ich würde gern etwas Erdreich von einem der Stiefel mitnehmen. Falls sich doch noch jemand mit dem Fall beschäftigt, hat er noch die Erdspuren am anderen Stiefel.«

»Warum?«

»Wenn die Leiche tatsächlich bewegt wurde, dann kann die Erde vielleicht Aufschluss darüber geben, wo Barney ermordet worden ist. Viel ist es nicht, aber mehr habe ich nicht.«

Marquis überlegte kurz, dann zog er ein Ziploc-Beutelchen hervor. Mit seinem Taschenmesser kratzte Mick sorgfältig alles, was am linken Stiefel im Profil klebte, in den Beutel. Marquis sah ihm schweigend dabei zu, und Mick wartete ab, weil er spürte, dass der Mann etwas sagen wollte. Wahrscheinlich hatte er nicht viel Gelegenheit, sich mit Lebenden zu unterhalten.

»Warum ist hier eigentlich alles beige?«, fragte Mick.

»Wissen Sie, mein Großvater hat das Unternehmen 1970 gegründet. Damals war es üblich, Bestattungsunternehmen düster auszustatten – dicke Vorhänge, dunkle Wände, dunkle Beschläge. Ich habe die Einrichtung dann modernisiert, mehr Fenster einbauen lassen, hellere Auslegware. Damit hier ein bisschen Licht reinkommt. Mein Büro soll beruhigend einfarbig, aber nicht nichtssagend aussehen. Beige ist eine warme Farbe, die verschiedenen Beigetöne passen alle gut zueinander. Nicht nüchtern wie reines Weiß. Und nicht deprimierend wie früher bei Granddad.«

Etwas landete mit einem lauten Knall draußen an der Fensterscheibe. Mick ließ das Beutelchen mit Erde auf dem Schreibtisch stehen, ging nach draußen und umrundete das Gebäude. Auf dem Boden unter dem Fenster lag ein Goldfink. Behutsam hob Mick den betäubten Vogel hoch und hielt ihn in der Hand. Der Puls des Finks ging rasend schnell. Seine Augen waren offen. Mick piekte ihn sanft mit dem Finger, und die Flügel flatterten einmal kraftlos. Er hob das Vögelchen an den Mund und blies ihm dreimal Luft in den offenen Schnabel. Schnell atmend stand der Fink auf seinem Handteller. Er legte den Kopf schief, um Mick anzusehen, blickte sich um, als müsse er sich orientieren, und flog davon.

Mick ging zurück nach drinnen. Marquis stand am Fenster und sah hinaus.

»Das ist das erste Mal, dass hier beim Bestattungsinstitut wieder was zum Leben erwacht ist«, sagte er.

»Jeder hat eine zweite Chance verdient.«

»Auch Mr. Kissick?«

Mick nickte.

»Frau Dr. Harker am College«, sagte Marquis. »Sie interessiert sich für die forensische Geochemie und untersucht Bodenzusammensetzungen. Ein Labor hat sie auch.«

Mick bedankte sich bei ihm und ging. Er blickte suchend in die Bäume, ob noch andere Finken ihr Territorium verteidigen wollten, sah aber nichts. Als er sich hinten ins Taxi setzte, summte Albin vor sich hin.

»Wo soll's jetzt hingehen?«, fragte er.

»Zum College. Weißt du, wo die Geologie untergebracht ist?«

»Nein, aber das lässt sich rausfinden. Ganz sicher? Ich muss die Uhr weiterlaufen lassen.«

»Klar«, antwortete Mick. »Ich mache dir einen Vorschlag. Mein

Pick-up ist noch ein paar Tage in der Werkstatt. Wie wär's, wenn ich dich als Fahrer anheuere?«

»Privat?«

»Privat.«

»Da muss ich erst mit der Zentrale sprechen«, sagte Albin.

»Aber vorher bringst du mich zum Campus.«

Anfangs war Rocksalt State ein pädagogisches Seminar gewesen, auf dem Lehrerinnen für die Dorfschulen ausgebildet wurden, und hatte sich dann zum College erweitert. Es wurde auch »Kofferschule« genannt, weil die Mehrheit der Studierenden am Wochenende nach Hause fuhr. Die Lokalkultur der Kentucky Hills verlangte unbedingte Loyalität der Familie gegenüber. Jeder Art von Bildung stand man ganz allgemein skeptisch gegenüber. Wer studierte, musste seiner Familie immer wieder beweisen, dass der schädliche Einfluss des Seminarraums ihn nicht verdorben hatte und man sich nicht einbildete, etwas Besseres als die Eltern zu sein. Die Furcht war weitverbreitet, die Kinder würden einen Abschluss machen, anderswo einen Arbeitsplatz finden und die Eltern im Alter allein zurücklassen.

Ursprünglich hatten mehrere schmale Straßen den Campus gekreuzt, mittlerweile waren sie aber verkehrsberuhigt, damit die Studis ihn besser zu Fuß queren konnten. Das herkömmliche, im Taxi eingebaute Navi hatte seine Schwierigkeiten, in den veränderten Gegebenheiten einen Weg zu finden, und Albin musste mehrmals umdrehen, weil er in Sackgassen und Einbahnstraßen landete, bis er schließlich eine enge, von der Main Street abgehende Gasse fand, die zum Gebäude der Geologie führte.

Mick stieg aus und lief zur 1937 erbauten Glasser Hall, roter Backstein mit Granitbesatz. An der Vorderseite hatte das Gebäude vierundsechzig Fenster und erinnerte an eine städtische, im neunzehnten Jahrhundert erbaute Fabrik. Mick überquerte einen großen Vorplatz und ging auf den Haupteingang zu. Es war mitten im Semester, weswegen die Flure relativ leer waren, und er fand den Fachbereich Geologie problemlos. Eine Sekretärin teilte ihm mit, Dr. Harker sei noch die nächsten dreiundzwanzig Minuten im Unterricht. Mick freute sich über die präzise Zeitangabe und wartete. Er las sich eine Broschüre durch, der er entnahm, dass sich das Fach korrekt »Geowissenschaften« nannte, nicht »Geologie«. Wahrscheinlich fanden die Erstsemester den Studiengang dann attraktiver. Mick hatte neun Jahre gebraucht, um seinen Bachelor zu machen, weil er in drei verschiedenen Ländern studiert und gleichzeitig im Militär gedient hatte. Ein Abschluss war für die Beförderung in die Strafverfolgungsbehörde CID der US Army notwendig, und die hatte er sich zum Ziel gesetzt, als er nicht länger mit dem Fallschirm in Kampfgebieten abspringen wollte.

Zwei junge Männer gingen vorbei, den Blick auf ihre Handys gesenkt. Sie hätten auch Rekruten frisch aus dem Ausbildungslager sein können. Als ihnen drei junge Frauen entgegenkamen, hoben sie aber doch den Blick, und Mick fragte sich, wie sein Leben wohl verlaufen wäre, wenn er in Eldridge County geblieben und hier aufs College gegangen wäre. So alt wie jetzt wäre er natürlich immer noch, wahrscheinlich auch geschieden, aber sein Körper trüge nicht die vielen Narben von Schuss- und Stichwaffen und Schrapnell.

Am Büro von Frau Dr. Harker stellte er sich vor die verschlossene Tür. Kurz danach kam sie, zwei Studis im Schlepptau, die ihre Professorin ganz offensichtlich vergötterten. Sie ermutigte die beiden und erinnerte sie an ein Wahlseminar, mit dem sie ihre Noten aufbessern konnten. Dr. Harker war klein, energisch und bewegte sich flink. Sie trug eine Männerhose, die aus einem Anzug der Vierzigerjahre stammte, mit scharfer Bügelfalte, hohem Aufschlag und unauffälligem Karomuster. Sie lächelte Mick mit ungespielter Begeisterung an.

»Sie warten auf mich?«, sagte sie.

Mick bejahte. Sie schloss ihr Büro auf und bat ihn herein. Eine Wand des kleinen Raums war mit Bücherregalen bedeckt, ansonsten gab es einen Schreibtisch, Bürostuhl, Computer und einen Stuhl für Besucher. Das restliche Mobiliar diente als Ablagefläche für wirre Stapel ungeordneten Papiers. Bücher, Hausarbeiten und stößeweise Spiralordner wurden von vier Türmen blauer Prüfungshefte gestützt. Auf einem Regal stand ein Figürchen mit Schaufel und Wackelkopf, auf dem Kopf klebte ein kleines Foto von Dr. Harker. An der Wand hingen topografische Karten und schwer zu enträtselnde Bodendiagramme. Mick empfand es als wohltuende Überraschung, dass die sonst übliche Galerie gerahmter Diplome fehlte. Menschen, die meinten, ihre Leistungen zur Schau stellen zu müssen, traute er nicht über den Weg. Dr. Harker setzte sich entspannt auf ihren Stuhl und sah ihn freundlich durch eine Nickelbrille hindurch an. Auch früher hatte Mick schon mit Akademikern als Experten zusammengearbeitet, aber nur in Europa, wo ein Professor ein völlig anders geartetes Wesen war.

»Marquis hat mich schon angerufen«, sagte sie. »Ich soll Ihnen zuhören, meint er. Ich höre. So sehe ich aus, wenn ich zuhöre.«

Sie lächelte wieder, und Mick erklärte ihr schnell die Lage und was er von ihr wollte.

»Und haben Sie den Beutel mit geheimnisumwitterter Erde dabei?«, fragte sie.

Mick reichte ihn an sie weiter.

»Verraten Sie mir eins«, sagte sie. »Geht es hier um schmutzige Geschäfte?«

»Nein, Ma'am. Moralisch alles einwandfrei. Ich helfe den Angehörigen.«

»Haben Sie hier studiert?«

»Nein, Ma'am. Ich bin vor achtzehn Jahren zur Army gegangen. Und habe dann währenddessen studiert.«

»Und was wollen Sie über dieses Erdreich wissen?«

»Alles«, sagte er.

»Der Boden unter unseren Füßen hat uns viel zu sagen«, sagte sie. »Die Erde verrät uns alles. Die Menschen sind aus dem Wasser gekommen, aufs feste Land gewandert und werden nach dem Tod wieder zu Erde. Sie haben die ganze Menschheitsgeschichte in dem Tütchen da.«

»Na, ganz so viel brauche ich dann auch wieder nicht zu wissen«, meinte er. »Idealerweise könnten Sie mir sagen, woher diese Erde stammt. Oder mir zumindest die ungefähre Richtung aufzeigen.«

»Sie wollen also keine Vorlesung über Bodengeschichte?«

»Nein, Ma'am, muss nicht sein.«

Sie lachte und lehnte sich mit den Ellbogen auf dem Tisch zu ihm vor. An ihren Unterarmen sah man die Muskeln.

»Gut«, sagte sie. »Da hätte ich nämlich dankend abgelehnt. Ich werde diese Bodenprobe als Gefallen für Marquis untersuchen. In einer Woche können Sie wiederkommen.«

»Nett von Ihnen, aber so viel Zeit habe ich leider nicht.«

»Das habe ich befürchtet. Wie wär's mit zwei Tagen?«

Er stand auf, und sie gaben sich kurz und förmlich die Hand.

»Selbe Uhrzeit?«, fragte er.

»Nein, um drei ist es besser. Dann sitze ich hier in aller Ruhe und warte drauf, dass meine Frau mich abholt.«

Mick nickte und ging. Als er die Tür hinter sich zuzog, sah er, wie Dr. Harker den Ziploc-Beutel direkt vors Gesicht hielt und den Inhalt betrachtete. Zurück auf den Fluren musste er sich einen Weg zwischen den Studentinnen und Studenten hindurchbahnen, die alle fast identisch gekleidet waren: Jogginghosen, knallbunte Sneakers und weite T-Shirts mit großen griechischen Buchstaben darauf. Die meisten Jungs trugen verkehrt herum aufgesetzte Basecaps, was nicht viel Sinn ergab, außer man wollte mit dem Schild im Nacken verhindern, dass einem der Regen in den Kragen lief. Das schaffte Albin auch mit seinem Vokuhila.

Albin hatte das Fenster heruntergelassen und starrte zwei vorbeispazierenden Studentinnen sehnsüchtig hinterher. Beide trugen je einen Stöpsel im Ohr, die Kabel führten zueinander und zu einem einzigen Handy, auf dem sie gemeinsam Musik hörten. Mick beneidete sie um ihre Unbeschwertheit. Er setzte sich auf den Rücksitz.

»Und, was hat die Zentrale gesagt?«, fragte Mick.

»Sie finden jemanden, der meine Arbeitszeiten mit übernimmt, solang Sie mich brauchen. Und, was meinen Sie, wie lang brauchen Sie mich?«

»Wenn ich das wüsste«, erwiderte Mick. »Kennst du das Haus von den Kissicks?«

»Aber klar doch. Ich war mit Mason in einer Klasse.«

»Fahren wir.«

»Haben wir's eilig?«

Mick hörte den hoffnungsvollen Ton in Albins Stimme. Das überraschte ihn, weil die meisten Taxifahrer lieber schön langsam fuhren, weil es dann mehr kostete. Vielleicht hatte Albin ja später noch eine Verabredung oder einen Termin beim Friseur.

»Klar, Mann«, sagte Mick. »Je schneller, desto besser.«

KAPITEL 9

Noch fuhr Albin gemächlich die Normal Avenue hinunter zur Main Street und bog dann ab zur neuen Umgehungsstraße. Sie waren Richtung Osten unterwegs, wo sich die Umgehungsstraße mit der Bundesstraße US 60 vereinte. An der Stadtgrenze trat Albin das Gaspedal voll durch. Der V-60-Motor röhrte, und der Wagen beschleunigte in fünf Sekunden auf achtzig Kilometer pro Stunde, bevor er an der ersten Kurve das Tempo leicht verringern musste. Auf einer kurzen Geraden kam er auf hundertfünfzehn, bremste vor einer scharfen Kehre ab und beschleunigte bereits in der Kurve wieder. Danach führte die Straße ein paar Kilometer weit geradeaus, über drei Hügel hinweg. Dank Bleifuß schaffte Albin es auf hundertfünfzig Kilometer pro Stunde, dann verlangsamte er an mehreren harten Kurven das Tempo. Bis zur Big Perry Road brauchte er fünf Minuten, seine neue Bestzeit. Einen Endspurt gab es noch, bevor er das Tempo drosseln und auf die schmale Piste hoch zum Haus der Kissicks einbiegen musste.

Als er abbremste, warf er Mick einen Blick im Rückspiegel zu.

»War das schnell genug?«, fragte Albin.

»Hast du keine Angst vor der Polizei?«

»Ach was, ich weiß ja, wo die einem auflauern. Außerdem hab ich mir gedacht, einer vom FBI wie Sie holt mich schon wieder raus aus der Bredouille.«

»Ich bin nicht beim FBI«, entgegnete Mick. »Ich bin bei der Army.«

»Oh, Mist.«

Der Junge fuhr erstaunlich gut, außerdem redete er nicht so viel wie Johnny Boy. Albin parkte neben dem Haus der Kissicks am Straßenrand.

»Warte hier auf mich«, sagte Mick.

Er lief über die Wiese vor dem Haus, stieg die Treppe hoch und klopfte an die Tür. Mason machte auf.

»Ist das Albin da draußen?«, fragte er.

Mick nickte, und Mason ging mit breitem Lächeln auf das Taxi zu.

Shifty Kissick saß auf demselben Sessel wie beim letzten Besuch, der Fernseher lief ohne Ton. Mick blieb stehen, bis sie auf einen Sessel zeigte.

»Und, schon rausgefunden, wer meinen Jungen auf dem Gewissen hat?«, fragte sie.

»Nein, Ma'am. Aber ich habe den Polizeibericht. Der enthält ein paar Fotos, die ich Ihnen gern zeigen würde.«

»Ich will Barney nicht tot sehen.«

»Er ist gar nicht drauf, Mrs. Kissick. Es geht um das, was er bei sich getragen hat.«

Er reichte die Fotos an sie weiter, auf denen vier Glassinbeutelchen mit Heroin darin zu sehen waren. Zwei zeigten Nahaufnahmen einer gelben Krone, die auf das Tütchen gedruckt war.

»Das Zeug ist nicht von ihm«, sagte sie. »Auf gar keinen Fall.«

»Woher wissen Sie das?«

»Kennst du dich aus mit dem Business?«

»Nein, kein bisschen.«

»Es funktioniert so: Jeder hat ein anderes Bild, das er auf seine Tütchen druckt. Als Werbung oder so. Das Bild von Barney war ein blauer Stern. Die gelbe Krone hier bedeutet, der Stoff ist von jemand anderem.«

»Sie meinen, es ist das Heroin eines anderen Dealers?«

»Genau, von Barney stammt's auf keinen Fall.«

»Und wer verwendet die gelbe Krone?«, fragte er.

»Weiß ich nicht.«

»Und wie ist der blaue Stern auf die Tüten gekommen?«

»Hat Mason draufgestempelt.«

»Hat er vielleicht einen Fehler gemacht? Das falsche Bild auf die Beutel gestempelt?«

»Nein, er hat ja nur den einen Stempel. Wenn er da was falsch gemacht hätte, hätte Barney das gesehen. Er hat jedes Tütchen überprüft.«

»Könnte es einen Grund gegeben haben, dass Barney einen anderen Stempel benutzte? Die gelbe Krone?«

»Nein, er war stolz auf seinen blauen Stern. Jeder wusste, dass das sein Stoff ist. Qualitätsware aus Detroit. Er hat gesagt, das ist Branding.«

»Und wer verkauft hier sonst noch Heroin?«

»Darüber kann ich nicht reden. Mehr hast du nicht rausgekriegt? Als ein paar Fotos von Dope, das noch nicht mal seins ist?«

»Aber es ist ein Anfang, Mrs. Kissick. Ich hab ja gesagt, ich kümmere mich und sage dann Bescheid, ob sich das Weitermachen lohnt.«

»Und, lohnt es sich?«

»Ja, Ma'am, davon bin ich überzeugt. Irgendwas stinkt an der ganzen Sache. Was genau, versuche ich gerade rauszukriegen. Wenn ich weiß, wer die gelbe Krone verkauft, hilft mir das ein Stück weiter.«

»Und was hast du vor?«

»Ein paar Ideen habe ich.«

»Die musst du mir verraten.«

»Ich arbeite nicht für Sie, Mrs. Kissick«, sagte Mick, »und nehme auch keine Befehle von Ihnen entgegen.«

»Für wen arbeitest du dann, verdammt noch mal?«

»Für die Menschen, die noch nicht umgebracht worden sind.«

Ihre Schultern fielen ein, und sie schloss die Augen. Er wartete ab. Vor einem Jahr hätte ihn Shifty noch mit dem Gewehr in der

Hand vom Grundstück verjagt, aber sie war geschwächt. Er achtete darauf, sich nicht zu bewegen oder zu blinzeln. Man sah, wie sie mit sich kämpfte und sich schließlich angesichts der praktischen Notwendigkeit geschlagen gab.

»Oben am Christy Creek gibt es eine Familie«, sagte sie. »In Elliott County, noch hinter Old Hogtown. Bei denen war Barney mal und hat irgendeinen Deal ausgemacht. Worum es ging, weiß ich nicht. Rich Lange, seine zwei Söhne und ein Angeheirateter. Anfangs haben sie in Gras gemacht, dann Pillen. Das sind Leute, mit denen will man nichts zu tun haben. Der Rich, der würde dich in deinem eigenen Brunnen ersäufen.«

Mick nickte und ging nach draußen. Mason lehnte in der Autotür und lachte mit Albin. Mick hörte gerade noch das Ende einer Anekdote, in der es um eine Drohne und einen Mähroboter ging, die man in den Krieg gegeneinander schicken könnte. Als Mick näher kam, verstummten sie.

»Mason«, sagte Mick, »deine Mom hat gesagt, du hättest den Stempel auf das Heroin gemacht.«

»Yep.«

»Und wie hast du das gemacht?«

»Mit so einem Gummiding, in den ein Stern geschnitten war. Die Tinte war blau.«

»Und hast du jemals einen anderen Stempel benutzt?«

»Ich hab ja nur den einen.«

Mick zeigte ihm die Fotos.

»Sehen aus wie Kronkorken.«

»Du hältst das Bild falsch rum.«

Mason drehte die Fotos um und grinste.

»Kronen!«

»Schon mal irgendwo gesehen?«

»Nein, außer den Tüten von Barney habe ich nie welche gesehen. Die waren durchsichtig, und dann habe ich den Stern draufgemacht. Hat Spaß gemacht.«

Mick ging ums Auto und setzte sich auf den Beifahrersitz neben Albin, der schaltete und den Motor aufheulen ließ. Mason machte einen Schritt zurück und winkte Albin hinterher, als wäre er der Postbote, der einen sehnsüchtig erwarteten Brief gebracht hatte.

»Auf dem Rücksitz ist man sicherer«, sagte Albin.

»Ich sitz lieber vorn. Da seh ich, ob du gleich voll aufs Gas drückst oder in die Bremsen steigst.«

»Wo soll's hingehen?«

»Raus, an Old Hogtown vorbei, ins Elliott County.«

»Haben wir's eilig?«

»Nein, ich muss ein bisschen nachdenken. Kennst du die Langes da oben?«

»Will ich nicht kennen. Mit denen ist nicht gut Kirschen essen.«

»Du kannst im Auto sitzen bleiben.«

Albin wendete und fuhr dieselbe Strecke zurück, die er gekommen war. Dann bog er in die Haldeman Road ein, vorbei an den Überresten von Micks früherer Schule, die jetzt kaputt wie eine alte Burgruine aussah. Albin fuhr die Open Fork Road entlang bis ganz hoch zum Kamm. Unterwegs kamen sie am New Sill Cemetery und einem weiteren, kleineren Friedhof vorbei, der von einer einzigen Familie belegt war. Drei Krähen flatterten schwerfällig aus dem Straßengraben und ließen sich auf einem Zuckerahorn nieder. Die schmale Asphaltstraße führte in mehreren Kurven hinunter zur Route 32, vorbei an einer Kirche und dem Ashley Fly Beauty Salon.

Albin bog auf einen Waldweg ein, der aus dem Tal steil hochführte zur Bergkuppe. Der dichte Wald drängte sich rechts und links bis an den Weg, nirgendwo ein Straßengraben oder eine Verbreiterung, an der man hätte wenden können. Oben stoppte er vor zwei Schildern, auf denen DURCHFAHRT VERBOTEN und BETRETEN VERBOTEN stand.

»Was machen wir jetzt?«, fragte Albin.

»Fahr ganz langsam weiter, bis wir jemanden sehen. Ich übernehme das Reden.«

Albin ließ den Wagen noch zwanzig Meter weiterrollen, dann trat ein Mann mit AR-15-Gewehr aus dem Wald. Er trug Jeans, Flanellhemd und Arbeitsstiefel. Auf dem Kopf hatte er so viele Wirbel, dass ihm die Haare in alle Richtungen abstanden wie bei einem Rosetten-Meerschweinchen.

Albin hielt an, und Mick stieg ganz langsam aus, beide Hände hoch erhoben. Die Pistole hielt er mit spitzen Fingern am Abzugsbügel, Lauf Richtung Boden. Der Mann richtete das AR-15 auf ihn. Mick legte Pistole und Handy auf die Motorhaube und trat außer Reichweite.

»Ich bin der Sohn von Jimmy Hardin, Mick.«

»Sagt, er heißt Mick Hardin.«

Mick wurde klar, dass der Mann in ein Handy sprach, das er an einer selbst gebastelten Halterung um den Hals trug. Mehrmals machte er mit dem Kinn eine Bewegung nach unten, um direkter in das Handy sprechen zu können. Dabei bewegte sich das Gewehr nicht, sondern blieb die ganze Zeit auf Micks Körpermitte gerichtet.

»Was wollt ihr hier?«, fragte der Mann.

»Ich will mit Mr. Lange reden. Ich bin mit Shifty Kissick befreundet.«

Der Mann gab diese Auskunft weiter. Die ganze Unterhaltung hatte etwas Gestelztes an sich, das Mick an die Telefongespräche im Nahen Osten mit seiner Frau erinnerte: Nachdem er etwas in das Armeetelefon gesagt hatte, entstanden immer erst mal mehrere Sekunden Pause, bevor sie am anderen Ende antwortete.

»Reden worüber?«, sagte der Mann.

»Fuckin' Barney.«

»Polizei?«

»Nein.«

»Daddy will wissen, was ihr wollt.«

»Das sage ich nur ihm persönlich.«

Eine längere Pause entstand, während die angerufene Person darüber nachdachte. Mick blieb gelassen an Ort und Stelle stehen. Eine gescheckte Walddrossel landete auf dem Boden neben einem aus losen Erdkrümeln aufgetürmten Ameisenhaufen. Der Vogel pickte mehrere Ameisen mit dem Schnabel auf und rieb damit über seine Federn. Das hatte Mick seit sehr Langem nicht mehr beobachtet, nicht, seit sein Großvater ihn auf diese seltsame Angewohnheit hingewiesen hatte. Der Vogel flog auf ein hohes, frei in den Himmel ragendes Ästchen. Als der dünne Ast nicht mehr unter der Walddrossel schwankte, fing sie an zu singen.

»Na gut«, sagte der Mann. »Kommt mit.«

Mick ging den Waldweg zu Fuß hinauf. Er hörte die schweren Stiefel des Mannes hinter ihm genau, keine gute Eigenschaft bei einem Wachposten. Das merkte er sich für später. Ganz oben auf der Hügelkuppe standen zwei Autos an einer Weggabelung – auf der einen Seite ging die Piste weiter, auf der anderen ein Fußweg. Mick blieb stehen.

»Nach rechts«, befahl der Mann hinter ihm.

Sie folgten dem Trampelpfad um ein dichtes Zedernwäldchen herum zu einem Haus mit Holzlattenverkleidung und einer breiten, vom Dach überkragten Veranda. Das Abzugsrohr eines Schornsteins hinter dem Dach ließ darauf schließen, dass es noch einen rückwärtigen Anbau gab. Ein zweiter junger Mann auf der Veranda hielt ein Schrotgewehr locker in der Hand, in einem Holster hatte er einen Revolver stecken. Er sprach in ein Handy, das er hoch auf der Brust direkt unter dem Kinn trug. Vielleicht hört er nicht gut, dachte Mick.

Hinter dem Jungen ging die Tür auf, und ein älterer Mann kam zum Vorschein, der den beiden jüngeren Wachposten vor allem durch das Rosettenhaar ähnelte. Alle drei hatten links den gleichen Wirbel an der Stirn, rechts zwei weitere und am Hinterkopf noch einen Kringel. Der Ältere hatte stahlgraues Haar.

»Du bist also ein Hardin«, sagte er.

Mick nickte.

»Bist du der, der drüben in Eldridge County von seiner Schwester festgenommen worden ist?«

»So ist es.« Der jüngere Sohn auf der Veranda grinste.

»Und stimmst du bei der Wahl für sie?«, fragte der Ältere.

»Wahrscheinlich«, erwiderte Mick. »Wenn sie mich nicht vorher wieder einsperrt.«

»Und was bringt dich hier raus?«

»Sind Sie Mr. Lange?«

»So hat mich schon ewig keiner mehr genannt. Ich heiße Rich.«

»Shifty Kissick hat gesagt, ich soll mit Ihnen reden.«

»Über was?«

»Über ihren Sohn, der umgebracht worden ist.«

»Fuckin' Barney«, sagte Rich. »Von uns war's keiner.«

»Das glaube ich«, antwortete Mick. »Ich habe ein paar Fotos, die würde ich Ihnen gern zeigen. Mrs. Kissick hat sie auch gesehn.«

»Was für Fotos?«

»Bilder vom Tatort. Als Barney erschossen worden ist.«

»Mehr willst du nicht? Ich soll mir ein paar Fotos angucken, sonst nichts? Was krieg ich dafür?«

»Nichts«, entgegnete Mick.

Rich brummte, als stimme ihn das heiter, dann nickte er seinem Sohn zu. Der jüngere Bruder kam von der Veranda nach unten, nahm Mick die ausgedruckten Fotos ab und brachte sie seinem Vater. Rich blätterte sie einmal schnell durch, dann noch einmal in langsamerem Tempo.

»Wo hast du die her?«

»Hat mir der Deputy meiner Schwester gegeben. Diese Tütchen hatte Fuckin' Barney bei sich, als er umgebracht worden ist. Mrs. Kissick hatte die Beutel noch nie gesehen. Mason auch nicht.«

»Der Junge ist so blöd, der kann kaum bis drei zählen.«

Sie standen alle eine Minute da und betrachteten einander

abschätzig, als gehöre das zur Kernaufgabe eines Mannes. Eine Brise trug schwachen Forsythienduft aus dem Wald heran. Mick schnüffelte.

»Spät für Forsythien«, sagte er.

»Die kriegen hier nicht viel Licht«, erwiderte Rich.

»Ist die gelbe Krone Ihr Zeichen?«, fragte Mick.

Rich ruckte das Kinn hoch und machte eine Kopfbewegung in Richtung des Jüngeren, der das Gesicht verzog und um das Haus herumging. Die Sonne stieg höher und kletterte über den Hügel, und Mick sah dem Schatten des Sohns nach, der hinter dem Haus verschwand. Das Land war still.

»Keine Hunde?«, fragte Mick.

»Die wissen, wenn sie nicht bellen dürfen. Und wann sie einem Mann das Bein abreißen müssen. Du bist mit dem Taxi unterwegs?«

»Mein Truck ist in der Werkstatt. Albin hat den Weg gekannt, aber er traut sich nicht auszusteigen.«

»Und du hast keinen Schiss?«, fragte Rich. »Warum nicht?«

»Gibt keinen Grund. Ich bin nicht gegen euch.«

Richs Sohn tauchte wieder auf, und Rich machte eine Kopfbewegung hin zu Mick. Das Tütchen bestand ebenfalls aus zusammengefaltetem Glassin, genau wie die anderen, aber dieses war mit einem knallroten *R* bedruckt.

»So sehen meine aus«, sagte Rich. »Ich mag die Cincinnati Reds.«

»Spielen momentan allerdings nicht so gut«, sagte der ältere Sohn. »Ich bin für die Cards.«

Rich beachtete ihn nicht, also tat Mick das auch nicht. Er gab dem jungen Mann das Tütchen zurück, der damit pflichtschuldig auf die Veranda zurückkehrte.

»Mrs. Kissick meinte, Barney und ihr hättet einen Deal gehabt. Eine Abmachung, wer wo verkauft. Eldridge County und Elliott County.«

»Weiß ich nicht mehr.«

»Und, was meinen Sie? Will sich jemand da drüben breitmachen?«

»Kann sein«, antwortete Rich. »Wenn Fuckin' Barney nicht mehr da ist, gibt's eine Lücke zu füllen.«

»Geht mich alles nichts an«, sagte Mick. »Außer, er ist deswegen ermordet worden.«

»Wir waren es nicht. Und die gelbe Krone kenne ich auch nicht.«

»Danke, dass Sie mit mir geredet haben, Mr. Lange.«

Mick nickte jedem der Männer zu und ging zurück zum Auto. Seine Pistole und sein Handy lagen nicht mehr auf der Motorhaube. Albin hatte den Sitz so weit wie irgend möglich zurückgeklappt und spähte am unteren Fensterrand nach draußen. Es war halb heruntergelassen.

»Hast du meine Pistole?«, fragte Mick.

Albin nickte. Mick ging einmal ums Auto und setzte sich auf die Beifahrerseite. Albin hatte seinen Sitz bereits hoch- und das Fenster heruntergeleiert. Er überreichte Mick seine Sachen.

»Lass mich raten«, sagte Mick. »Du hast dir gedacht, wenn Schüsse fallen, musst du losbrettern, und dann sollen meine Sachen nicht vom Wagen fallen.«

»Tut mir leid.«

»Kein Problem. Das war schlau.«

»Wo fahren wir hin?«

»Zurück zum Haus meiner Schwester, wo du mich abgeholt hast. Aber eilig haben wir's nicht.«

KAPITEL 10

Um halb elf am nächsten Vormittag hatte Linda acht Schilder aufgestellt und vierzehn weitere Stimmen für sich gewonnen. Sie hatte außerdem ihre Uniform durchgeschwitzt und den Sheriffshut abgesetzt. Für diese Art Hitze war es viel zu früh – zu früh im Jahr und zu früh am Tag –, und die Politiker stritten sich immer noch, ob es den Klimawandel nun gab oder nicht. Wenn sie mal nach draußen gehen und einen einzigen Tag körperliche Arbeit verrichten würden, wüssten sie es besser. Linda hatte Hunger, aber für das Mittagessen war es auch noch zu früh.

Sie saß im Auto, ließ die Klimaanlage laufen und fragte sich, ob der Posten als Sheriff wirklich diese Art von Stress wert war. Sie stellte im Kopf eine Liste von Pros und Contras auf und wollte eigentlich alles gegeneinander aufrechnen, aber als sie mit dem Contra fertig war, hatte sie vergessen, wie viele Pros sie gezählt hatte. Sie durchsuchte das Handschuhfach nach einem Stift, fand einen Werbekuli vom Bestattungsinstitut Sledge und schrieb auf einen Kassenbon vom IGA.

Pro:

- Kostenloser Wagen
- Staatliche Krankenversicherung
- Vorbild für Mädchen
- Ansehen im Ort
- Menschen helfen

Contra:
- Wahlkampf führen
- Unregelmäßige Arbeitszeiten
- Vor Gericht aussagen

Sie ging die Liste noch einmal durch und strich »Ansehen im Ort« wieder durch, weil ihr der Job menschlich im Grunde nicht mehr brachte als ein paar Leute, die scheißfreundlich zu ihr waren, und andere, die ihr aus dem Weg gingen. Trotzdem sprachen mehr Punkte für als gegen den Job, was sie ärgerte. Natürlich könnte sie noch weitere Contras dazuschreiben, aber das hieße, sich auf Negatives zu konzentrieren, was sie vermeiden wollte. Im Grunde ging es nur um den verdammten Wahlkampf, und sie schrieb ihn bei den Contra-Argumenten noch mal hin. Jetzt war die Rechnung ausgeglichen, vier auf jeder Seite. Sie überlegte, ob sie eine neue Liste anfangen sollte, um mehr Gegenargumente zu finden. Aber im Grunde war das ja nichts weiter als ihre eigene Kampagne gegen die Wahlkampagne.

Das im Auto eingebaute Motorola blinkte und gab einen Summton von sich. Linda schaltete das Mikrofon ein. Knisternd ertönte Sandras Stimme im Auto.

»Zentrale an Sheriff, bitte kommen.«

»Ich höre dich, Sandra.«

»Wir haben einen Notfall mit einem Hund.«

»Schick Johnny Boy hin.«

»Er ist ans andere Ende des Countys gerufen worden. Dort hält er sich immer noch auf. Der Hundenotfall ist irgendwo an der Tater Lick Road gemeldet worden. Gar nicht weit von deiner derzeitigen Position.«

»Um was für ein Problem geht es?«, fragte Linda.

»Unbekannt.«

»Ich habe noch nie von einem Hundenotfall gehört.«

»Ich auch nicht, Ma'am.«

»Dann hoffe ich nur, dass es keine Tollwut ist.«

Linda schrieb sich die Angaben unten auf den IGA-Kassenbon, wendete und fuhr die Cranston Road wieder hinunter. Am Friedhof verringerte sie das Tempo und winkte drei älteren Männern zu, die Gräber pflegten. Im ganzen County gab es niemanden, der Cranston hieß, und sie fragte sich, nach wem die Straße benannt sein mochte. Vielleicht nach jemandem, der auf dem Cranston Cemetery lag, vielleicht lag da eine ganze Familie mit dem Namen begraben. Johnny Boy wüsste das garantiert.

Wie sich herausstellte, hatte sich der Hundenotfall nicht an der Tater Lick Road, sondern etwas weiter nördlich am Tater Lick Branch ereignet, einer hinter dem Triplett Creek endenden Straße. Nach mehreren missglückten Anläufen und zwei Anrufen in ihrer Zentrale fand Linda endlich das richtige Haus an der Barn Branch Road. Weder der Bach noch die Familie hießen Barn, und eine Scheune war auch nirgendwo zu sehen.

Das Haus war mit hellblau gestrichenen Brettern mit dunkelblauen Akzenten verschalt. Besitzerin war eine gewisse Stella, genannt Stell, Combs. Sie saß vor dem Haus auf der Veranda und starrte in einen daneben wachsenden Zuckerahorn, der bereits voll ausgetrieben hatte. Linda parkte den Wagen und rückte ihren Dienstgürtel beim Aussteigen zurecht, falls sich der Hund als tollwütig erweisen sollte. Sie ging über die Trittsteine durch den Garten zur großen Veranda. Stella trug ein blaues Kleid und einen blauen Pullover, und ihr graues Haar war mit mehreren blauen Haarbändern straff zusammengebunden.

»Mrs. Combs«, sagte Linda. »Ich bin Linda Hardin.«

»Na, mit dem Sheriff höchstpersönlich hatte ich nicht gerechnet!«

»Hier bin ich, Ma'am. Sind Sie unverletzt?«

»Oh ja, mir geht's bestens. Meinem Skippy geht's nicht gut.«

»Der Hundenotfall? Bewegt sich der Hund seltsam? Desorientiert? Ist er verletzt?«

»Ob er verletzt ist, weiß ich nicht. Er sitzt oben auf dem Baum.«

Sie zeigte auf den Ahorn, und Linda fragte sich, ob Mrs. Combs vielleicht nicht ganz bei Trost war. Aber ihrer Sorgfaltspflicht musste Linda trotzdem nachkommen.

»Seit fast einer Stunde ist er jetzt da oben«, sagte Stell.

Linda umkreiste den Baum und blickte hinauf. Es war ein uralter Ahorn, sicher an die dreißig Meter hoch. Am Stamm hing ein großes Thermometer. Sie sah keinen Hund und hörte auch keinen. Auf dem Boden stand ein gefüllter Napf.

»Skippy!«, rief Mrs. Combs von der Veranda. »Skippy!«

Linda trat mehrere Schritte zurück, um hoch in die Krone blicken zu können. Eine kleine Brise kühlte ihr Gesicht und wuchs sich zu einem echten Windstoß aus. Die Blätter bewegten sich, und sie erhaschte einen kurzen Blick auf etwas weißes Fell in vermutlich fünf Metern Höhe. Als sich das Lüftchen legte, war auch das Fell nicht mehr zwischen den Blättern zu sehen, und Linda fragte sich, ob sie sich das Ganze nur eingebildet hatte. Vielleicht gehörte das vorgebliche Fell zu einem Vogelnest. Wie dem auch sein mochte: Für das kühlende Lüftchen war sie jedenfalls dankbar.

Sie ging auf die Veranda und setzte sich zu Stella auf einen der Korbstühle, die ursprünglich mal weiß gewesen und dann blau übergestrichen worden waren; jetzt war das Korbgeflecht blauweiß gescheckt, und die Farbe rieselte herunter.

»Wie ist Ihr Hund denn in den Baum gekommen, Mrs. Combs?«, fragte Linda.

»So eine verrückte Sache. Das glauben Sie mir nie. Ich habe alle Fenster und Türen aufgerissen, vorn und hinten. Heute ist der erste richtig warme Tag des Jahres. Da wird es nachts stickig im Haus, und ich kriege gern Luft.«

Linda brummte zustimmend; Luft zu kriegen war etwas Gutes.

»Jedenfalls ist Little Joey meistens draußen ...«, fuhr Stell fort.

»Little Joey?«, unterbrach Linda.

»Die Katze. Eine gute Mausefängerin. Sogar mit Maulwürfen macht sie kurzen Prozess. Little Joey war draußen, und Skippy ist ihr hinterhergerannt. Hunde und Katzen, Sie wissen ja, wie das ist.«

»Mm-hmm.«

»Little Joey ist ins Haus gerannt, dabei weiß sie genau, dass sie das nicht darf, aber es ist Frühling, und dann sind sie außer Rand und Band, die Katzen. Sie ist die Treppe hochgerannt, Skippy ihr hinterher. Little Joey ist in das ehemalige Kinderzimmer von meiner Tochter, da aus dem Fenster gesprungen, auf dem Verandadach gelandet, und von da ist sie in den Baum gehüpft, mit einem Riesensatz, Skippy ihr immer direkt auf den Fersen. Little Joey ist sofort wieder runtergeklettert aus dem Baum, aber Skippy sitzt immer noch da oben.«

»Und wie haben Sie das alles so genau mitbekommen?«

»Ich hab die ganze Zeit hier gesessen und Kaffee getrunken. Ich habe es gesehen, so klar wie der helllichte Tag. Haben Sie vielleicht mal ’ne Zigarette?«

»Tut mir leid«, antwortete Linda. »Ich rauche nicht.«

»Ich auch nicht. Aber mir sind die Pillen für meine Nerven ausgegangen, und Skippy sitzt im Baum.«

»Haben Sie eine Leiter?«

»Ich hatte mal eine. Aber die habe ich Silas Henderson unten an der Straße geliehen. Er ist gestorben, bevor er sie mir zurückgeben konnte, und ich hab den Mut nicht aufgebracht, seine Kinder darum zu bitten. Die wussten ja vielleicht nichts davon, dass die Leiter mir gehört und ich sie ihm nur geliehen habe, und dachten, ich will sie ihnen stehlen.«

»Und wann war das?«

»Vor vierzehn, fünfzehn Jahren. Sie haben das Haus verkauft. Vielleicht die Leiter gleich mit.«

»Haben Sie Familie in der Nähe?«

»Ich habe sieben Töchter, aber keine wohnt hier bei mir an der

Barn Branch Road. Drei wohnen im Ort, eine draußen in Clearfield, zwei oben am Christy Creek. Die Jüngste hat ein Haus an der Flemingsburg Road. Wissen Sie, wo das ist?«

»Jawohl, Ma'am. Das ist die Straße nach Flemingsburg.«

»Richtig, da haben Sie völlig recht.«

»Und die Töchter? Verheiratet?«

»Alle sieben. Ich habe schon elf Enkelchen, die sehe ich aber viel zu selten. Die süßesten Kinder, die man sich vorstellen kann. Vier sind schon in der Schule.«

Sie fing an aufzuzählen, in welcher Klasse die Kinder waren, und Linda überschlug die Zahlen im Kopf, während sie zum Auto ging. Ehepartner eingerechnet, waren das mindestens fünfzehn Stimmen dafür, dass sie einem Hund aus dem Baum half. Sie funkte Sandra an und fragte, ob Johnny Boy da sei und ihr eine Leiter bringen könne.

»Im Moment nicht. Er ist unten an der Starkey Bootsrampe und untersucht Graffiti.«

»Aber da unten ist doch gar nichts, wo drauf man was sprühen könnte.«

»Scheinbar gibt es da jetzt ein kleines Gebäude.«

Linda ließ den Knopf der Funkanlage los. Die Starkey-Bootsrampe war dreißig Meilen entfernt. Selbst wenn Johnny Boy sofort loskönnte, würde er über eine Stunde bis hierher brauchen und müsste unterwegs noch eine Leiter auftreiben. Vor einigen Monaten war sie ein paarmal mit Shane Tackett ausgegangen, aber wenn sie ihn jetzt um Hilfe bat, wollte er garantiert etwas dafür, wie alle Männer. Und dann würde er sich beschweren, dass sie sich nicht oft genug sahen. Wies sie ihn darauf hin, dass sie sich ja sahen, wenn er ihr die Leiter vorbeibrachte, wäre er wütend. Auf beides hatte Linda keine Lust. Da blieb nur noch ihr Bruder, der ihr sowieso noch was für Unterbringung, Essen und eine gelegentliche Dusche schuldig war.

Eine halbe Stunde später saß Linda auf der Veranda und hatte gerade das Mittagessen verzehrt, das Mrs. Combs ihr angeboten hatte – Scheibenkäse und Fleischwurst auf Weißbrot, dazu Blaubeeren. Dabei handelte es sich laut Stella um eine ihrer Spezialitäten, die sie ihren Töchtern oft vorsetzte. Linda hatte sich die Namen der Töchter notiert, damit sie Schilder in ihren Vorgärten anbringen konnte. Mrs. Combs hatte noch keine Pause in ihrem Redeschwall eingelegt. Versuchte Linda, einen Kommentar oder eine Frage einzuschieben, redete Mrs. Combs einfach lauter weiter, als würde sie Regen übertönen wollen, der plötzlich lautstark auf ein Wellblechdach prasselte. Linda war erschöpft vom vielen Gequassel und verstand, warum die Töchter weggezogen waren und nicht zu Besuch kamen.

Albin fuhr mit seinem Taxi und einer langen Aluminiumleiter im Kofferraum vor. Ein an die letzte Sprosse gebundenes T-Shirt warnte den Verkehr vor der herausragenden Schiebeleiter. Erleichtert entschuldigte Linda sich und ging über den Rasen auf Mick zu. Er trug ein aufgewickeltes Seil über die Schulter geschlungen.

»Hi Schwesterchen«, sagte er. »Zur Stelle.«

»Es geschehen noch Zeichen und Wunder.«

»Wo ist der Hund?«

»Oben in dem Ahorn.«

»Der muss vom Dach der Veranda in die Baumkrone gesprungen sein. Hat er irgendwas gejagt?«

»Woher weißt du das jetzt schon wieder?«

»Fenster ist auf«, sagte Mick. »Wie heißt der Hund?«

»Skippy.«

Mick trug die Leiter zum Baum und untersuchte Boden und Rinde. Er starrte hinauf in die Blätter, ging um den Baum herum und rief nach dem Hund. Er lief noch eine Runde, dann ging er zum Auto.

»Albin«, sagte er leise, »geh mal und unterhalt dich mit der Frau. Bitte sie um ein Glas Wasser oder frag, ob du mal die Toilette benutzen darfst. Sorg dafür, dass sie im Haus bleibt, bis wir hier fertig sind.«

»Das dürfte nicht schwer sein«, warf Linda ein. »Sie quatscht ohne Punkt und Komma, als wär sie auf Meth.«

Albin gesellte sich zu Mrs. Combs. Mick sah den beiden hinterher, als sie ins Haus gingen.

»Warum willst du, dass sie nicht zuguckt?«, fragte Linda.

»Mir kommt das komisch vor, ich höre hier kein Jaulen oder Fiepen aus dem Baum. Außerdem sabbert ein verängstigter Hund, aber keine Spur davon.«

»Vielleicht ist die Frau ballaballa, und der Hund sitzt gar nicht da oben. Vielleicht gibt es gar keinen Skippy.«

Mick band sich das Seil an den Gürtel und schob den Auszug der Leiter hoch bis zum ersten dicken Ast. Bedächtig stieg er hinauf, immer eine Sprosse nach der anderen, und rief dabei nach dem Hund. Linda sah zu, wie sein Rumpf langsam im Laubwerk verschwand. Durch die sich bewegenden Blätter schimmerte sein Jeanshemd immer wieder hindurch. Aus dem Haus war der unentwegte Redestrom von Mrs. Combs zu hören, die einen Monolog über die Geschichte der an ihrem Grundstück vorbeiführenden Straße hielt – wann sie asphaltiert wurde, wie oft die Straßenarbeiter kamen, wo sich die beiden unübersichtlichen Kurven befanden, die kleinen Unfälle, die es in den letzten Jahrzehnten gegeben hatte, und das in allen Einzelheiten. Albin schwieg die ganze Zeit über.

Im Laubwerk des Ahorns raschelte es. Langsam senkte sich ein Hund daraus herab, der mit zwei Schlaufen am Seil befestigt war. Der weiß gescheckte Kopf hing in einem unnatürlichen Winkel herunter. Sanft landete Skippy auf der Erde, als hätte er sich dort schlafen gelegt. Das Ende des Seils fiel zwischen den Blättern nach unten und bildete eine lose Schlinge neben dem Futternapf. Mick kam die Leiter wieder heruntergestiegen, und Linda und er betrachteten den Hund: schmutzig weiß mit braunen Flecken.

»Da hat er also die ganze Zeit tot dort oben im Ast gehangen?«, fragte Linda.

»Er hat sich das Genick gebrochen. Hat mit dem Kopf in der dritten Astgabelung gesteckt.«

»Schöner Mist«, sagte Linda. »Die Stimmen von ihrer Familie brauche ich aber trotzdem.«

»Ach, darum geht es also?«

»Nein. Wir wurden offiziell zu Hilfe gerufen.«

»Hund auf Baum. Welcher Polizeicode ist das gleich wieder?«

»Du kannst mich mal, Bruderherz«, sagte Linda. »Dafür darf ich ihr jetzt die Neuigkeiten überbringen. Das Schlimmste an diesem Job ist, wenn ich jemanden über einen Todesfall unterrichten muss.«

Sie ging zum Haus und klopfte an der Tür. Stella und Albin kamen nach draußen. Er hatte einen blauen Löffel in der Hand, mit dem er etwas aus einem blauen Plastikschälchen aß, und Linda fragte sich, ob alles, was Stella besaß, diese Farbe hatte. Stell kam bis auf die unterste Stufe nach unten und blieb stehen.

»Skippy hat leider nicht überlebt«, sagte Linda.

»Er ist eines schönen Todes gestorben«, erwiderte Stella. »Bei dem, was er am liebsten macht: Little Joey jagen.«

»Wenn Sie wollen, können wir den Hund begraben.«

»Danke, nein, nicht nötig«, sagte Stell. »Ich warte, bis meine Enkel da sind, dann machen wir es zusammen. Wenn sie sich nicht mal zu einem Begräbnis von Angehörigen herbemühen, dann weiß ich, woran ich bei ihnen bin.«

Albin hatte aufgegessen und brachte das Schälchen zurück ins Haus. Bis er wieder da war, sah Linda zwischen dem Hund und Stella hin und her, dann starrte sie in die Ferne zu dem Lattenzaun, der das Grundstück hübsch einfasste. Ein Rotschulterstärling landete oben auf dem Zaun, betrachtete gelassen die Menschen und flog weiter. Linda wünschte, sie könnte es dem Vogel gleichtun, einfach wegfliegen und die ganze Situation vergessen.

»Mrs. Combs«, sagte Linda. »Sollen wir Skippy vielleicht irgendwohin schaffen, damit er nicht hier im Garten liegen bleibt?«

»Ich habe hinten eine Gartenhütte«, sagte Stell. »Da drin wäre gut, egal, wo. Dann gehen die Krähen nicht an ihn ran. Ich muss mich jetzt hinlegen. Ihr könnt gern noch bleiben.«

Stell verschwand im Haus. Mick schleppte den Hund, gefolgt von Linda und Albin, zur Gartenhütte. Dort bettete er den toten Hund auf eine alte Werkbank, auf der sich rostiges Werkzeug und die abgestreifte Haut einer Schlange türmten. Sie gingen zurück zu den Autos. Mick steckte die Leiter in den Kofferraum des Taxis.

»Was haben Sie da gegessen?«, sagte Linda zu Albin.

»Blaue Götterspeise. Die macht sie für ihre Enkel, aber die mögen sie nicht.«

»Vielleicht wegen der Farbe«, erwiderte Linda.

»In der Küche ist alles blau – die Vorhänge, die Tischdecke, die Schränke, das Geschirr, das Linoleum. Sogar die Arbeitsflächen. Als wäre man im Himmel oder so.«

Während die drei sich das vorzustellen versuchten, flog eine Wanderdrossel in den Ahorn und betrachtete sie. Ein Windstoß trug den Duft eines Schneeballbuschs heran.

»Wir müssen reden, Mick«, sagte Linda. »Unter vier Augen. Kannst bei mir mitfahren.«

»Also gut. Keine Bange, Albin«, sagte er. »Ich zahl dir trotzdem den ganzen Tag. Bring die Leiter zurück zum Haus meiner Schwester.«

Linda setzte sich ans Steuer des SUV und sah zu, wie ihr Bruder die Tür öffnete und sich über sein ehemals lädiertes Bein hinweg auf den Beifahrersitz schwang.

»Sieht aus, als ginge es dir besser«, sagte sie.

»Besser als Skippy auf jeden Fall.«

Die ersten paar Meilen legten sie schweigend zurück. Die nach Westen gehenden Hügelflanken waren dunkler grün gefärbt als die Osthänge.

»Peggy hat sich bei mir gemeldet«, sagte Linda. »Sie weiß, dass du hier bist.«

Mick hörte schweigend zu.

»Sie hat mir zwei SMS geschickt und eine Nachricht hinterlassen«, sagte sie.

Egal, was jetzt kam – es war nichts Gutes.

»Sie will wieder heiraten«, sagte Linda. »Den Typ in Owingsville. Dazu musst du die Scheidungspapiere unterschreiben. Du kannst sie ihr per Post zuschicken, oder sie kann die Unterlagen auch abholen, sagt sie.«

»Und wie klang sie?«

»Geh doch hin und sieh nach, wie's ihr geht, wenn's dich interessiert. Ich hab keine Lust mehr, zwischen euch zu vermitteln. Das habe ich ihr auch gesagt.«

Mick nickte. Im Percocet-Rausch hatte er Peggys Sprach- und Textnachrichten einfach gelöscht und hinterher völlig vergessen. Er wollte nicht geschieden sein, aber er wollte seiner Frau auch nicht im Weg stehen. Er liebte sie immer noch und würde sie immer lieben. Das Baby war jetzt ein Jahr alt. Es wäre besser, wenn sie den Vater des Kindes heiraten würde.

Um sich abzulenken, blätterte Mick in einer von Lindas teuer aussehenden Wahlkampfbroschüren: dreifach gefaltet, Hochglanz mit Farbfotos. Darin waren ihre Erfolge aufgeführt, zu denen auch die Lösung der Mordfälle Nonnie Johnson und Delmer Collins vor einem Jahr zählten.

»Gute Arbeit mit Nonnie«, sagte er.

»Das und deine Festnahme – seitdem mögen die Leute mich richtig als Sheriff.«

»Alle, auch der Bürgermeister und der Richter und die anderen hohen Tiere?«

»Yep, ich habe sie alle in der Tasche. Sogar Murvil Knox. Der hat die schicken Flyer und die Wahlplakate bezahlt.«

»Du traust Knox?«, fragte er.

»Natürlich traue ich dem nicht über den Weg. Die ganzen Besitzer der großen Kohleminen lügen doch wie gedruckt. Kohle wird in den USA nie wieder eine Rolle spielen, egal, wie die Politiker rumtönen. Knox hat ein Gerichtsverfahren am Hals, wegen Abtragung eines Berges. Mehrere Familien haben durch Erdrutsch ihre Häuser verloren.«

»Aber sein Geld nimmst du trotzdem.«

»Besonders viel ist es nicht, aber ja, ich nehme es. Und erzähl mir bloß nichts von schmutzigem Geld.«

»Deinem Kontrahenten gibt er wahrscheinlich auch was.«

Sie fuhren mehrere Meilen schweigend weiter, am Friedhof einer Familie und einem als Rinderpferch eingezäunten Stück Weide vorbei. An zwei Abzweigungen hielt Linda, und Mick hämmerte für sie Schilder in den Seitenstreifen. An der Kreuzung, an der die Straße auf die Big Perry Road mündete, platzierte er Lindas Schilder so, dass sie aus allen drei Richtungen zu lesen waren. Linda hielt an mehreren Häusern und sprach mit den Bewohnern, während er im Wagen wartete. Zweimal versuchte er, Jacky Turner zu erreichen, hatte aber keinen Empfang.

»Und, hast du schon rausgefunden, wer Fuckin' Barney auf dem Gewissen hat?«, fragte sie.

»Nein, im Grunde weiß ich noch gar nichts. Eins ist aber mittlerweile klar: Das Heroin, das er bei sich trug, stammt nicht von ihm.«

»Woher willst du das wissen?«

»Die Dealer bedrucken ihre Tütchen. Das Symbol war nicht seins. Es weiß auch keiner, von wem das Symbol stammt. Eine gelbe Krone. Derjenige, der Fuckin' Barney umgebracht hat, hat ihm das Heroin untergeschoben, damit es nach einem Drogendeal aussah. Aber er hat einen Fehler begangen. Der Stoff stammt nicht von hier aus der Gegend.«

»Das weißt du ganz sicher?«

Mick nickte.

»Und will ich wissen, wie du das alles rausgefunden hast?«

»Nein, besser nicht.«

Eine Meile lang starrte sie auf die Straße und grübelte.

»Ich habe einen Kumpel bei der Polizei in Lexington«, sagte sie. »Ich kann ihm den Fall erklären und ein Foto von den Tüten schicken. Vielleicht erkennt der die gelbe Krone.«

»Gute Idee. Sag ihm, sie stammt nicht von hier.«

»Gib mir keine Ratschläge, wie ich meine Arbeit machen soll.«

»Tut mir leid, Schwesterherz.«

»Für dich ist das doch nur ein netter Zeitvertreib, bis du nicht mehr krankgeschrieben bist. Damit du dich nicht so langweilst, stimmt's? Und nicht an Owingsville zu denken brauchst.«

Mick musste ihr recht geben.

»Und was hast du mit deinem Haus vor?«, fragte sie.

»Welchem von beiden?«

»Dem im Ort. Ich weiß, dass du Papaws Hütte viel zu gernhast, um dich von der zu trennen.«

»Ich würde es gern Peggy überlassen, aber ich will es nicht ausräumen.«

»Zu traurig?«

Mick nickte. Normalerweise ignorierte er seine Gefühle, eine Angewohnheit, die beim Überleben in Kriegsgebieten half. Wenn er sich seinen Gefühlen stellte, fühlte er sich verletzlich, auch das etwas, was er lieber vermied.

»Warum machen wir's nicht so«, schlug Linda vor. »Wir fahren zusammen rüber und packen ein paar Kartons voll mit Sachen, die du noch haben willst.«

»Ich will nichts.«

»Familienfotos vielleicht? In ein paar Jahren wirst du's bereuen.«

»Nimm du sie.«

»So richtig darüber nachgedacht hast du noch nicht, stimmt's?«

»Nein, ich war mit Fuckin' Barney beschäftigt. Ich bin mittlerweile davon überzeugt, dass er woanders ermordet und dann im Ort abgeladen worden ist. Und wenn er außerhalb der Stadtgrenze gestorben ist, fällt das in deinen Zuständigkeitsbereich.«

»Verflixt und zugenäht!«, rief sie. »Das kann ich gar nicht gebrauchen, solang ich im Wahlkampf bin.«

»Vielleicht bringt es dir ja den Sieg ein?«

»Oder ich bin die Amtsinhaberin, die den Mörder nicht stellen konnte. Himmel, Arsch und Zwirn!«

»Mit deinem Mundwerk vergraulst du viel mehr Wähler.«

»Fluchen tue ich nur in deiner Gegenwart.«

Mick nickte. Sein Großvater und Urgroßvater hatten ihm alles beigebracht, was sie über das Leben im Wald wussten. Linda hatten sie beigebracht, zu fluchen wie ein Bierkutscher. »Trappersprache« hatten die alten Männer das genannt. Mick schmunzelte, als er sich daran erinnerte.

»Was ist daran verdammt noch mal witzig?«, sagte Linda.

»Nichts. Du kümmerst dich um mein Haus, und ich nehme dir dafür Fuckin' Barney ab.«

»Ist das nicht auch ein schmutziger Ausdruck?«

»Nein, das ist einfach sein Name. Aber wenn du mit seiner Mom redest, darfst du nur Barney sagen. Sie will, dass er jetzt nur noch so genannt wird.«

»Jetzt verscheißerst du mich.«

»Kein Witz! Er ist sozusagen nach dem Tod in der Achtung aufgestiegen. Posthume Ehrenmedaille.«

»Du bist mir ein bisschen sehr dicke mit der Familie«, sagte Linda. »Zahlen sie dir wenigstens was?«

»Hat Mrs. Kissick angeboten. Aber ich kann ihr Geld nicht annehmen.«

»Ich kapier's einfach nicht. Hast zwei Häuser, in denen du nicht wohnst, und arbeitest ohne Bezahlung.«

»Du hast es erfasst. Vielleicht sollte ich mich auch um das Sheriffsamt bewerben. Was ist dein Gegner eigentlich für einer?«

»Gerald Fisher heißt er. Älter als ich. Seit vier Jahren bei der Campuspolizei und seit fünf bei der städtischen. Angesehene Familie. Allgemein beliebt.«

»Und warum will er bei der Polizei aussteigen?«

»Das ist nicht ganz klar. Der Bürgermeister hat einen neuen Polizeichef ernannt, und Gerald hat gekündigt. Angeblich konnten die zwei nicht miteinander. Soll's ja geben bei Männern.«

»Aber du glaubst, da steckt was anderes dahinter?«

»Gut möglich«, antwortete sie. »Man hört, dass er sich seinen Kolleginnen gegenüber unangemessen verhalten haben soll.«

»Na, dann finde raus, was da genau war, und verwende es gegen ihn.«

»So will ich meinen Wahlkampf aber nicht führen.«

»Das funktioniert garantiert.«

»Aber nicht für mich«, entgegnete sie. »Ich finde so was widerlich. Ich werbe mit meinen eigenen Leistungen für mich.«

»Und dem Geld von Murvil Knox.«

Sie presste die Lippen aufeinander, umklammerte das Lenkrad und zog verärgert die Schultern hoch. Mick war zu weit gegangen, das wurde ihm klar. Ihm machte das nichts, meistens verhielt es sich umgekehrt. Diese Bemerkung war kaum schlimmer als die vielen Male, die sie ihn kritisiert hatte.

Linda fuhr nach Rocksalt und setzte ihn vor ihrem Haus ab.

»Bis später dann«, sagte sie. »Ich statte jetzt mal den Töchtern von Mrs. Combs einen Besuch ab.«

Mick verabschiedete sich knapp und telefonierte dann mit Jacky, der ihm berichtete, er habe alle Ersatzteile beisammen und könne am nächsten Tag mit der Arbeit am Pick-up-Truck anfangen. Mick legte auf und hielt einen Mittagsschlaf.

KAPITEL 11

Am nächsten Morgen ging Mick zwei Meilen, joggte weitere vier, und den gesamten Weg zurück durch die Lyons Avenue rannte er. Sein Bein bereitete ihm keine Schwierigkeiten. Die Muskeln waren wieder da, er atmete frei. Linda war schon bei der Arbeit, als er Joghurt und Obst zum Frühstück aß. Ohne das Percocet träumte er wieder mehr. In der vorigen Nacht war er nass geschwitzt und keuchend aufgewacht: Er hatte das Gesicht des Feindes vor sich gesehen, der den Sprengsatz ausgelöst hatte.

Er rief Albin an, und sie fuhren zur Hütte. Jacky hatte die Zufahrt ganz ordentlich frei gemacht – die kleinen Büsche und das hohe Unkraut waren verschwunden, die Schösslinge abgehackt. An manchen Stellen guckte der nackte gelbe Lehm heraus, aber Jacky hatte dafür gesorgt, dass der Boden noch ausreichend bewachsen war, sodass die Erde nicht beim ersten Regenguss weggespült wurde. Die Motorhaube des Pick-ups war hochgeklappt, und Jacky hing mit dem gesamten Oberkörper im Motorraum, stand mit einem Fuß gefährlich auf einem umgedrehten Eimer Spachtelmasse, das andere Bein ruderte zum Balancehalten durch die Luft. Als er das Taxi hörte, ließ er sich zurück auf den Boden gleiten. In der Hand hielt er einen Schraubschlüssel, am Leib trug er einen hellblauen, längs gestreiften Overall mit Ölflecken darauf.

»Ölfilter«, sagte er, »Luftfilter, Keilriemen, Zündkerzen, Verteilerkappe, Kühlerschlauch. Wenn ich damit durch bin, läuft die Karre wieder wie geschmiert.«

»Wie lang dauert's?«

»Drei Tage sollten reichen.«

»Was ist mit den Reifen?«, fragte Mick.

»Bei denen bin ich noch nicht. Da liegen aber schon mal vier neue.« Er zeigte auf einen Stoß Autoreifen hinter dem Pick-up.

»Und wie bezahlst du das alles?«, wollte Mick wissen.

»Ich habe beim Ersatzteillager und beim Reifenhändler einfach deinen Namen genannt.«

»Wenn du mit Kreditkarte bezahlst, kann ich's dir in bar wiedergeben.«

»So was habe ich nicht«, erwiderte Jacky. »Mit den Dingern will ich nichts zu tun haben. Das geht niemanden was an, wofür ich mein Geld ausgebe. Ich will nicht im großen Regierungsrechner landen und in eine ewig lange Zahlenkolonne verwandelt werden.«

Mick betrat die Hütte, in der es so ordentlich aussah wie bei seinem letzten Besuch. In der Mitte der guten Stube standen mehrere aufgestapelte Kartons. Das Bett seines Großvaters sah zerwühlt aus, Jacky hatte offensichtlich dort geschlafen. In einem aufgeklappten Koffer lag ein Knäuel Kleider. Mick trat wieder vors Haus. Jackys Beine ragten aus dem Motorraum, in dem sein restlicher Körper verschwunden war. Mick hatte sich überzeugt, dass es mit der Autoreparatur voranging, also stieg er wieder ins Taxi. Vorsichtig manövrierte Albin die Piste, die im Grunde nur ein etwas breiterer Waldweg war, den steilen Hang hinunter bis zur Asphaltstraße. Gemessen an seinem sonstigen Fahrstil fuhr er sehr langsam.

»Hast du was auf dem Herzen?«, fragte Mick.

»Yep.«

»Ist es wegen Jacky?«

»Nein. Der Fressnapf gestern unter dem Baum. Der will mir einfach nicht aus dem Kopf. Die alte Dame, die ihrem Hund Futter geben will, dabei ist er lange tot. Das fand ich einfach nur traurig.«

»Auf mich machte sie nicht den Eindruck, als würde sie sich Skippys Tod allzu sehr zu Herzen nehmen.«

»Fand ich auch nicht. Ich kannte den Hund ja nicht mal. Aber wenn ich so eine Schale mit Hundefutter sehe, und es keinen Hund mehr gibt, der das frisst – das finde ich schrecklich deprimierend.«

Mick sah hinaus in die vorbeiziehende Landschaft. Er streckte den Arm aus dem Fenster und riss von einem tief hängenden Ahornzweig eine kleine Frucht ab. Als Kind hatte er die Früchte »Propeller« genannt, weil sie mit ihren zwei Flügeln langsam zu Boden trudelten. Er drückte die kleine Nuss aus der Fruchtmitte und aß sie. Das Innere der Samenhülse war feucht, und er setzte es sich bedächtig auf die Nase. Albin lachte, als er das sah.

»Wo wollen wir hin, Boss?«, fragte er.

»Zum College. Um drei hab ich eine Verabredung mit der Geologin.«

»Da haben wir ja noch viel Zeit. Wollen wir Mittagessen gehen?«

Eine Stunde später hatten sie ihre Hamburger und Pommes frites an einem Picknicktisch des Dairy Queen aufgegessen. Die Servietten hatten sie mit Steinen beschwert, damit sie nicht beim nächsten Windstoß davonflogen. Die Kundschaft hatte ihre Namen zu Dutzenden in den Holztisch geritzt; die älteren waren schon mehrmals überlackiert worden. Ein Kundenverzeichnis der letzten dreißig Jahre, wie Keilschrift in die Oberfläche eingelassen. Triumphierend zeigte Albin auf seinen Namen, daneben ein sechs Jahre zurückliegendes Datum.

»Hier, ich fass es nicht!«, sagte er. »Da habe ich gesessen, mit Ida Gayheart! Sie hatte einen Candy Bar Blizzard bestellt, und ich einen Hot Fudge Sundae.«

»Ausgezeichnetes Gedächtnis, Albin.«

»Ich wohne schon mein Leben lang in Eldridge County. Da gibt's nicht viel zu vergessen.«

In Micks Erinnerung überwogen Dinge, die ihn traurig stimmten – Verlust und Trauer, Fehler und falsche Entscheidungen. Er fragte sich, ob er sich nur nicht an schöne Dinge erinnern konnte oder ob es die schlichtweg nicht gab in seinem Leben. Als Kind wollte er immer unbedingt einen Eisbecher bei Dairy Queen essen, aber niemand ging mit ihm hin. Jetzt, da er nun endlich bei Dairy Queen gewesen war, überwog die Enttäuschung. Er dachte an seine Fast-Ex-Frau und das Kind, das sie aufzog, und hoffte, dass sie das kleine Mädchen zum Dairy Queen in Owingsville ausführte. Er schüttelte den Kopf, um diese Gedanken zu vertreiben.

Albin erzählte immer noch von Ida Gayheart, wen sie geheiratet und wie viele Kinder sie bekommen hatte, wo sie wohnte.

»Fahren wir zum College«, sagte Mick.

Er traf Dr. Harker allein in ihrem Büro an. Mick setzte sich auf den Besucherstuhl, sie nahm hinter ihrem Schreibtisch Platz und sah ihm direkt in die Augen. Sie wechselten ein paar Begrüßungsfloskeln.

»Und, hatten Sie Zeit, die Bodenprobe zu untersuchen?«, fragte er dann.

»Ja, und es liegt eine Anomalie vor«, antwortete sie. »Die Analyse lässt sich schnell zusammenfassen. Es ist hiesige Tonerde mit einem hohen Kalkanteil.«

»Einem hohen Kalkanteil?«

»Das heißt, mehr Kalk als gewöhnlich. Hier in der Gegend gibt es natürlich viele kalkhaltige Böden, aber das Verhältnis von Kalk zu Ton ist bei dieser Probe sehr hoch. Außerdem ist der Kalk sehr fein.«

»So wie der Staub, der auf einer Schotterstraße hinter einem Auto aufsteigt?«

»Ja und nein. Der Kalksteinschotter, der im Straßenbau verwendet wird, ist ein sogenannter ›dichter Kalkstein‹, was bedeutet, dass die Körnung relativ klein ist. Dadurch klebt er besser an der Oberfläche und hält länger. Er wird nicht so schnell vom Regen weggewaschen. Der Kalkstein in dieser Bodenprobe ist reiner. Die Art puderfeiner Staub, wie man sie in einem Steinbruch finden würde. Der nächste Steinbruch befindet sich in Bourbon County, ungefähr eine Autostunde von hier entfernt. Aber wenn der Staub von dort stammt, müsste man Spuren von den Maschinen nachweisen können, mit denen er abgebaut worden ist. Öl. Diesel. Metallspäne.«

Sie lehnte sich in ihrem Bürostuhl zurück und hob die Augenbrauen ein wenig. Offensichtlich wartete sie darauf, dass Mick eine Frage stellte. Jemandem solche Informationsbrocken hinzuwerfen, war eine Verhörmethode, die er selbst in Afghanistan und im Irak oft angewandt hatte. Das hieß, sie wollte auf etwas hinaus. Er spielte mit.

»Und diese Spuren konnte man nachweisen?«, fragte er.

»Nein, da war nichts. Das ist so seltsam daran. Ich habe auch noch einen Kollegen aus der Chemie gebeten, sich die Sache anzusehen. Woher stammt diese Erde?«

»Aus der Schuhsohle eines Toten.«

»Woran ist er gestorben?«

»Schussverletzung.«

»Was hat er gemacht?«, fragte sie. »Ihr Toter.«

»Hat Heroin verkauft.«

»So viel Mühe für einen Drogendealer?«

»Sein Job spielt doch keine Rolle. Für Sie würde ich dasselbe tun.«

»Ist eine Belohnung ausgesetzt?«

»Nein, ich arbeite pro bono.«

»Warum?«, fragte sie.

»Ich habe gerade nichts Besseres zu tun.«

Darüber musste sie lachen, und ihr Gesicht verwandelte sich in das eines Kindes, das sich diebisch über etwas freut. Mit diesem entspannten Gesichtsausdruck bemerkte er die kleinen Fältchen rund um ihren Mund und ihre Augen und verstand, dass sie oft und gern lachte, aber vielleicht nicht unbedingt im Büro, wenn ihr ein Fremder gegenübersaß. Sie stand auf und hielt ihm die Hand hin.

»Ich melde mich bei Ihnen, wenn ich von meinem Kollegen in der Chemie höre.«

»Danke schön«, sagte er und ging.

Draußen fand er Albin, der so lässig rauchend an einer Backsteintreppe lehnte, als hätte er sich für ein Foto aufgestellt. Er hatte sich die Haare gebürstet. Das Taxi parkte einen halben Block entfernt. Mick sah auf den ersten Blick, dass Albin sich so weit von seinem Arbeitsplatz entfernt hatte, um die Aufmerksamkeit von zwei Studentinnen auf der gegenüberliegenden Straßenseite zu erregen. Als sie weitergegangen waren, ohne ihn zu bemerken, überquerte Albin die Straße und nahm eine neue Haltung ein. Mick hörte Schritte hinter sich, und er machte einer vorbeigehenden jungen Frau mit Rucksack Platz, die das Handy in die Gesäßtasche und den Pferdeschwanz hinten durch die Öffnung ihrer Baseballkappe gezogen hatte. Sie lächelte Mick zu. Albin warf seine Zigarette weg und gesellte sich zu Mick.

»Kein Glück?«, fragte Mick.

»Die beachten mich einfach nicht. Ich weiß überhaupt nicht, warum. Ich sehe doch ganz gut aus, oder? Was meinen Sie?«

»Du siehst zu sehr wie ein Normalo aus, Albin.«

»Wegen meinem Haarschnitt?«

»Nein«, erwiderte Mick. »Wegen der Schuhe. Frauen gucken den Männern als Erstes auf die Schuhe.«

»Aber zum Autofahren sind die sehr bequem.«

»Tja, aber jetzt sitzt du nicht hinterm Steuer, oder? Du stehst auf dem Bürgersteig und motzt herum.«

»Ich motze gar nicht. Ich zeige mich. Aber ich kann den Frauen auch nicht helfen, wenn ihnen nicht klar ist, was sie sich durch die Lappen gehen lassen. Ich habe einen festen Job und eine eigene Wohnung.«

Mick dachte über diese simplen Vorzüge nach. In gewisser Weise fehlte ihm beides. Sein Handy vibrierte. Auf dem Display erschien »JB«, und er ging dran.

»Hi, Johnny Boy.«

»Linda hat gesagt, ich soll dich anrufen. Es gibt einen Toten, und sie hätte dich gern dabei.«

»Und wo?«

»Das Rodburn-Tal hoch. Sie meint, du würdest an den vielen Autos sehen, wo.«

Zehn Minuten später fuhren sie an der neuen Oberschule vorbei, die auf dem Gelände des früheren Autokinos errichtet worden war, das noch früher eine Müllkippe gewesen war. Albin bog links in die Rodburn Road ein, einspurig, asphaltiert, ohne Straßengraben. Die Hälfte des Tages lag die eine Seite des engen Tals im Schatten, die zweite Hälfte die andere Seite. Nur um zwölf Uhr mittags schien die Sonne direkt auf die Straße.

KAPITEL 12

Johnny Boy traf als Erstes am Tatort ein, sah den Leichnam und wurde augenblicklich von Übelkeit gepackt. Um ja keine Spuren zu verwischen, rannte er schnell in den Wald und übergab sich dort. Am Bach spritzte er sich Wasser ins Gesicht und auf die Kleidung, wusch die Flecken weg und stellte sich in die Sonne. Er hoffte, dass die nassen Stellen trockneten, bevor es jemand bemerkte.

Zwei Beamte der städtischen Polizei trafen als Nächstes ein, dann Linda. Sie machte keine Bemerkung über Johnny Boys feuchte Kleidung, sondern konzentrierte sich auf den Leichnam. Er lag mit dem Gesicht nach unten in einem mit wildem Klee bewachsenen Seitenstreifen. Der Rücken des Männerhemds war mit getrocknetem Blut verklebt.

»Hast du eine Ahnung, wer das ist?«, fragte sie.

»Könnte jeder sein. Ist gekleidet wie alle. Jeans, Stiefel, kariertes Hemd.«

»Das sehe ich selbst, Johnny Boy.«

»Ich formuliere nur meinen Tatortbericht, Sheriff.«

»Und hast du sonst noch was beobachtet?«

Er zeigte auf einen zweitürigen Kleinwagen.

»Da, das Auto.«

»Bekannt?«, wollte sie wissen.

»Nein. Ist ein Ford. Das halbe County fährt so was. Könnte jemand beim Picknicken sein. Oder Kids weiter oben auf dem Wanderweg, die Gras rauchen.«

Ein Polizist trat zu ihnen, ein älterer Mann mit einem blank polierten Namensschild an dem schwarzen Uniformhemd, auf dem »Sgt. Blevins« stand. Johnny Boy kannte ihn und seine Frau seit vielen Jahren.

»Hallo, Faron«, begrüßte er ihn.

Faron Blevins senkte das Kinn zum Gruß.

»Wie geht es Brandi?«, erkundigte sich Johnny Boy.

»Bestens. Sie hat sich einen Vertrieb für Vogelhäuser zugelegt. Im Internet. Sie hat alle möglichen Modelle im Angebot. Und Einzelanfertigungen.«

»Ein Vogelhaus in Einzelanfertigung?«

»Meistens wollen die Leute ihr eigenes Haus im Kleinformat. Oder ihre Kirche. Sie schicken ihr ein Foto per E-Mail. Das baut Brandi selbst nach und malt es so an, dass es passt.«

»Und mit so was kann man Geld verdienen?«

»Bisher noch nicht«, antwortete Faron. »Jedenfalls nicht genug, aber da hat sie was zu tun, und es macht ihr Spaß. Wie geht's Ihnen, Linda?«

»Etwas erschöpft vom vielen Schilder-Aufstellen«, sagte sie.

»Ja, die sieht man wirklich überall.«

»Und was glauben Sie, wer da liegt?«, fragte Linda.

»Das wissen wir noch nicht. Wir warten auf Marquis. Wir dürfen den Toten nicht anfassen, bis der Coroner ihn für tot erklärt hat. Aber tot ist er. Ich habe den Finger an seine Halsschlagader gehalten. Nichts.«

»Wie steht es mit dem Auto?«

»Hat weder Kennzeichen noch Registrierung«, antwortete Faron. »Könnte jemand sein, der ganz auf sich gestellt mitten im Wald lebt.«

»Oder jemand, der uns das Leben schwer machen will«, erwiderte Linda.

Schweigend betrachteten die Versammelten den Toten. Trotz Small Talk lag eine spürbare Frustration in der Luft, wie bei einem

Pferd, das auf der Kandare kaut und lospreschen möchte. Sie konnten nicht mit ihrer Arbeit anfangen, bis Marquis die seine getan hatte, und die hing von seinen Pflichten im Bestattungsinstitut ab. Eine Einbalsamierung duldete nur wenig Aufschub. Aber überstürzen durfte man auch nichts. Wenn er bei einer Trauerfeier war, konnten Stunden vergehen, bis er eintraf.

Ein Motor heulte im ersten Gang, und sie drehten sich um und sahen, wie sich der Assistent des Polizeichefs, Chet Logan vom Rocksalt Police Department, aus dem Auto quälte. Er war ein übergewichtiger Mann, der bei der Ausübung seines Berufs angeschossen worden war und sich deswegen nur langsam bewegen konnte. Alle mochten ihn, sogar die Menschen, die er festnahm. Wenn alles glattlief, würde er in ein paar Jahren Chief werden.

»Faron«, sagte er. »Bist du hier der Befehlshabende?«

»Jawohl, Sir.«

»Wir haben ein kleines Problem«, sagte Chet. »Linda, Sie sollten sich das auch anhören. Der Chief will, dass wir noch mal gründlich überprüfen, in wessen Zuständigkeitsbereich der Tote fällt. Die Stadtgrenze verläuft genau hier irgendwo. Wir können nicht mit Sicherheit sagen, ob die Leiche auf dem Gebiet der Stadt oder vom County liegt.«

»Na, dann gehört er entweder mir oder euch«, entgegnete Linda. »Wollen Sie das damit sagen?«

»Ja, so ungefähr. Der Chief schickt uns einen Landvermesser mit der Flurkarte vorbei.«

Ein weiteres Auto kam die Straße hoch, und alle drehten sich danach um, weil sie dachten, es wäre entweder Marquis oder der Landvermesser. Stattdessen war es ein Taxi.

»Ist das nicht Albin?«, sagte Faron. »Wen kutschiert er da herum?«

»Meinen Bruder«, antwortete Linda.

»Den habe ich seit fünfzehn Jahren nicht mehr gesehen«, sagte Chet.

Alle sahen Mick entgegen, als er geräuschlos über das Gras auf sie zukam. Er war kleiner als alle Anwesenden, einschließlich Linda, und strahlte reine, beherrschte Körperkraft aus. Er nickte der Gruppe zu.

»Hidy, Mick«, sagte Chet. »Schau mal einer an. Du hier? Ganz allein auf weiter Flur?«

Mick nickte, ein Zucken im Gesicht, das als Andeutung eines Grinsens durchging.

»Hey, Chet«, sagte er. »Wie geht's, wie steht's?«

»Vor diesem ganzen Mist noch wesentlich besser. Wir wissen nicht, wer da liegt, und wir können ihn nicht anfassen. Was machst du hier?«

»Ich habe ihn um seine Expertise gebeten«, sagte Linda. »Natürlich nur, wenn der Tote im County liegt. Mick ist bei der Army für Mordfälle zuständig«

Johnny Boy blickte in den Himmel. Über ihnen segelte ein Geier im Aufwind. Er hatte es schneller zum Leichnam geschafft als der Leichenbeschauer.

»Den roten Taurus da kenne ich«, sagte Mick. »Der gehört Mason Kissick. Neulich habe ich noch dringesessen. Wenn ihr meine Meinung hören wollt: Das ist euer Toter. Ungefähr eins siebzig groß, helle Haare. Auf dem Rücken der linken Hand eine L-förmige Narbe.«

»Das haben Sie sich alles gemerkt?«, sagte Faron.

»Na ja. Ich merke mir sowieso viel zu viel.«

Chet machte eine Kinnbewegung in Farons Richtung. Faron ging seitlich auf den Toten zu, mit vorsichtigen Schritten, damit er auf keine umgeknickten Grashalme trat, die noch für die Tatortuntersuchung wichtig werden könnten. Der linke Arm war weggestreckt, Handteller nach unten.

»Yep«, bestätigte Faron. »L-Narbe, als hätte er sich die Hand an einer Glasscherbe aufgeschnitten.«

Der Landvermesser des Countys traf ein, einige große Papierrollen unterm Arm, gefolgt von Marquis in seinem billigen Anzug, in der Hand eine Arzttasche aus Leder. Johnny Boy wandte sich augenblicklich ab. Er hatte nichts gegen Marquis persönlich, der immer bereit war, seinen Teil zu Gemeinschaftsereignissen beizutragen. Aber vor Gespenstern fürchtete er sich, und er war überzeugt, dass Marquis geschäftlich mit ihnen auf Du und Du war.

Marquis trat zum Leichnam, erklärte den Mann für tot und wartete, dass ihm jemand zu Hilfe kam. Mick half ihm, den Toten auf den Rücken zu drehen. Er hatte Schussverletzungen in Hals und Brust. Als seine Aufgabe erledigt war, ging Marquis davon, wobei er sich im warmen Schein der im Westen stehenden Sonne hielt.

»Das ist eindeutig Mason Kissick«, sagte Mick. »Ich kenne die Familie.«

»Die verdammten Kissicks kennen wir alle«, sagte Chet.

»Ich kann sie benachrichtigen«, sagte Mick.

»Aber das wäre nicht offiziell«, wandte Chet ein.

»Da haben Sie recht«, sagte Linda. »Wie wäre es, wenn ich meinen Bruder so lang zum Deputy mache, bis er mit Shifty geredet hat? Das ist ihr zweiter toter Sohn in einer Woche. Mick kann gut mit ihr.«

Chet zuckte nur die Achseln und wartete, was Mick dazu sagte.

»Könnte ein Interessenkonflikt sein«, sagte Mick.

»Inwiefern?«, wollte Faron wissen.

»Ich habe Autorität über Militärangehörige, aber nicht über Zivilisten.«

»Sie sind der einzige Soldat hier«, sagte Faron. »Und Sie wollen sich ja nicht selbst festnehmen.«

»Das hat Linda schon für ihn erledigt«, warf Chet ein.

Er lachte, und alle lachten mit, auch Mick.

»Ich will nicht zu den Kissicks«, sagte Johnny Boy. »Ich hab Mason von der Schule her gekannt.«

»Machen wir's doch so«, sagte Linda. »Ich erkläre Mick vorübergehend zum Deputy, bis er die Nachricht vom Todesfall überbracht hat, Festnahmen sind nicht erlaubt.«

Ein langes Gruppenschweigen signalisierte allgemeine Zustimmung, und Albin fuhr Mick zu den Kissicks. Mick schaute aus dem Wagenfenster und dachte über den Frühling nach – das überall im Wald sich regende neue Leben, die unsichtbare Kraft, mit der sich die Knospen der Sonne entgegenschoben. Die Saison hatte etwas Melancholisches an sich. Jedes Jahr erneuerten die Hügel sich wieder, nur die Menschen alterten sichtbar. Die Schönheit der Natur verhüllte die ihr innewohnende Brutalität, aber bei den Menschen lag sie nackt zutage.

Albin parkte auf der Grasfläche vor dem Haus. Mick stieg aus und überquerte langsam die hellgrüne Wiese mit den vielen Veilchen und Butterblumen darin. Er trampelte zur Veranda hinauf, damit Mrs. Kissick wusste, dass sie einen Besucher hatte, dann klopfte er an die Tür, wartete eine Minute und klopfte stärker. Vielleicht war sie hinterm Haus oder im Badezimmer. Er klopfte ein drittes Mal.

»Mrs. Kissick«, rief er. »Ich bin's, Mick Hardin. Kann ich kurz reinkommen?«

Er hörte eine Frauenstimme, was er als Einladung auffasste einzutreten. Er öffnete die Tür. Mrs. Kissick saß wie üblich auf ihrem Sessel in der Ecke, die kleine Pistole auf einem Beistelltischchen neben einer Kaffeetasse. Eine .410er-Jagdflinte war auf Micks Bauch gerichtet. Der Lauf war abgesägt und kurz wie bei einer altertümlichen Steinschlossmuskete, aber hier war jeder Schuss tödlich. In der anderen Hand hielt sie ein Mobiltelefon.

»Ist er es?«, fragte sie.

»Ja, Ma'am. Mason ist tot.«

Es wird allgemein geglaubt, dass es nur in der Kindheit spontane Wachstumsschübe gibt, aber Mrs. Kissick alterte vor seinen Augen. Urplötzlich zog die Last der Jahre an ihrem Gesicht. Sie so einfallen zu sehen, war schrecklich. Sie machte eine Bewegung mit dem Lauf der Flinte, Mick solle sich setzen. Er bewegte sich sehr vorsichtig, und sie ließ die Waffe sinken und legte sie in ihren Schoß.

»Die Erde auf dem Grab ist noch nicht mal eingeebnet«, sagte sie, »und jetzt muss ich schon das nächste Loch schaufeln.«

»Kann ich irgendwas für Sie tun?«

»Ich will meine Kinder wiederhaben.«

»Gibt es jemanden, den ich für Sie anrufen kann? Jemand, der hier bei Ihnen bleiben kann.«

»Ich habe meine Kinder schon angerufen. Meine Tochter und meinen letzten Sohn.«

Ihr graues Gesicht wurde weicher, und er dachte, dass sie in Tränen ausbrechen würde, aber im nächsten Augenblick wurde ihr Ausdruck hart wie Ton in einem Brennofen. Mick wandte den Blick ab, damit sich ihr Zorn nicht auf ihn richtete.

»Wie heißt er?«, fragte er sanft. »Ihr Sohn, den Sie angerufen haben.«

»Raymond. Wir nennen ihn Ray-Ray.«

»Wo wohnt er?«

»San Diego.«

»Das ist nicht gerade um die Ecke«, sagte er.

»Morgen landet sein Flugzeug.«

Mick nickte. Shifty hatte sich nicht bewegt, seit er sich hingesetzt hatte, aber ihr Blick war jetzt in die weite Ferne gerichtet, auf etwas, das nur sie sah. Die alten Veteranen nannten es den »Tausend-Meter-Blick«. Es sah aus, als schaue man ins Nichts. Vielleicht sah sie Mason und Barney als Kinder vor sich oder nur Finsternis.

»Mrs. Kissick«, sagte er. »Kann ich Ihnen vielleicht einen Kaffee holen?«

Sie gab keine Antwort, und er ging in die Küche. Die Küchengeräte waren neu, ganz anders als das abgenutzte Linoleum, das vor Spüle und Herd durchgescheuert war. Mick goss Kaffee in zwei Tassen und trug sie ins Wohnzimmer. Shifty saß reglos da wie eine Statue. Als er in ihr Blickfeld kam, schlug er einen weiter als notwendigen Bogen und stellte die Tasse neben ihr Handy.

»Bitte schön«, sagte er.

Sie dankte ihm wortlos und nahm ein paar Schlucke. Dann sah sie ihn wieder an.

»Wenn's Ihnen nicht zu viel ausmachen würde, würd ich gern ein paar Fragen stellen«, sagte er. »Vielleicht hilft mir das, herauszufinden, wer es getan hat.«

»Wer Mason getötet hat, meinst du?«

»Richtig, Ma'am.«

»Na gut.«

»Sein Auto ist gefunden worden«, sagte Mick. »Wissen Sie, wo er hinwollte?«

»Das Rodburn-Tal hoch.«

»Schon klar, Ma'am. Ich meine davor. Wo ist er hingefahren?«

Sie hielt sich die Kaffeetasse an die Stirn, um sich das Gesicht zu wärmen. Mick hörte das Ticken einer Uhr, das Summen des Kühlschranks. Shifty trank noch einen Schluck. Ihr Kopf senkte sich auf die Brust, und sie schloss die Augen. Tränen liefen ihr das Gesicht herunter. Sie wischte sie nicht weg.

»Ich habe ihn losgeschickt«, flüsterte sie.

»Wohin?«

»Um Barneys Drogenvorrat zu holen.« Sie atmete tief durch und trank noch einen Schluck Kaffee. »Wir stecken ganz tief in der Tinte«, sagte sie.

»Vielleicht kann ich ja helfen.«

»Uns kann keiner helfen.«

»Reden Sie mit mir.«

Sie hob die Tasse an den Mund, nippte daran, dann leerte sie den restlichen Kaffee auf einen Zug. Sie setzte sich aufrechter hin, und ihr Blick fiel auf das Jagdgewehr, als habe sie vergessen, dass es immer noch auf ihrem Schoß lag. Sie lehnte es an die Wand und stellte die Kaffeetasse auf das Tischchen.

»Barney hat den Stoff in Detroit eingekauft«, sagte sie. »Charley Flowers hat ihn einmal im Monat liefern lassen. Barney hat bei Lieferung gezahlt. Auf diese Weise lief es mehrere Jahre ziemlich gut. Barney war schlau. Er ...«

Die Trauer überkam sie, und sie konnte nicht weitersprechen.

»Was hat er gemacht, Mrs. Kissick? Ist etwas vorgefallen?«

»Er hat einen Deal mit Charley Flowers gemacht.«

»Einen neuen Deal also?«

»Barney hatte etwas an Land gezogen, ein großes Ding, eine einmalige Sache sollte das werden. Er hat gesagt, das ist sein letzter großer Deal, und dann steigt er aus. Für die Ware hat er die Hälfte im Voraus gezahlt, den Rest wollte er nach dem Verkauf begleichen.«

»Wissen Sie, an wen er verkaufen wollte?«

»Nein, das hat er niemandem gesagt.«

»Und hat der Verkauf dann nicht stattgefunden, oder was ist passiert?«

»Nein, das Problem war: Wo bewahrt man so viel Stoff auf? Früher hat er das Zeug hier an verschiedenen Stellen im Haus gebunkert, alles in kleinen Beuteln. Aber für den großen Deal sollte alles an einem Ort sein. Nicht hier und auch nicht in einem Auto oder Schuppen oder so.«

»In was für Schwierigkeiten stecken Sie?«

»Charley Flowers will sein restliches Geld haben. Er hat mich angerufen.«

»Er hat Ihre Privatnummer?«

»Ja, ich hatte manchmal mit ihm zu tun. Wenn Barney irgendwo war und keinen Empfang hatte, dann habe ich Nachrichten zwischen den beiden übermittelt.«

»Wie viel Geld?«

»Zweihunderttausend.«

»Haben Sie ihm gesagt, dass Barney nicht mehr lebt?«

»War ihm egal. ›Bei Geld hört die Freundschaft auf‹, hat er gesagt. Aber so viel Geld habe ich nicht.«

Mick ließ sich das durch den Kopf gehen. Er glaubte nicht, dass Charley Flowers hinter den Morden steckte – es ergab keinen Sinn, einen Dealer umzubringen, bevor er das Geld abgedrückt hatte. Möglicherweise wusste ein Dritter über das Heroin Bescheid. Vielleicht hatte derjenige Mason ermordet und den Stoff mitgenommen. Oder er suchte immer noch danach.

»Kannte Mason das Versteck, an dem das Heroin gebunkert war, Mrs. Kissick?«, fragte Mick.

Sie nickte und starrte dabei zum Fenster heraus. Über den Baumkronen hingen Wolken am Himmel und tauchten alles in ein trübes, graues Licht. Shifty driftete ab.

»Hat Barney ihm verraten, wo es liegt?«, fragte Mick weiter.

»Nein, das wusste er von mir.«

Fast eine geschlagene Minute lang schwieg sie. Mick verstand, dass sie reden wollte, dass sie sich sammelte, um etwas Wichtiges zu sagen. Dieselbe Art von Zögern hatte er auch bei Verhören in der Wüste erlebt. Geduld und Feingefühl waren notwendig, um genau den richtigen Augenblick abzupassen. Er ging vor Shifty in die Hocke, sodass sein Kopf tiefer war als ihrer, und blickte zu ihr hoch.

»Woher wussten Sie, wo Barney das Heroin versteckt hat?«

Ihre Stimme war ein raues Flüstern.

»Weil ich ihm gesagt habe, wo er es verstecken soll«, sagte sie. »In dem alten Stollen, wo früher Pilze gezüchtet wurden. Dort hat er es vor ungefähr einem Monat versteckt. Es liegt in einem blauen Koffer. Der hat früher meiner Tante gehört.«

»Warum da?«

»Die Höhle ist groß. Die Leute haben zu viel Angst reinzugehen.«

Er sah, dass sie geistig schon wieder ganz weit weg war, ins Nichts starrte und vielleicht an schönere Zeiten mit ihren verstorbenen Söhnen dachte. Das war der Augenblick, in dem Mick nachhaken, sie stärker bedrängen, ihre Verletzlichkeit ausnutzen und so an weitere Informationen kommen musste. Stattdessen griff er nach ihrem Handy und fragte, welche die Nummer von Charley Flowers war. Sie zeigte auf eine mit 313-Vorwahl. Er speicherte die Nummer auf seinem Telefon ein und betrachtete die kleine Frau mit den grauen Haarsträhnen, zwei unzureichenden Waffen und keinem Beschützer mehr.

KAPITEL 13

Der alte Chevy stand mit heruntergelassenen Fenstern und hochgeklappter Motorhaube vor der Blockhütte. Jacky Turner ließ den Motor aufheulen und lauschte, ob noch irgendwelche letzten Feinabstimmungen nötig waren. Er war schon zweimal mit dem Pick-up bis hinunter zur Asphaltstraße und zurück gefahren und hatte die Stoßdämpfer nachjustiert. Vom Ergebnis befriedigt, stellte er den Motor aus und kehrte zu seinem wirklich wichtigen Projekt zurück: aus Nitinol hergestellte Autotüren, bei denen Dellen wieder vollständig geglättet werden konnten.

Die Idee stammte von neumodischen Büroklammern, die man verbiegen konnte, wie man wollte – wenn man sie in heißes Wasser warf, nahmen sie die ursprüngliche Form wieder ein. Eine Formgedächtnis-Legierung. Jacky dachte sich, dass man mit einem zerbeulten Auto nur durch eine beheizte Autowaschanlage zu fahren bräuchte, und schon wären die Dellen wieder glatt. Im Notfall könnte man auch mit einem Fön drangehen. Sein größtes Problem bestand in der Beschaffung von ausreichend Nitinol, um damit herumzuexperimentieren.

Drei weniger wichtige Projekte befanden sich noch in der Pipeline, aber über erste Zeichnungen und Notizen war er noch nicht hinausgekommen: eine Methode, mit der man verhindern konnte, dass Pringles zerbrachen, eine Apparatur, um die scharfen, harten Plastikverpackungen von Batterien aufzubekommen, und eine Verpackung, in der Glühbirnen besser geschützt waren als in einem dünnen, an beiden Enden offenen Pappkarton. Jacky hörte, wie sich ein Auto den Berg hochmühte. Ein Taxi erschien auf dem Kamm und hielt auf dem Wendeplatz, wo sich Grundstück und Wald trafen. In Jacky machte sich die völlig abwegige Hoffnung breit, es könnte ein Mitarbeiter des Patentamts sein. Stattdessen war es der Pick-up-Besitzer, der aus dem Taxi stieg und auf ihn zukam.

»Hey, Jacky«, sagte Mick. »Wie läuft die Karre?«

»Läuft wie eine Eins. Braucht nur Benzin.«

»Und hast du's nachts auch warm genug?«

»Ja, ja. Ich habe ein kleines Feuer im Herd angezündet. Ein paar Holzscheite, das reicht mir. Die Axt habe ich im Schuppen gefunden. Sechs verschiedene Axtarten gibt es übrigens schon, aber ich hab ein paar Ideen für eine siebte.«

»Mit Feder vielleicht?«, erwiderte Mick. »Wie bei der Slinky-Rolltreppe?«

»Mit einer Feder kann man nichts an der Kraft verändern. Nein, ich hab was anderes im Kopf. Ist aber noch im Forschungsstadium, wenn du weißt, was ich meine.«

»Geheim?«

Jacky nickte, dankbar, dass Mick die in der Entwicklungsphase notwendige Verschwiegenheit verstand.

»Dann kommst du also gut zum Arbeiten hier oben?«, fragte Mick.

»Schön ruhig hier. Keine Ablenkungen. Unter der Veranda wohnt eine Schlange, aber wir kommen miteinander klar.«

»Das ist Roscoe«, sagte Mick. »Der ist seit zehn Jahren unsere Hausschlange. Davor wahrscheinlich sein Vater oder seine Mutter. Früher habe ich Roscoe mit kleinen Fledermäusen gefüttert.«

Beide starrten einige Minuten lang hinüber zur Veranda und dachten an Roscoe, der darunterlag und schlief, verdaute oder sich auf den nächsten Beutezug vorbereitete. Der einzige Nachteil an Erdnattern war, dass sie gelegentlich beschlossen, zusammen mit einem Kupferkopf Winterschlaf zu halten. Paaren konnten sich die beiden Schlangenarten nicht, aber einander in den langen Wintermonaten wärmen schon. Wenn sie sich dann im Frühjahr zusammen zeigten, jagte das manchen Menschen Angst ein.

Mick verabredete mit Jacky, dass der aus Sicherheitsgründen noch eine weitere Woche oben in der Hütte bleiben würde. Er zahlte Albin seinen Lohn aus, gab ihm einen Bonus und schickte ihn seines Wegs. Nachdem Mick einen letzten Blick auf seine geliebte Hütte geworfen hatte, stieg er in den Pick-up und fuhr den Hang hinunter. Er fuhr ein paar schnelle Kurven, um die Lenkung auszuprobieren, dann testete er Bremsen und Gaspedal. Der uralte Pick-up war seit Jahren nicht mehr so gut gelaufen. Als er die Asphaltstraße erreichte, hatte er genug Empfang, um seine Schwester anzurufen, die immer noch am Tatort auf den Urteilsspruch des Landvermessers wartete. Über den Pilzstollen, von dem Shifty ihm erzählt hatte, wusste Linda nicht viel, riet ihm aber, mit Johnny Boy zu sprechen, der in der Nähe aufgewachsen sei.

Mick fuhr zur Dienststelle. Die neue Mitarbeiterin, Dispatcherin Sandra Caldwell, stellte sich ihm vor.

»Haben wir uns nicht schon kennengelernt?«, fragte Mick.

»Nein, nicht richtig. Vor ein paar Tagen habe ich Sie hier gesehen. Linda hat erwähnt, Sie seien zum Deputy ernannt worden. Brauchen Sie 'nen Stern?«

»Nein danke. Meine Ernennung ist nur vorübergehend. Vielleicht sogar schon wieder vorbei.«

»Das ging ja schnell«, erwiderte Sandra.

Beim Lächeln blitzte ihre Zungenspitze unter dem leichten Überbiss hervor. Ihre Ohren waren klein und ungeschmückt, ihr dunkles Haar wurde von einem gelben Samtband und mehreren Haarklammern festgehalten.

»Ihre Haarklammern«, sagte er. »Die sind verkehrt herum.«

»Wie bitte?«

»Die Klammern müssen eigentlich mit der flachen Seite nach oben zeigen. Die gewellte Seite gehört Richtung Kopfhaut. Dann rutschen sie nicht heraus.«

»Und woher wissen Sie so was?«

»Habe ich mal irgendwo gelesen«, antwortete er. »Es ist mir gerade eingefallen, als ich Ihre Klammern bemerkt habe.«

»Danke«, erwiderte sie. »Es ist schön, bemerkt zu werden. Sonst noch was?«, fragte sie.

»Ich muss mit Johnny Boy sprechen.«

»Nein, ich meinte, was Sie an mir bemerkt haben?«

Sie betrachtete ihn mit einem warmen Gesichtsausdruck, bei dem ihm ganz unbehaglich wurde. Er musterte sie, nur für den Fall, dass er etwas übersehen hatte, wusste aber nicht, was sie meinte. Lächelnd neigte Sandra den Kopf zur Seite. Er wandte sich schnell ab und betrat das kleine Büro des Deputys, das durch die Aktenschränke an allen vier Wänden noch kleiner wirkte. Johnny Boy funkelte Mick missbilligend an, als er unaufgefordert auf dem Gästestuhl Platz nahm.

»Dein Cousin hat den Pick-up zum Laufen gebracht«, sagte Mick.

»Der kann wirklich alles reparieren. Wie geht's den Kissicks?«

»Beschissen. Der Sohn kommt morgen.«

»Raymond. Ungefähr dein Alter. Ist zur Armee gegangen und seitdem nie wieder gesehen worden. Zwischendurch wurde mal gemunkelt, er wär in Afghanistan gefallen, stimmt aber nicht.«

»Genau dieses messerscharfe Gedächtnis brauche ich, Johnny Boy.«

»Ich weiß auch nicht mehr über die Kissicks als du.«

»Mir geht es um den Pilzstollen. Woran kannst du dich erinnern?«

»Als ich die Höhle zum ersten Mal betreten habe, war ich acht Jahre alt. Ich hatte mich mit einer Taschenlampe und Bindfaden, auf einen Stock gewickelt, bewaffnet, wie die Kinder im Fernsehen. Sehr weit bin ich nicht gekommen. Das Licht war zu funzelig und die Strippe zu kurz. Ein paar Jahre später habe ich mich öfter da rumgetrieben. Angeblich gab es eine Höhle mit einem großen Teich, und ich wollte gern die Albinofische darin sehen. Über die hatte ich in einem Buch was gelesen.«

»Und?«

»Kein Fisch weit und breit.«

»Und was wurde in dem Bergwerk abgebaut? Tonerde?«

»Nein, es war nie ein Bergwerk. Es war ein Kalksteinbruch. Es wurden eine Menge Stollen und große, unterirdische Räume gegraben. Riesig, die Gänge! Das Gestein wurde von Maultieren raustransportiert. Der Kalksteinabbau lief vierundzwanzig Stunden am Tag, sieben Tage die Woche. Sonntags fand der Gottesdienst unter der Erde statt. Die Geschichte ist ziemlich interessant, falls es dich interessiert.«

Mick nickte.

»Nach dem Zweiten Weltkrieg lag der Steinbruch über zwanzig Jahre lang verlassen da. Dann gründeten mehrere Farmer zusammen mit ein paar Hippies eine Pilzzucht in dem Stollen.«

»Hippies?«, fragte Mick. »Hier, in dieser Gegend?«

»In den Sechzigern kamen hier welche durch. Anfangs im Rahmen von VISTA, Krieg gegen die Armut und so weiter. Mehrere von denen blieben hier. Haben sogar eine Kommune gegründet. Hippie Holler wurde die von allen genannt. Halb nackt sind die da rumgelaufen.«

»Und die haben Pilze gezüchtet?«, sagte Mick. »Psilocybin? Magic Mushrooms?«

»Nein, ganz normale Champignons. Da steckte ein schlaues Köpfchen dahinter. Sie bekamen sogar eine Förderung vom Staat, um die Böden in den Stollen einzuebnen und eine Entlüftungsanlage einzubauen. Stockduster da drin, hohe Luftfeuchtigkeit, wird nie zu heiß oder zu kalt. Wie geschaffen für Pilze. Auch noch billig. Der Aufwand war unterirdisch, sozusagen.«

Mick bestätigte mit einem Kopfnicken, dass er Johnny Boys Versuch, einen Witz zu machen, registriert hatte.

»Jetzt kommt das Beste«, fuhr Johnny Boy fort. »In den großen Pferdezuchten in Lexington wird zweimal am Tag ausgemistet. Die Pilzzüchter haben noch Geld von den Pferdezüchtern dafür bekommen, dass sie den Mist abfahren. Mehrere Male pro Woche haben sie eine Wagenladung zum alten Bergwerk gebracht und ein paar Räume damit gefüllt. Bald wuchsen dort so viele Champignons, dass man sie verkaufen konnte. Wie gesagt: sehr geschäftstüchtig. Die Leute haben den Stollen für einen Appel und ein Ei gepachtet, und für den Mist, auf dem die Pilze gewachsen sind, haben sie sich noch was bezahlen lassen. Und Platz gab es ohne Ende. Vier Jahre lang haben die da richtig Kohle gescheffelt. Dann haben sie dichtgemacht. Ohne Begründung. Aber es gab natürlich viele Gerüchte.«

»Was für Gerüchte?«

»Schlimme«, antwortete Johnny Boy. »Ganz schlimme.«

Im Vorraum war das Geräusch eines über den Boden schabenden Stuhls zu hören. Sandra klopfte bei Johnny Boy an und erschien im Türrahmen.

»Ich muss los«, sagte sie. »Ich muss meiner Tante ihre Cholesterinpillen bringen.«

»Gar kein Problem«, sagte Johnny Boy. »Ich halte hier die Stellung.«

»Habe ich das richtig gehört, dass ihr gerade über den Pilzstollen geredet habt? Mein Großonkel hat früher da gearbeitet.«

»Lebt er noch?«, wollte Mick wissen.

»Und ob. Der ist zäh wie eine Schuhsohle.«

»Ich würde gern mal mit ihm sprechen, wenn das in Ordnung wäre.«

»Später gern«, sagte sie. »Aber jetzt muss ich dringend los.«

Sie ging. Johnny Boy sah ihr hinterher, merkte dann, dass er beobachtet wurde, und warf Mick einen Blick zu.

»Sie arbeitet hart«, sagte Johnny Boy. »Und kümmert sich um ihre Familie.«

In den Bergen waren das die höchsten Komplimente, die man jemandem machen konnte, was bedeutete, dass Johnny Boy Sandra lieber mochte, als er zu erkennen gab.

»Dieser unterirdische Kalksteinbruch«, sagte Mick. »Gibt es sonst noch Informationen dazu?«

Johnny Boy zog einen der flintgrauen Aktenschränke auf und entnahm ihm eine an den Rändern abgenutzte, verschossene Mappe. Sie war erstaunlich dick. Er überblätterte die ersten paar Seiten und fing dann an zu lesen.

»Der Stollen wurde vor ungefähr sechzehn Jahren von einem großen kalifornischen Unternehmen gekauft. Die hielten es für einen passenden Ort, um dort ein Rechenzentrum aufzubauen. Eine Serverfarm. Nur eine Straße, die rein- und wieder rausführt. Die großen Räume waren ja schon vorhanden. Die Tunnel sind so groß, dass man mit dem Auto darin herumfahren kann. Die Decken sind über acht Meter hoch. Das Ganze bekam den tollen Namen *Stone Mountain Ultra-Secure Dataplex*. Bei uns hat es aber kein Mensch so genannt.«

Johnny Boy blätterte und las dann laut vor.

»Wollen wir doch mal sehen. Hier steht: ›Siebenunddreißigtausend Quadratmeter unterirdische Datenspeicherung. Eine betreiberunabhängige Anlage.‹ Was das heißt, weiß ich nicht.«

»Das heißt, man ist nicht von einem einzigen Netzwerkbetreiber abhängig. Das macht es billiger und flexibler. Keine Ausfälle.«

Johnny Boy sah ihn verständnislos an.

»Bei der Armee benutzt man die auch«, erklärte Mick. »Colocation nennt sich das.«

Johnny Boy blätterte in der Akte.

»2008 gingen die Bauarbeiten los. Das Unternehmen hatte eine Niederlassung am Tom T. Hall Boulevard in Olive Hill. Sämtliche

Zugänge zu den Stollen außer dem Haupteingang wurden verschlossen, dann ging es mit den Bauarbeiten los, draußen vor dem Steinbruch sollten Gebäude errichtet werden.«

Er stieß einen tiefen Seufzer aus und blickte ins Weite. Seine Stimme klang wehmütig.

»Ich war damals noch auf der Schule. Das Rechenzentrum sollte endlich für Arbeitsplätze hier im County sorgen. Angeblich sollte es mal fünfzehnhundert Angestellte geben, wenn die Anlage fertig war. Sieben Baufirmen haben daran gearbeitet – Beton, Elektro, Maurer, Gerüste. Dann gab es ein Riesenproblem. Niemand wurde bezahlt. Es war alles Beschiss, ein riesengroßer Bauskandal. 2009 wurden die Bauarbeiten komplett eingestellt.«

»Und warum hast du eine Akte über die Sache?«, fragte Mick. »So was muss doch von Bundesstaat und Regierung untersucht werden, nicht vom County.«

»Fünf Jahre vorher, im Jahr 2004, gab es an derselben Stelle einen Fall, der das County betraf. Zwei Leichen wurden im Stollen gefunden, ein Ehepaar. Wie sich herausstellte, steckten der Sohn des Mannes und seine Freundin dahinter. Die sitzen immer noch. Diese Akte hatten wir, und ich habe einfach noch die Informationen zum Rechenzentrum hinzugefügt.«

»Und gibt es sonst etwas, was man über diese Höhlen wissen sollte?«

»Jede Menge Schauergeschichten und Gerüchte: dass es spukt in den Stollen. Dass Teufelsanbeter ihr Unwesen treiben. Meistens waren es Jugendliche, die sich da getroffen haben, um Gras zu rauchen und Bier zu trinken. Und sich dann gegenseitig zu erschrecken.«

»Wie sieht es momentan mit der Anlage aus?«

»Ist seit zwölf Jahren auf dem Markt. Mittlerweile nennen sie es Mega Mountain. Vor ein paar Monaten soll sie angeblich verkauft worden sein, aber weiter habe ich mich nicht damit beschäftigt. Sind ja nur Gerüchte. Die Leute reden nun mal gern.«

Das konnte Mick bestätigen. Als Nächstes würden die Leute sich das Maul über Mrs. Kissick zerreißen. Das Telefon auf dem Schreibtisch klingelte. Johnny Boy ging ran, schrieb auf einem Notizblock mit und beendete das Gespräch. Er erhob sich und setzte seinen Sheriffshut auf.

»Du bist doch zum Hilfssheriff ernannt worden«, sagte er. »Es wäre gut, wenn du hierbleiben und das Telefon bewachen könntest. Ich muss los.«

»Was gibt's?«

»Ein Problem beim Dollar General Store.«

Johnny Boy eilte hinaus, und Mick fand sich auf einmal allein ohne Aufgabe in den drei Büroräumen wieder. Die Aktenschränke waren erstaunlich ordentlich sortiert. Problemlos fand er den Buchstaben C und suchte nach Sandras Nachnamen. Caldwells waren noch nie verhaftet worden. Er ging in den Vorraum und spähte durch die Glastür hinaus auf den leeren Parkplatz, dann durchsuchte er Sandras Schreibtisch. Darin befanden sich die gewöhnlichen Formulare, Papier mit Briefkopf und Umschläge. In der untersten Schublade lagen ein paar persönliche Gegenstände: zuckerfreier Kaugummi, Handcreme, Haarbürste, Taschenmesser und Handyladegerät.

In der Öffnung für die Knie befanden sich ein Paar Turnschuhe und ein Taschenschirm. Rechts auf dem Schreibtisch stand ein Telefon, dessen Hörer mit einer Schulterstütze verstärkt war. In der Ecke stand ein kleines gerahmtes Farbfoto eines Paars in leicht ausgewaschenen Farben. Mick schloss aus alldem, dass Sandra Rechtshänderin, ihren Eltern verbunden und auf alle Eventualitäten vorbereitet war. Damit hätte man die meisten Amerikanerinnen und Amerikaner beschreiben können. Er schmunzelte. Bei einer solch überragenden Spürnase war es kein Wunder, dass er es nicht weiter als bis zum Hilfssheriff gebracht hatte.

Von draußen hörte er ein Auto und trat schnell nach vorn in den Eingangsbereich, wo er seine Schwester beobachtete, wie sie ihren großen SUV parkte und ausstieg. Mit angespanntem Gesicht überquerte Linda schnellen Schrittes den Parkplatz.

»Ich habe noch mal Schwein gehabt«, sagte sie. »Die Leiche liegt einen Meter dreißig diesseits der Stadtgrenze. Halleluja! Hast du was aus Masons Mom rausgekriegt?«

»Sie ist völlig fertig. Johnny Boy musste los zu einem Einsatz.«

»Was machst du überhaupt hier?«

»Du hast mich zum Deputy ernannt«, antwortete er. »Ich halte mich hier auf in meiner Funktion als Deputy.«

»Wie ich dich kenne, hast du rumgeschnüffelt.«

»Ich geb's zu, ein bisschen schon. Ich warte gerade auf Sandra. Ich muss mit ihrem Großonkel reden.«

»Ist der Alte etwa ein Verdächtiger?«

»Das nicht«, erwiderte Mick. »Aber er hat früher in dem Pilzstollen gearbeitet.«

Linda hob abwehrend die Hände. Sie schüttelte den Kopf, und ihr Pferdeschwanz schwang hin und her. Diese Reaktion kannte Mick aus ihrer Kindheit, wenn er ihr etwas gezeigt hatte, was sie als Stadtmädchen schrecklich fand – einen toten Frosch, einen Regenwurm, den er sich um den Finger geknotet hatte, einen zappelnden Salamander, den er zwischen den Lippen hielt.

»Für so was habe ich keine Zeit«, sagte sie. »Ich muss mich um Schreibkram kümmern, dann habe ich Verhandlung.«

»Wichtiger Fall?«

»Für irgendjemanden ist es immer wichtig.«

»Lass mich raten. Zwei Hunde auf einem Baum.«

»Nicht witzig, Bruderherz. Ich habe heute noch vier Wahlkampftermine – Frühstück im Kiwanis Club. Bratfischfest bei den Veteranen. Irgendeine Rede im Lions Club. Dann ein Spaghettiessen im Rotary. Wenn ich gewinne, muss ich mir eine größere Uniform zulegen, weil ich so viel gefuttert habe.«

Lindas Handy klingelte. Sie ging dran, hörte zu und drückte das Gespräch weg.

»Das war Johnny Boy«, sagte sie. »Es gibt eine Entführung im Dollar General.«

Sie rannten zum Wagen und rasten die zwei Meilen mit blinkendem Blaulicht durch die Stadt. Eine Menschenmenge stand auf dem Parkplatz. Linda hielt direkt vor dem Laden, wo der Filialleiter gerade einer alten Frau mit Stock half.

»Sind noch Personen im Laden?«, fragte Linda.

»Mrs. Patton war die letzte Kundin«, antwortete der Filialleiter. »Johnny Boy ist drinnen.«

»Lassen Sie keinen ins Gebäude rein.«

Linda betrat den Billigmarkt, direkt hinter ihr Mick. Johnny Boys Stimme klang seltsam hallend, als er ihnen von hinten aus dem Laden zurief, und Linda ging geradewegs auf ihn zu. Mick rannte geduckt nach links und bewegte sich in einem Flankenmanöver zur Rückwand. In der Mitte der langen Regalreihe sah er, dass Linda und Johnny Boy vor einer geschlossenen Tür standen und sich unterhielten. Er gesellte sich zu ihnen.

»Es handelt sich um Jaybird Watts«, sagte Johnny Boy. »Er ist hier angestellt. Er sagt, er habe eine Geisel genommen.«

»Was will er?«, fragte Linda.

»Achthundertvierzig Dollar oder er fängt an zu schießen.«

»Sag ihm, wir besorgen das Geld«, befahl Linda. »Ich rede mit dem Filialleiter. Sorge dafür, dass er weiter mit dir redet, Johnny Boy. Ich geh rausfinden, wen er da drin als Geisel hat.«

Johnny Boy nickte und wandte sich wieder der geschlossenen Tür zu. Als Linda den Laden verließ, ging Mick hinter die Kasse und nahm sich dort eine gelbe Plastiktüte. Im Papierwarengang riss er vier Packungen auf und steckte die Servietten in die Tüte. Er ging zurück nach vorn und öffnete die Kasse. Er breitete sämtliche Ein-Dollar-Scheine über den Servietten aus, dann legte er ein paar Fünf-, Zehn- und Zwanzig-Dollar-Scheine oben drauf.

Linda kam zurück in den Laden, einen Schlüsselbund mit einem Bigfoot-Anhänger in der Hand.

»Es war gerade Schichtwechsel«, berichtete sie. »Vier Angestellte plus der Filialleiter. Zwei davon fehlen. Hinten gibt es eine Laderampe mit Tür. Ich habe den Schlüssel.«

»Schön«, sagte Mick. »Hol du das Auto, und wir treffen uns an der Laderampe. Kann ich den Schlüssel haben?«

Sie warf ihm Bigfoot zu und ging sich dann mit Johnny Boy beraten. Mick verließ den Laden und bahnte sich einen Weg durch die Gruppe evakuierter Kundinnen. Er kam an einer doppeltürigen Eiswürfelmaschine und einem abgeschlossenen Metallkäfig mit Propangasflaschen vorbei. Hinter dem Gebäude befand sich eine schmale Gasse mit einer Garagentür aus Stahl. Sie war zum Teil hochgezogen, und der unterste Meter des Inneren war sichtbar.

Mick ging in die Hocke, schloss kurz die Augen, damit seine Pupillen sich verengten, dann spähte er in den Lagerraum. Links waren Waschpulverkartons aufgestapelt. Gegenüber gab es Regale mit Unverderblichem. Unter einer Lampe ganz hinten auf einem Plastikstuhl saß ein Mann, der eine Flasche billigen Whiskey in der Hand hielt. Er trug die Werbekappe einer Futtermittelfirma hoch auf dem Kopf, über dem Kragen hing ein stummeliger, straff zusammengebundener Pferdeschwanz. In einer Schale lag ein Handy und spielte eine blecherne Version von »Free Bird«. Der Mann schien unbewaffnet zu sein. Mick duckte sich unter der Garagentür hindurch und richtete sich drinnen auf.

»Hey, Mann«, sagte er.

»Heiliger Bimbam«, sagte Jaybird. »Wo kommst du denn her?«

»Ich habe das Geld für dich. Hast du eine Pistole oder so was?«

»Zu Hause, ja. Aber jetzt hier, nein.«

»Ist sonst noch jemand hier?«

»Nee, nur ich und Skynyrd. Da hinter der Tür steht Johnny Boy.«

»Wo ist die Geisel?«

»Das habe ich nur behauptet, damit ich das Geld kriege.«

Mick nickte. Der Mann trank Whiskey. Die nächste Waffe in

Reichweite war ein Wischmopp, aber Jaybird müsste aufstehen und ihn aus einem Putzeimer auf Rollen ziehen.

»Worum geht's denn überhaupt?«, fragte Mick.

»Eine Halskette. Hat mir meine Freundin im Internet gezeigt. Die will sie unbedingt haben. Und ich will unbedingt meine Freundin haben. Du kannst dir vorstellen, was ich meine.«

»Und wie, alter Freund«, sagte Mick. »Konntest du die Kette denn nicht auf Raten kaufen?«

»So lange will sie nicht warten. Sie hatte sich schon ganz genau ausgesucht, welche sie wollte. Sie hat gesagt, sie hätte die Kette in einer großen Mall in Lexington Green gesehen.« Jaybird streckte den Arm aus und klopfte an die Zwischentür zum Laden. »Hey, Johnny Boy«, sagte er. »Bist du noch da?«

»Na sicher, hier bin ich«, kam seine gedämpfte Stimme zurück.

»Wie heißt diese große Mall draußen in Lexington Green?«

»Die Mall in Lexington Green.«

»Genau, wie heißt die?«

»Die Mall in Lexington Green.«

»Ja, verdammt noch mal. Kannst du mich nicht verstehen durch die Tür?«

»Ich verstehe dich ausgezeichnet, Jaybird. Die Mall da draußen heißt die Mall in Lexington Green.«

»Jetzt veräppelst du mich aber.«

»Ganz und gar nicht«, erwiderte Johnny Boy.

»Einen blöderen Namen hab ich noch nie gehört.«

»Wahrscheinlich haben sie sich gedacht, den kann man sich leicht merken.«

Jaybird schüttelte den Kopf und nahm einen ordentlichen Schluck Whiskey. »Glaubst du, ich werde verhaftet?«, fragte er.

»Kann sein«, antwortete Mick. »Aber soweit ich weiß, hast du keine Gesetze gebrochen. Steht nirgendwo geschrieben, dass man sich nicht einschließen und ordentlich einen hinter die Binde kippen darf. Hab ich selbst oft genug gemacht.«

Jaybird hielt ihm die Flasche hin. »Auch ’nen Schluck?«, fragte er.

»Kann momentan nicht. Ich hab gerade Pillen genommen, Beinverletzung. Da wär es gar nicht gut, wenn ich mich betrunken auf die Schnauze legen würde. Dann müsstest du mir hier raushelfen.«

»Würd ich machen, Kumpel. Hundertpro. Was meinst du, ob die mich feuern wegen dem hier?«

»Tja«, erwiderte Mick, »ich bin ja nicht dein Vorgesetzter, aber ich würd schon mal vermuten, dass du freigestellt wirst oder so was. Das hängt von allem Möglichen ab.«

»Von was, zum Beispiel?«

»Wie lang du schon für die Firma arbeitest. Ob du oft gefehlt hast. Was deine Hauptaufgabe ist. Im Grunde hängt wahrscheinlich alles davon ab, ob der Boss dich gut leiden kann oder nicht. So läuft’s doch überall auf der Welt.«

Jaybird zog einen Flunsch, während er über Micks Worte nachdachte. Er trank schnell noch einen Schluck Whiskey.

»Hast du achthundertvierzig in dem Sack da?«, fragte Jaybird.

»Nein, sind nur ungefähr hundert. Der Rest sind Servietten.«

»Welche Marke?«

»Ich glaub, das war Smart and Simple.«

»Hundertfuffzig Stück für ’nen Dollar. Das sind ein halber Cent pro Serviette. Wie sie damit Geld verdienen wollen, versteh ich einfach nicht.«

»Es sind eher zwei Drittel von einem Cent das Stück.«

»Da siehst du’s! Damit machen sie also ihren Gewinn.«

Jaybird fasste in die Tasche, als suche er nach einer Zigarette und betrachtete dann enttäuscht seine Hand.

»Hast du mal ’ne Kippe?«, fragte Jaybird.

»Ich rauche nicht. Verkauft ihr hier Zigaretten?«

»Ja, die bekannten Marken. Nix von dem modernen Biozeug.«

»Hier gibt’s garantiert irgendwo welche.«

»Kommt nicht in die Tüte«, sagte Jaybird. »Das wäre ja stehlen. Und ein Langfinger bin ich nicht, das kannste vergessen.«

»Und wärst du dann so weit? Können wir gehen?«

»Ja klar. Nach dir.«

Jaybird trank die Flasche schnell aus und griff nach dem Handy in der Schale. Er klopfte an die Zwischentür.

»Johnny Boy«, sagte er.

»Ich bin hier, Kumpel.«

»Wir reden später weiter. Sag deiner Mom und dem Rest einen Gruß von mir.«

Mick nahm ihm die Flasche ab, und sie gingen auf die Garagentür zu. Eine lange Kette hing in einer Schlaufe nach unten, und Jaybird zog die Garagentür damit auf. Vor der Garage stand breitbeinig Linda, Hand am offenen Holster. Jaybird erstarrte, und Mick packte ihn fest am Oberarm.

»Du bist ein Bulle?«, sagte Jaybird zu ihm.

»Nein. Das ist meine Schwester.«

»Wo ist die Geisel?«, fragte Linda.

»Ich glaube, Jaybird hat sich selbst als Geisel genommen«, antwortete Mick.

»Was?«, sagte Linda.

»Außer ihm ist hier keiner. Auch keine Waffen. Wenn dich vorn alle sehen, wie du ihn abführst, ist das gut für die Wahl. Und wenn du ihn morgen wieder auf freien Fuß setzt, kriegst du die Stimmen von seiner Familie auch noch.«

»Hätte ich dich mal als Manager für meinen Wahlkampf engagiert.«

»Brauchen Sie einen?«, fragte Jaybird. »Ich bin wahrscheinlich erst mal arbeitslos, könnte zumindest sein.«

Linda rief Johnny Boy an und sagte ihm, er solle am Polizeiwagen auf sie warten. Sie musterte Jaybird, dann sah sie ihren Bruder an.

»Und jetzt machst du das Protokoll, Deputy.«

»Keine Zeit, Schwesterchen. Ich muss das Geld hier zurück in die Kasse legen. Und dann muss ich den Großonkel von deiner Kollegin besuchen.«

»Das wird Johnny Boy aber gar nicht gefallen. Er ist in sie verknallt.«

»Ernenne ihn zum Helden des Dollar General. Dann wird alles wunderbar.« Mick sah Jaybird ins Gesicht. »Mach so was ja nicht noch mal«, sagte Mick. »Das nächste Mal sind wir nicht mehr so nachsichtig.«

»Aber was soll ich meiner Freundin sagen?«

»Die Wahrheit. Dass du es für sie getan hast. Das wird ihr gefallen. Eine richtig große romantische Geste war das. Du hast dich mächtig für sie ins Zeug gelegt.«

»Und ob. Du bist ein echter Romeo, Jaybird«, sagte Linda. »Und jetzt gib mir die Hände, ich muss dir Handschellen anlegen.«

Mick steckte das Geld zurück in die Kasse, holte seine Brieftasche heraus und legte vier Dollarscheine auf die Ladentheke, um die Servietten zu bezahlen. Von drinnen sah er, wie Linda ihren Häftling zum Polizeiwagen brachte. Johnny Boy half ihm sanft beim Einsteigen. Linda drehte sich zu den Wartenden um und gab eine kurze Erklärung ab, die mehrere Leute mit ihren Handys fotografierten. Mick ging und fragte sich, wie die Serviettenhersteller Geld mit ihren Produkten verdienten.

KAPITEL 14

Brace Gifford war ein Mann der Tat, auch wenn die Tat daraus bestand, auf der Veranda zu sitzen und ein Wanderdrosselnest im Ahornbaum zu beobachten. Die Jungen schlüpften immer genau in der Reihenfolge, in der die Eier gelegt worden waren, und verließen das Nest auch so. Auf der Erde unter dem Nest saß ein winziges Küken mit flaumigen Daunen auf dem Köpfchen. Unter den Augen eines erwachsenen Männchens in der Nähe hatte es den Sprung aus dem Nest als Erstes gewagt. Brace wollte den nächsten Jungvogel aus dem Nest springen sehen, was er für die mutigste Tat in der gesamten Natur hielt – ein Junges, das noch nicht richtig fliegen konnte, vertraute sich der Luft an. Unvermeidlich fiel es zu Boden und lag erst mal wie betäubt da, dann blickte es sich um und torkelte unsicher im Kreis.

Brace war unverheiratet geblieben und lebte seit sechzig Jahren im selben Haus. Den Ahorn, in dem sich das Wanderdrosselnest befand, hatte er selbst gepflanzt, ebenso drei Traubenkirschbäume, damit die Drosseln etwas zu fressen hatten. An der Nordkante seines Grundstücks stand eine Reihe Zedern, die im Winter als Windschutz dienten und den Vögeln Schutz vor Räubern boten. Er beobachtete die Drosselmutter, die einen Wurm in Stücke riss und an das Junge im Nest verfütterte, vielleicht die letzte Mahlzeit vor dem Sprung ins Ungewisse.

Ein Windhauch trug Abgasgerüche herbei, und ein paar Sekunden später war auch ein Motor zu hören. Nachbarn hatte Brace keine. Der Postbote war schon da gewesen und hatte ihm die gewohnten Werbeblättchen mitgebracht, die er das ganze Jahr über sammelte, weil man im Winter gut das Feuer damit anmachen konnte. Wahrscheinlich Jugendliche, dachte er, suchen auf den Straßen das bisschen Abenteuer, das hier in der Gegend zu finden ist. Die Autogeräusche kamen näher und erstarben, dann gingen Türen auf. Ohne den Blick vom Nest abzuwenden, bedeutete er den Insassen des Autos, ja nicht in die Nähe des Baums zu kommen. Sie sollten dem Jungvögelchen keine Angst einjagen.

Als er den Kopf hob, sah er seine Nichte und einen Unbekannten, einen kurz gewachsenen, dünnen, sehnigen Mann, der ein wenig humpelte, aber versuchte, das zu verbergen. Dem Mann fehlte die Kopfbedeckung, was es in der Gegend nicht häufig gab.

»Hallo, Little Sandy«, sagte Brace.

»Schön dich zu sehen, Onkel Robin«, sagte Sandra.

»Passt auf, wo ihr hintretet. Ich hab ein Kleines da unten sitzen, das kann noch nicht fliegen.«

»Und meinst du, es kommt durch?«

»Ja klar. Wenn es nicht die Schlange oder der Fuchs oder der Mäusebussard holt.«

»Das ist mein Onkel Brace«, stellte Sandra ihn vor. »Ich nenne ihn Onkel Robin, weil er so gerne Vögel beobachtet.«

»Ich bin der Sohn von Jimmy Hardin«, sagte Mick.

»Jimmy Hardin«, sagte Brace. »Der Junge von Homer Jack?«

»Ja, genau der. Homer Jack war mein Großvater.«

»Den hab ich gekannt. War ein guter Mann. Der kannte den Wald, als wär's seine Westentasche. Na, kommt schon, ihr zwei, rauf mit euch auf die Veranda. Ich würd euch ja reinbitten, aber ich muss das Kleine da im Auge behalten.«

Er zeigte auf das Küken, das sich ständig im Kreis drehte, einen kleinen Flügel nach oben gereckt wie eine Spindel.

»Ist es verletzt, Onkel Robin?«, wollte Sandra wissen.

»Ach woher denn. Das schaut sich nur um. In ein paar Tagen fliegt das durch die Lüfte, als hätte es nie was anderes gemacht.«

»Trainiert die Muckis«, sagte Mick.

»Sehr richtig«, sagte Brace. »Wenn du genau hinguckst, siehst du seinen Daddy da hinten sitzen, da im Busch. Der zeigt dem Kerlchen hier, wie man sich was zu schnabulieren sucht.«

Mick ging hinter Sandra her die Treppe hoch zur Veranda. Sie nahm auf einer niedrigen Verandaschaukel Platz; die rostige Kette, an der die Schaukel hing, knarrte unter dem Gewicht der jungen Frau. Brace rutschte neben sie, und sie lehnte sich auf eine Art an ihn, die Mick sagte, dass sie das schon ihr Leben lang so machte. Brace tätschelte Sandra die Schulter.

»Kann ich dir mit irgendwas helfen, Little Sandy?«

»Nein, alles ist gut, Onkel Robin.«

»Das ist schön. Wie geht es deinem Freund? Ich hab den Namen vergessen.«

»Ich auch.«

»Ach, so sieht's also aus«, erwiderte Brace.

»Ja. Aber das hab ich dir doch alles schon erzählt.«

»Tja, dann werd ich das wohl auch vergessen haben. Mein Gedächtnis ist das reinste Sieb. Und die Löcher werden immer größer.«

»Isst und trinkst du denn genug?«

»Aber sicher«, antwortete Brace. »Wenn ich dran denke.«

Er fing an zu lachen, ein hohes Kichern, das in einem Schnauben endete, als ahme er ein Wildschwein nach. Sandra fiel in das Lachen ein, und Mick stellte voller Staunen fest, dass dieselben *Puff*-Geräusche auch aus ihrer Nase kamen. Vielleicht war so was vererblich? Das Lachen der beiden setzte die Schaukel in Bewegung, bis sie mit der Schaukelrückseite gegen das Verandageländer stießen.

»Oh, oh«, gluckste Sandra. »Gleich gehen wir über Bord!«

Brace streckte die Beine aus und hielt die Schaukel an. Das Extrastück Kette, das von einem Haken hing, schlug rasselnd gegen sich selbst.

»Wie geht's dir, mein liebes Kind, was gibt's?«, fragte Brace.

»Mick will mit dir reden, Onkel Robin.«

Brace richtete den Blick auf den Fremden und war willens, den ganzen Tag lang zu warten, bis der etwas sagte. Der Mann hatte blassblaue Augen, deren Farbe sich je nach Licht änderte. Brace vermutete, dass er zwei Seiten hatte – Vollgas oder ausgedehntes Grübeln.

»Ihre Nichte«, sagte Mick, »beziehungsweise Großnichte, würde ich mal vermuten. Die hat gesagt, Sie hätten mal in dem alten Pilzstollen gearbeitet.«

Brace bewegte das Kinn ein paar Millimeter nach unten, was ein Nicken darstellen sollte.

»Ist aber ewig her«, sagte er. »Da war ich praktisch noch ein Kind.«

»Wenn's Ihnen nichts ausmacht, würde ich gern was darüber hören. Wie der Betrieb damals lief und so weiter.«

Seit Brace in dem ehemaligen Kalksteinbruch gearbeitet hatte, waren fünfzig Jahre vergangen, aber er dachte trotzdem noch oft daran. Er hatte den Sheriff schon vor Jahrzehnten erwartet, aber irgendwann einen Schlussstrich unter die Sache gezogen und vermutet, dass alles ausgestanden und er in Sicherheit war. Und nun, hol's der Teufel – nun hatte Little Sandy ihm jemanden angeschleppt, der bei ihm herumschnüffelte und verdammt nach Gesetzeshüter aussah.

»Und warum interessierst du dich dafür?«, fragte Brace.

»Wenn ich mich nicht irre, dann hat einer von den Kissick-Söhnen was in einem Stollen dort versteckt. Deswegen gibt's eine Menge Schwierigkeiten. Die Mutter von den Kissicks hat mich um Hilfe gebeten.«

»Shifty Kissick?«

»Genau, vielleicht kennen Sie die. Mir hat sie erzählt, mein Vater wär damals vor Ewigkeiten hinter ihr her gewesen.«

»Tja«, sagte Brace. »Wenn du meine Meinung hören willst, dann gab's damals 'ne Menge junger Kerle, die hinter ihr her waren. Und dann kam der vermaledeite Darvis Kissick und hat sie alle in die Flucht geschlagen. Deinen Daddy auch. Sie und Darvis haben eine ganze Schar Kinder gekriegt.«

»Fünf. Drei von ihren Söhnen sind tot. Ich vermute, dass zwei davon umgebracht worden sind wegen etwas, das mit dem Pilzstollen zu tun hat. Wenn Sie mir ein bisschen was erzählen könnten, würde mir das sehr helfen. Zum Beispiel wie es da drin aussah.«

»Wie es aussah?«

»Ich habe gehört, es soll eine Verkaufsstelle da drin gegeben haben.«

»Ja, das ist richtig, mein Freund. Direkt hinter dem Höhleneingang. Da gab es elektrische Beleuchtung, ein kleines Büro mit einem Schreibtisch und ein paar Stühle. Da haben sie die Pilze für einen Dollar pro Karton verkauft. Das Geld haben sie in einer Zigarrenkiste gesammelt. Die Pilze waren kleine weiße Champignons, nicht größer als 'ne Hickorynuss. Viele Leute kamen aus dem Ort hochgefahren und haben sich Pilze gekauft. Im Supermarkt haben sie mehr gekostet.«

»Und wer war damals der Boss?«

»Es gab drei. Ein kleines Frauchen an der Verkaufsstelle. Alle haben immer gesagt, wenn sie mal ein bisschen an der Sonne arbeiten würde, dann würde sie noch wachsen. Der andere Boss hatte einen Akzent von auswärts. Amerikaner war der nicht. Das hat man gesehen, wie er sich bewegt hat. Der ist auf einer anderen Erde gewachsen, haben die Leute gesagt.«

»Ich kann's mir vorstellen«, sagte Mick.

»Dann gab's noch den Chef der Brummifahrer. Zweimal in der Woche sind die Pilze ausgeliefert worden an die Supermärkte in Rocksalt und Grayson und an ein paar Tankstellen. Ein Lastwagen hatte eine Tour nach Ashland. Er hat in Catlettsburg und Kenova haltgemacht. Eine große Runde ist er gefahren. Die Sechzig hoch nach Ashland, dann die Dreiundzwanzig wieder runter und zurück.«

»Ein Gedächtnis, scharf wie ein Hackebeil.«

»Ich war einer von den Fahrern. Ich bin vom Pflücker zum Brummifahrer befördert worden.«

»Da müssen Sie die ja von sich überzeugt haben.«

Brace kehrte den Blick nach innen, als sähe er die Vergangenheit auf einem Bildschirm in seinem Kopf vor sich. Urplötzlich stand ihm alles wieder vor Augen, als wäre es gestern gewesen, und er sah sich selbst inmitten der Ereignisse. Er war gerade sechzehn geworden, hatte den Führerschein gemacht und brauchte jetzt Geld für ein Auto. Jobs waren rar, und er hatte gehört, dass in dem Pilzstollen Verstärkung gesucht wurde. Er ließ sich am Morgen von jemandem hinbringen, und ein Mann namens Warren Rockland drückte ihm sechs große Säcke in die Hand und sagte, die müsse er füllen, bevor er eine Pause machen dürfe. Das wiederholte Rockland viermal, jedes Mal lauter als zuvor. Er befahl Brace, ins Bergwerk hineinzulaufen, bis er andere Menschen sah, und dort mit dem Pflücken anzufangen. »Keine Streitigkeiten, keine Prügeleien«, sagte er. »Mach keinen Ärger. Wenn du jemand anderem den Sack klaust, bist du gefeuert.« Das wiederholte er auch viermal.

Das feuchte Höhleninnere wurde von nackten Glühbirnen beleuchtet, die in einer Reihe an einer Stromleitung hingen. Das Kabel war mit Nägeln an einem Balken befestigt. Jede Birne erleuchtete nur die Stelle direkt darunter, das restliche Licht wurde von den dunklen Felswänden oder der nasskalten Luft geschluckt. Das rhythmische Summen eines Generators war zu hören. Die Luft war dick und übel riechend. Je tiefer Brace in die Höhle hineinging, desto schlimmer wurde der Gestank. Die Glühbirnen gingen um die Ecke und in einen riesigen Höhlenraum, in dem der Pferdemist in Kisten aufgetürmt war – die Quelle des überwältigenden Gestanks. Brace zog sich das T-Shirt über Mund und

Nase. Er spürte eine Bewegung hinter sich und fuhr erschreckt herum. Hinter ihm stand ein sehr großer Mann mit drei vollen Säcken und einem breiten Grinsen auf dem Gesicht.

»Hallo«, sagte der Mann. Seine laute Stimme hallte von den Wänden. »Pilze pflücken.« Er zeigte Brace den Inhalt seines vollsten Sacks, ein Berg weißer Champignons, an denen der Mist klebte wie schmutziger Schotter. »Pilze pflücken«, wiederholte der Riese. »Du Pilze pflücken.«

Er wandte sich ab und war innerhalb weniger Sekunden in der Dunkelheit verschwunden. Brace kniff die Augen zusammen und lauschte auf die sich entfernenden Schritte. Eine Stunde später hatte er einen Sack gefüllt und eine Pflückerin und einen Pflücker kennengelernt, beide älter als er, beide kaum in der Lage, sich zu verständigen. Brace fragte sich, ob das von der verpesteten Luft kommen mochte.

Trotz der feuchten Kälte schwitzte er vor Anstrengung – die ständige Bewegung, das Herunterbeugen, das Graben im Mist nach kleinen weißen Pilzkappen. Der Schweiß sammelte sich in seinen Augenbrauen und lief ihm in die Augen. Er konnte sich den Schweiß nicht abwischen, weil er Pferdemist an den Händen kleben hatte. Er ging in die nächste Höhlenkammer, eine von vielen, die alle durch Gänge miteinander verbunden waren. Allein im Dunkeln, bedeckt mit Tierexkrementen, bekam Brace es mit der Angst zu. Panisch beschloss er, den Job hinzuschmeißen. Er konnte nicht verstehen, wie die anderen Pflücker diese Arbeitsbedingungen aushalten konnten. Er folgte den Glühbirnen in einen anderen Höhlenraum, in dem ein kleiner Mann fast völlig vornübergebeugt stand und mit langen, klauenartigen Fingern nach den Pilzen griff. Er wirkte wie eine für diesen Zweck gebaute Maschine.

»Wie komme ich hier raus?«, rief Brace.

»Mittagessen.«

»Wo geht's nach draußen?«

»Mittagessen.«

»Ähh … wo ist der Boss?«

Mit einer fließenden Bewegung, ohne sich aufzurichten oder seinen Rhythmus zu unterbrechen, zeigte der Mann in die Richtung, aus der Brace gekommen war. Mit wachsender Panik drehte er sich um und hatte keine Ahnung mehr, ob er aufs Tageslicht zu- oder tiefer in die Finsternis hineinlief. Vor ihm ragte der riesige Schatten des großen Mannes auf, dem er vorher begegnet war. Der Mann grinste und winkte. Als er um die letzte Kurve bog, sah Brace ein helles Rechteck – dort musste sich der Eingang befinden. Er rannte, bis er draußen war, stolperte auf den lehmigen Parkplatz und warf sich ins Gras. Eine kleinwüchsige Frau mit einem Eimer Wasser und einem Flaschenkürbis als Schöpfkelle kam auf ihn zu.

»Da«, sagte sie.

Er machte sich sauber, so gut es ging. Die Frau betrachtete ihn aufmerksam.

»Bist du ein Gifford?«, fragte sie.

»Ja, Brace.«

»Von Lily der Sohn?«

Er nickte.

»Was machst du hier?«, fragte sie.

»Ich würd mal sagen: nichts. Ich hab gerade den Job geschmissen.«

»Einer wie du«, sagte sie, »sollte hier gar nicht arbeiten, Kleiner.«

»Ich bin alt genug.«

»Das meine ich nicht«, erwiderte sie. »Die Pflücker sind nicht gerade die Hellsten. Von denen hat keiner die Schule fertig gemacht.«

Brace saß auf dem Gras und ließ diese Auskunft langsam wie Wasser aus dem Schlangenkürbis in sein Gehirn tröpfeln. Kein Wunder, dass der Boss die Anleitung so oft wiederholt hatte. Brace fing an zu lachen, und die Frau fiel ein. Sie fragte ihn, ob er Auto fahren könne, und schlug vor, er solle für einen Mann einspringen, der nicht zur Arbeit erschienen war. Die nächsten zwei Jahre lang fuhr Brace Champignons aus.

Das große Panorama der Erinnerungen verblasste abrupt, und Brace merkte, dass er zusammen mit seiner geliebten Großnichte auf der Verandaschaukel saß, daneben ein Unbekannter, vielleicht ihr neuester Verehrer. Unter dem Ahorn flatterte ein zweiter Jungvogel unbeholfen auf der Erde herum. Brace hatte seinen Sturzflug aus dem Nest verpasst. Er zuckte innerlich die Achseln – im Nest saßen noch zwei andere Küken, und er wusste, dass er mindestens eins davon beim Kopfsprung beobachten würde. Wenigstens hatte er aufgehört zu reden, bevor er auf die schreckliche Sache zu sprechen kam, derentwegen er in der Woche nach seinem achtzehnten Geburtstag die Arbeit als Champignonfahrer eingestellt hatte.

»Hast du Durst, Onkel Robin?«, fragte Sandra. »Ich hole uns mal ein Glas Wasser. Du trinkst immer noch keinen Kaffee?«

»Ja, damit habe ich aufgehört«, sagte Brace. »Dann bin ich zu unruhig, wenn ich die Vögel beobachte.«

Als Sandra aufstand und ins Haus ging, setzte sie die Schaukel wieder in Bewegung, und die Fliegentür knallte erst zweimal und dann noch einmal leiser. Brace musste die Feder am Türscharnier auswechseln. Daran würde er sich machen, wenn die Kleinen flügge waren.

»Das war doch kein schlechter Job«, sagte Mick. »Als junger Kerl, immer mit dem Laster in der Gegend unterwegs.«

»Kann man so sagen, ich habe die Welt gesehen. Auf jeden Fall so viel, wie ich davon sehen wollte.«

»Damals waren wir ja bestimmt noch im Vietnamkrieg.«

»Ja, aber ich hatte eine hohe Losnummer. Und dann war der Krieg vorbei.«

»Sie haben die Stollen ja sicher ziemlich gut gekannt.«

»Vorne am Eingang schon. Aber dahinter kommen meilenweit Gänge. Als ich ausgefahren habe, bin ich nie mehr zu weit reingegangen. Gab keinen Grund dafür.«

»Wenn Sie dort was verstecken wollten, einen Koffer zum Beispiel, wo würden Sie den hinlegen?«

»Vorne. Da gab es so kleine Nischen, die in die Wände gehauen waren. In einer stand ein Aktenschrank aus Metall mit zwei Schubläden für die Kundenkonten. Alles aus Papier musste man nah am Eingang aufbewahren, wegen der Luftfeuchtigkeit. Da drin wurde alles sofort klamm.«

Sandra kam mit drei Gläsern Wasser zurück und setzte sich wieder zu ihrem Großonkel auf die Schaukel.

»Ich habe deine Brille gefunden«, sagte sie.

»Hab mich schon gefragt, wo die wohl abgeblieben sein könnte.«

»Sie hat aus dem Toaster rausgeragt.«

»Da muss ich wohl vergessen haben, da nachzuschauen.«

Sie runzelte besorgt die Stirn.

»Wie kannst du überhaupt was sehen ohne Brille?«, fragte sie.

»Das ist gar keine richtige Brille. Nur so ein billiges Ding aus der Drogerie«, antwortete er. »In der Ferne kann ich gut sehen. Es ist das in der Nähe, was mir Mühe macht. Lesen und so.«

»Wie wär's, wenn ich drinnen ein bisschen aufräume?«, sagte sie. »Geht ganz fix.«

»Nicht nötig, Little Sandy. Aber dank dir schön.«

Ganz allmählich versank die Sonne hinter der Bergkette im Westen. Die Bäume oben auf dem Grat sahen wie goldene Fransen aus. Der lange, dunkle Schatten des Bergs legte sich über das Land und rückte näher. Eine Spottdrossel begann mit ihrem vielsprachigen Ruf.

»Den Vogel habe ich am allerliebsten«, sagte Mick.

»Ja, ein besonderes Exemplar«, sagte Brace. »Legt gesprenkelte blaue Eier. Drei oder vier in einem Gelege. Nistet gern in niedrigen Büschen. In manchen Jahren wird das Nest weiterbenutzt.«

»Und waren Sie noch dabei, als die Pilzzüchter das Handtuch geworfen haben?«, sagte Mick.

Brace nickte.

»Darum ranken sich ja einige Gerüchte«, sagte Mick. »Teufelsanbeter und was weiß ich.«

»Ach, das ist doch bloß Gerede.«

»Warum das?«

Brace musterte den Unbekannten eingehend und streckte seine waldgeschulten Fühler aus, ob er ihm trauen konnte. In den letzten zwei Wochen hatte er niemanden zum Reden gehabt, und er hatte nichts dagegen, noch ein bisschen weiterzuplaudern. Wenn seine Nichte diesem Mann vertraute, dann konnte Brace ihm vielleicht auch trauen.

»Weißt du was, Little Sandy«, sagte Brace. »Vielleicht kann's ja doch nicht schaden, wenn du dir ein bisschen im Haus zu schaffen machst. Womöglich gibt's was zu tun.«

»Möglich wär's«, sagte sie.

Sandra warf Mick beim Aufstehen einen fragenden Blick zu und ging nach drinnen. Eine Minute später war das Küchenradio zu hören. Das kleine Transistorradio fiel Brace wieder ein, das bei der Pilzauslieferung am Rückspiegel baumelte. Es war ein Zenith, schwarz mit silberner Umrandung. Im Handschuhfach lagen immer Ersatzbatterien parat. Nachts hörte er WLS, einen Sender aus Chicago, auf dem Musik lief, die im Wald als Teufelszeug galt. Was aus dem Radio geworden sein mochte? Vielleicht war es noch irgendwo im Haus? Die Stimme des Unbekannten rief seine Aufmerksamkeit wieder zurück in die Gegenwart.

»Warum wurden irgendwann keine Pilze mehr verkauft?«, fragte Mick.

»Es war eine schlimme Sache.«

»Ich dachte, die Geschäfte liefen so gut.«

»Der Grund, warum die Pilzzüchter dichtgemacht haben, der war schlimm, ganz schlimm.«

»Können Sie mir erzählen, was damals los war?«

»Die Champignons haben sich verkauft wie warme Semmeln. Neue Pflücker wurden eingestellt und dann ein neuer Boss, der sie drinnen überwacht hat. Am Wochenende kamen öfter Frauen, die haben ihre Kinder mitgebracht, wenn sie Champignons gekauft haben. Der neue Boss der Pflücker hat den Kindern erzählt, es gäbe einen Raum hinten im Stollen, der sei voll mit Spielzeug. Anfangs hat sich keiner was dabei gedacht. Dann ging das Gerücht um, er wäre mit einem kleinen Mädchen nach da hinten gegangen. Keiner wollte es glauben, aber dann ist es wieder passiert, drei- oder viermal. Über so was wollte keiner reden. Was er da mit den Mädchen gemacht hat.«

»Sind die damit zum Sheriff gegangen?«

»Nein, damals nicht. Der Daddy von einem Mädchen hat einen Pflücker windelweich geschlagen, aber er hat den Falschen erwischt. Ein anderer Kerl hat gesagt, er würde den Pflückerboss erschießen. Er hat gekündigt, mein Chef hat auch gekündigt und die kleine Frau vom Verkauf auch. Das ganze Unternehmen hat sich aufgelöst. Ich habe bei einer Straßenbaufirma angeheuert, die die neue Autobahn gebaut hat. Da hatte ich zu tun, bis sie fertig war. Ich habe jeden Nickel gespart, und seitdem bin ich hier.«

»Und was ist aus dem Kerl geworden, der sich scheinbar an den Kindern vergriffen hat?«, sagte Mick.

»Verschwunden. Wurde nie wieder gesehen.«

Brace beobachtete die Jungvögelchen. Eins lief im Kreis und kippte vornüber. Das viele Reden hatte ihn erschöpft. Das Auto seiner Nichte stand vor dem Haus, aber wo sie war, wusste er nicht. Hatte der Unbekannte ihr Auto geklaut?

»Und wer bist du gleich wieder?«, fragte Brace.

»Ich arbeite mit Sandra zusammen.«

»Sie ist Dispatcherin für das County.«

»Meine Schwester ist der Sheriff.«

»Wo ist sie?«

»Vor Gericht.«

»Little Sandy vor Gericht? Ich glaub dir kein Wort. Gute Menschen wie sie gibt's nicht viele.«

»Meine Schwester ist vor Gericht, Mr. Gifford. Ihre Nichte ist im Haus. Ich gehe sie holen.«

»Bleib bloß weg von meinem Haus.«

»Sandra«, rief Mick. »Ihr Onkel will, dass Sie rauskommen.«

Mehrere Sekunden vergingen, dann tauchte sie aus dem Haus auf und trocknete sich die Hände an einem Küchenhandtuch ab.

»Eine Schürze wär nicht schlecht, Onkel Robin«, sagte sie.

Brace hob das Kinn in Richtung Mick.

»Der Bursche da, gehört der zu dir?«, fragte er.

»Ja, genau. Er ist in Ordnung. Er hilft uns. Er ist ein Hardin.«

»Die Hardins hab ich gekannt.«

»Jimmy war mein Dad«, sagte Mick.

»Homer Jack war dein Papaw?«

»Genau der.«

»Der kannte sich gut aus im Wald«, sagte Brace. »Still wie 'ne Maus und Augen wie ein Adler.«

Mick erhob sich und ging zur Kante der Veranda.

»Ich warte im Auto«, sagte er zu Sandra.

»Pass bloß auf, dass du meine Kleinen nicht erschreckst«, sagte Brace.

Mick ging die Stufen nach unten und schlug einen großen Bogen um die Vögel. Sie schienen sich von der vielen Anstrengung auszuruhen. Sandra sprach mehrere Minuten mit ihrem Großonkel, ging ins Haus und kehrte mit etwas zu essen zurück. Mick sah zu, wie die beiden es verspeisten. Eine halbe Stunde später setzte sie sich mit zornigem Gesicht zu ihm ins Auto.

»Was haben Sie zu ihm gesagt?«, fragte sie. »Er ist ganz aufgebracht.«

Mick schüttelte den Kopf. Sie ließ den Wagen an, winkte ihrem Onkel zu und fuhr auf der holprigen Straße davon.

Auf der Veranda hob Brace den Arm und winkte kurz, dann richtete er seine Aufmerksamkeit auf die Küken. Eins machte einen kleinen Hopser, als würde es die Schwerkraft testen. Alles, was er dem Fremden erzählt hatte, stimmte. Nur sehr wenige Menschen wussten über den Teil Bescheid, den er nicht erzählt hatte. Vier Männer hatten sich den Pflückerboss geschnappt und zum Bergwerk gefahren. Ein Mann war als Aufpasser beim Wagen geblieben, während die anderen drei den Kinderschänder ganz tief in die Stollen unter der Erde zerrten. Sie drückten ihm das Gesicht in den Pferdemist, bis er erstickte. Die Leiche ließen sie dort liegen und rannten nach draußen. Brace war der Aufpasser gewesen, der im Wagen wartete.

KAPITEL 15

Lawton war eine Geisterstadt, und mittendurch führte ein Highway. Mick fuhr auf der Route 174, die öfters den Namen wechselte: Main Road, Haldeman Road, Old Road und Lawton Road. Er kam an geschlossenen Geschäften, den Überresten eines Bahnhofs und leer stehenden Häusern mit eingestürzten Dächern vorbei. Einige wenige bewohnte Holzhäuser mit geschotterten Einfahrten und gepflegten Gärten gab es noch.

Hinter den stillgelegten Gleisen bog Mick auf eine Nebenstraße, die den Berg hoch zum Pilzstollen führte. Der gute Straßenzustand überraschte ihn. Sie war frisch asphaltiert und zu einer zweispurigen Trasse verbreitert worden. Er hielt an, um sich den Teerbelag näher zu betrachten: für den Schwerlastverkehr verstärkt, und das erst vor kurzer Zeit. Er lauschte, hörte aber außer einem im Flug laut zwitschernden Reisstärling nichts. Mick beobachtete, wie der auffällige Vogel auf einer Platane landete und mit dem Kopf ruckte, als wolle er sein weißes Käppchen richten. Ein großer Kastenwagen kam dröhnend im ersten Gang den Berg heruntergefahren. Die Türen und Seiten des Lasters trugen keine Aufschrift. Das Nummernschild war mit so viel Schlamm verschmutzt, als hätte es jemand absichtlich unkenntlich gemacht.

Mick holte seine Pistole aus dem Handschuhfach und ging zu Fuß parallel zur Straße durch den Wald. Ob der Kastenwagen wohl etwas geholt oder abgeliefert hatte? Mick umrundete ein Brombeergebüsch voller Dornenranken, die ihm bis über den Kopf gingen. Er schlug sich noch tiefer ins Unterholz, bis er am Waldrand angelangt war. Hinter den Bäumen war eine frisch betonierte Fläche zu sehen, groß genug, dass der Laster wenden konnte.

Ansonsten war alles mit Baumschösslingen, Unkraut und Gebüsch zugewachsen. Auf einem Kieshaufen wuchs hohes Schwingelgras. Dahinter standen drei halb fertige Gebäude, die Bauruinen irgendeines mindestens zehn Jahre alten Bauvorhabens. Eins davon war etwas weiter gebaut worden und wies ein Fundament mit vier Wänden, Öffnungen für Tür und Fenster und vier Betonstufen auf. Keins der Gebäude besaß Dach oder Tür. Der nackte Beton sah traurig aus, als hätten die Bauarbeiter nur geübt und wären dann zu wichtigerer Arbeit übergegangen.

Hinter den Ruinen befand sich eine steile Felskrone. Oben auf dem hellen Gestein gab es Erde und Bäume, darüber segelte ein Rundschwanzsperber im Aufwind durch den knallblauen Himmel. In den Felsen war eine Öffnung gehauen, so groß, dass ein Bradley-Schützenpanzer hätte hineinfahren können. Die Ränder der Öffnung waren mit Betonblöcken frisch verstärkt. Aus dem Augenwinkel nahm Mick eine Bewegung wahr, und er zog sich in den tiefen Schatten der Bäume zurück. Ein Mann patrouillierte die Betonfläche entlang, Pistole an der Hüfte. Er trug Kampfstiefel und Jeans, eine Baseballmütze mit silbernen Insignien und eine taktische Einsatzjacke aus Polyester. Er hatte den wenig ästhetischen Gang eines schweren Manns, der sich eher beim Gewichtheben in der Muckibude zu Hause fühlte als in der Natur. Geräuschlos schlug Mick sich tiefer in den Wald und verbrachte eine halbe Stunde damit, den Schachteingang in der Felskrone von allen Seiten zu erkunden. Er sah einen Jeep, zwei Pick-ups, ein Wohnmobil und drei weitere bewaffnete Männer. Einer stand an der Straße und rauchte.

Mick ging durch den Wald zurück und nickte im Vorbeigehen einer bunt gescheckten Schweinenasennatter zu, die sich auf einem Felsen sonnte. Die Natter wird auch »Blasviper« genannt, weil sie ein warnendes Zischen ausstößt. Als er diese Schlangenart zum ersten Mal gesehen hatte, war er noch ein Kind gewesen. Die Schlange hatte ihm mit dem Kopf einen Schlag gegen das Bein versetzt, aber ohne zuzubeißen. Er hatte sich wahnsinnig erschreckt. Danach hatte ihm sein Großvater erklärt, die Schweinenasen seien völlig harmlos, vollführten aber gern Scheinangriffe mit dem Kopf.

Mick trat aus dem Wald und geradewegs auf den rauchenden Mann zu. Der warf seine Kippe weg und stellte sich breitbeinig hin, um gefährlicher auszusehen. Mick grinste ihn an und redete mit dick aufgetragenem Dialekt drauflos.

»Hidy, sucht ihr Leute?«, sagte er. »Hab gehört, hier werden Männer gesucht, die gern ordentlich anpacken. Wie man anpackt, weiß ich.«

»Wer bist du, verdammte Scheiße?«

»Ich bin ein Hardin. Wenn du mich anständig bezahlst, bin ich dabei.«

»Verschwinde, hier gibt's keine Jobs.«

»Aber irgendwas tut sich hier doch. Wir haben die Laster gesehn und so.«

Der Mann ging auf Mick zu. Er war Mitte dreißig, mit kampferprobtem, muskulösem Körperbau und eiskaltem Blick.

»Wie zum Teufel bist du hier hochgekommen?«, sagte er. »Ich sehe kein Auto und habe auch keins gehört.«

»Zu Fuß, durch den Wald. Da bist du viel schneller als auf der Straße. Ich mach alles, was ihr braucht. Zahlst du mich in bar, dann stell ich keine großen Fragen.«

»Das hier ist Privatgelände. Du verschwindest jetzt, zieh Leine!«

Der Mann fasste nach seinem Revolver, aber Mick war schneller. Er richtete die Beretta auf die Brust des Mannes. Überrascht legte der den Kopf schräg und nahm die Hand weg vom Holster.

»Eine Beretta M9«, sagte er beeindruckt. »Wo hast du gedient?«

»Ich gehe. Wenn einer von deinen Leuten schießt, stirbst du als Erstes.«

Der Mann grinste.

»Nicht schießen, Jungs«, schrie er. »Lasst ihn in den Wald verschwinden.«

Mick ging rückwärts zur Straße, überquerte sie schnell und tauchte in die Sicherheit der Bäume. Mehrere Salven Maschinengewehrfeuer zerhäckselten die Blätter über seinem Kopf. Er ließ sich auf die Erde fallen, rollte sich hinter eine Eiche und robbte im gesteigerten Tempo über den Waldboden, bis die Neigung des Hangs alle Kugeln abfing. Er kam auf die Füße, rannte zum Pick-up, sprang hinein und ließ den Motor an. Als er den Berg hinunterfuhr, wurde wieder auf ihn gefeuert. Der Seitenspiegel sprang in tausend Stücke. Er raste zur Asphaltstraße, riss das Lenkrad herum auf die 174, fuhr einen Schlenker um einen Hund und hielt mehrere Meilen lang das Gaspedal voll durchgetreten. An der ersten breiteren Stelle bog er auf einen Waldweg, wendete den Pick-up und öffnete beide Türen. Falls ihm jemand gefolgt war, würde es so aussehen, als verschanzten sich zwei Männer hinter den Türen. Mick verbarg sich neben dem Wagen im Wald. Eine halbe Stunde lang wartete er und beruhigte seinen Körper mit tiefem Ein- und Ausatmen. Als er schließlich überzeugt war, dass ihm niemand folgte, fuhr er langsam zurück nach Rocksalt.

Bei Linda duschte er sich den Dreck und Schweiß vom Körper und grübelte darüber nach, in was er da gerade hineingeraten war. Er trocknete sich ab und wünschte, er hätte seinen Nachnamen nicht genannt.

KAPITEL 16

Als Privatperson hätte Linda schon gern an Masons Trauerfeier teilgenommen. Aber sie wusste, dass die Anwesenden bei ihrem Anblick sofort daran denken würden, dass noch niemand für die beiden Morde verhaftet worden war. Und das könnte sich negativ auf ihre Kampagne auswirken. So zu denken, sich politisch opportunistisch zu verhalten, fand sie schrecklich. Aber Linda war pragmatisch und übertrug Johnny Boy den Dienst im Bestattungsinstitut. Die vielen Lebenden würden seine Angst vor Gespenstern vertreiben.

Mick stellte sich mit seinem Pick-up ganz am Rand des Parkplatzes am Bestattungsinstitut so hin, dass er einen guten Blick auf die weit offene Eingangstür hatte. Zwei Männer traten nach draußen und zündeten sich Zigaretten an. Der Wind wehte den Rauch zurück hinein. Die Kissicks waren wirklich vom Pech verfolgt: Gerade waren der Familie zwei Söhne weggestorben, und nicht mal der Wind war auf ihrer Seite, dachte Mick.

Die letzten beiden Tage hatte er den Pilzstollen im Internet recherchiert. Genau wie Johnny Boy gesagt hatte: Der jetzt Mega Mountain genannte Berg war vor Kurzem verkauft worden, aber festzustellen, wer als neuer Besitzer fungierte, war unmöglich. Selbst mit seinen begrenzten Internetfähigkeiten begriff Mick, dass die Fährte zu Briefkastenfirmen führte, die anderen Briefkastenfirmen gehörten. Er kam einfach nicht drauf, was bloß ein solch massives Sicherheitsaufgebot, wie es ihm an dem Steinbruch gegenübergestanden hatte, erforderlich machte: Chemiewaffen.

Goldbarren. Menschenhandel. Eine Bombe. Geldwäsche. Nichts davon leuchtete wirklich ein. Für jede dieser Möglichkeiten waren vielfältige Zugangswege nötig, nicht nur eine einzige Straße aus einer Geisterstadt. Vielleicht war es ja tatsächlich ein ultramodernes Rechenzentrum.

Die ersten Menschen traten aus dem Bestattungsinstitut. Danach kam Johnny Boy und ging zu Micks Pick-up.

»Was ist mit deinem Seitenspiegel los?«, fragte er.

»Rückwärts einen Baum gestreift«, antwortete Mick. »Wie war es drinnen?«

»Traurig.«

»Und, wie viele waren da? Um die dreißig?«

»Ja, so mehr oder weniger«, antwortete Johnny Boy. »Ist eine kleine Familie.«

»Hast du irgendwelche Unbekannten bemerkt?«

»Ich habe alle gekannt, außer den jungen Kissick, der gerade aus Kalifornien gekommen ist. Ein ziemlich hart aussehender Typ.«

Mick nickte.

»An der Beisetzung dürfen nur die nächsten Angehörigen teilnehmen«, fuhr Johnny Boy fort. »Aber hinterher fahren ein paar Leute dann noch zu den Kissicks nach Hause.«

»Das kann ich übernehmen«, sagte Mick. »Du hast deinen Teil getan.«

Er fasste in eine Papiertüte, die neben ihm auf der Sitzbank lag, und überreichte Johnny Boy eine Flasche Dr Pepper.

»Oh, wie ich die jetzt brauche, Mann«, sagte Johnny Boy dankbar. »Ich kann nicht glauben, dass du daran gedacht hast.«

Mick öffnete den Schlag, und Johnny Boy zog den Kronkorken am Türgriff von der Flasche. Gierig trank er ein Drittel der Dr Pepper in einem Zug, wobei sein Adamsapfel zuckte wie ein Schwimmer an der Angelrute.

»Ich muss los«, sagte er. »Endlose Bürokratie wegen dem Graffiti unten am See. Ein Mann hat Anzeige erstattet. Fred White heißt er, wird aber nur Porky genannt.«

»Anzeige wegen Graffiti? Was haben sie denn hingeschmiert?«

»Jemand hat gesprüht: ›Porky White lutscht Eselsschwänze.‹«

»Na, viel Spaß beim Abfassen des Berichts!«

Johnny Boy bedachte ihn mit dem kürzesten Grinsen im ganzen County. Sein mangelnder Sinn für Humor war legendär. Er trank das zweite Drittel Dr Pepper und betrachtete die Flasche.

»Gerade noch genug drin, um ein paar Erdnüsse damit runterzuspülen. Im Büro habe ich eine Tüte. Danke dir, Mick.«

Mick fuhr vom Parkplatz; er hatte ein paar Stunden totzuschlagen, bevor er den Kissicks seinen Trauerbesuch abstattete. Er fuhr zum IGA und kaufte kleine rote Kartoffeln, Stangensellerie, eine Zwiebel und ein halbes Dutzend Eier. Ein paar Basisrezepte hatte sein Großvater ihm beigebracht, meist fürs Frühstück. Die ganz große Spezialität des Alten war sein Kartoffelsalat gewesen, den man zu jedem Anlass servieren konnte. Er war einfach und günstig herzustellen und lief beim Transport nicht aus.

In der Küche seiner Schwester kochte er die Kartoffeln in leicht gesalzenem Wasser und spülte sie dann mit kaltem Leitungswasser ab. Während die Eier hart kochten, hackte er Sellerie und Zwiebel und durchforstete den Kühlschrank nach Milch und Mayonnaise. Es gab keine sauren Gurken. Nachdem er alles in einer Schüssel gut vermengt hatte, deckte er es mit Alufolie ab und machte sich auf den Weg an die Außengrenzen des Countys.

An der Stadtgrenze von Rocksalt hielt er auf einem verlassenen Grundstück an. Seit mehreren Tagen beschäftigte ihn etwas, ein dumpfes Gefühl am Rand seiner Wahrnehmung, das er nicht recht benennen konnte. Urplötzlich wurde ihm klar, was es war. Das Gefühl legte sich um ihn wie ein stählerner Schal: Er war einsam. Es überraschte ihn, wie tief es ging. Er war es gewohnt, allein zu leben, allein zu reisen und allein zu arbeiten. Mit seiner Schwester sprach er, hörte allerdings meistens nur zu, was wahrscheinlich als menschlicher Kontakt zählte, auch wenn es keine echte Unterhaltung war. Er liebte seine Schwester. Sie liebte ihn auch, aber seine Anwesenheit in ihrem Haus war eine Last für sie, und beide hielten so viel Abstand wie möglich voneinander. Er hatte sich sogar angewöhnt, den Toilettendeckel herunterzuklappen, wie sie das bevorzugte, woran er bei seiner eigenen Frau nie gedacht hatte. Hätte er es mal gemacht. Vielleicht wären sie dann noch zusammen. Er schüttelte den Kopf über diese Gedanken – Peggy hatte seine langen Einsätze in Übersee nicht mehr ausgehalten und war fremdgegangen. Das war verständlich, auf lange Sicht sogar zu entschuldigen, aber dass sie von einem anderen schwanger geworden war, nicht.

In letzter Zeit hatte er nachts öfter an Sandra gedacht – eine ganz schlechte Idee. In einer Woche reiste er wieder ab, und es brachte überhaupt nichts, sich hier auf jemanden einzulassen, und erst recht nicht auf eine Frau, die für seine Schwester arbeitete. Dennoch, er musste es zugeben: Sie war seit siebzehn Jahren die erste neue Frau, die ihn wirklich beschäftigte. Und er wusste nicht einmal warum, was er noch beunruhigender fand.

Er wendete den Pick-up und fuhr durch den Ort zu einer der neueren Straßen, McCulloch – ob die nach der beliebten Motorsäge benannt war? An einem kleinen, älteren, weißen Haus machte er halt. Im Vorgarten hingen Vogelfutterhäuschen und Röhren mit Zuckerwasser für Kolibris. Mick kniff die Lippen zusammen und fragte sich, ob er einen Fehler beging. Er stieg aus, ging über die Trittsteine zur Haustür und klopfte. Eine Minute verstrich. Er wollte gerade wieder klopfen, als die Tür aufging und Sandra mit einem Stoß Büchern in der Hand vor ihm stand.

»Hallo, Mick«, sagte sie. »Komm doch rein.«

Sie trat beiseite und ließ ihn eintreten. Er bekämpfte den Drang, ihr die schweren Bücher abzunehmen.

»Setz dich doch«, sagte sie. »Ich stelle die mal kurz weg.«

Sie ging durch den Flur. Das Wohnzimmer war gepflegt und gemütlich, nicht nur ordentlich wie bei seiner Schwester: über der Sofalehne eine lachsfarbene Decke, drei Regale voller Taschenbücher, zwei gerahmte Kunstdrucke von expressionistisch gemalten Pferden auf einer Wiese, sieben Zimmerpflanzen auf den Fensterbrettern und seidige Vorhänge, die mit an Wandhaken befestigten Bändern zusammengebunden waren. Zwei Sessel standen vor einem scheinbar selbst gemachten Sitzhocker, der aus großen, mit Blumenstoff bezogenen Saftkanistern gefertigt war.

»Gefällt der dir?«, fragte Sandra. »Das ist das Werk meiner Großtante. Wenn du einen willst, ich habe die ganze Garage voll damit.«

»Sehr hübsch«, sagte Mick.

»Das Ding kippt nicht um und ist stark genug, dass sich ein ausgewachsener Mann draufstellen kann, sogar schwerer als du.«

Mick war mit einem Mal unsicher, was er eigentlich bei Sandra wollte, wie es zu einer Situation hatte kommen können, in der er einen Sitzhocker im Haus einer Zivilistin bewunderte. Sein Gefühl hatte ihn nicht getrogen – die ganze Sache war ein Fehler.

»Äh«, sagte er. »Vielleicht gehe ich lieber wieder.«

Sie lachte, ein liebenswertes Geräusch, das nach echter Heiterkeit klang.

»Brauchst du vielleicht irgendwas?«, fragte sie.

»Ach, ja, richtig. Hast du vielleicht ein paar Gürkchen?«

»Na klar, wie viele brauchst du denn?«

»Ich weiß nicht. Genug für einen Kartoffelsalat.«

»Wie viel?«

»Wie viel was?«, fragte er zurück.

»Kartoffelsalat, Mick. Was ist denn los mit dir?«

Er ging zurück zum Pick-up, holte die rosa Rührschüssel, Erbstück seiner Mutter, auf der Seite mit einem Muster aus weißen Maiskolben und Gockeln bedruckt. Er zog die Alufolie glatt und trug sie in Sandras warmes, gemütliches Zuhause. Sie rief aus der Küche nach ihm, und er ging zu ihr und stellte die Schüssel auf die Anrichte neben das Glas mit Gewürzgurken, ein Messer und ein Schneidebrett. Sie lüftete die Alufolie und betrachtete den Salat.

»Ordentlich«, sagte sie. »Die roten Kartoffeln nicht gepellt. So schmecken sie viel besser.«

Sie nahm sich eine Gabel und probierte ein wenig.

»Hast du Essig drangetan?«, fragte sie.

»Nein. Ich dachte, den nimmt man zum Putzen.«

Sie lachte wieder, hackte eine einzige Gewürzgurke gekonnt in kleine Würfel und hob die Stückchen mit einem Küchenschaber unter. Dann gab sie einen Teelöffel Apfelessig dazu. Als sie alles vorsichtig vermischt hatte, versuchte sie noch einen Bissen, sah Mick vielsagend an und bestäubte den Kartoffelsalat mit Paprikapulver. Sie reichte Mick eine saubere Gabel. Er probierte auch einen Bissen – der Unterschied zu vorher war bemerkenswert.

»Vielen Dank«, sagte er.

»Bist du nur wegen einer Gewürzgurke vorbeigekommen? Oder wolltest du mich zum Picknick einladen?«

»Ich weiß nicht. Keins von beidem. Ich muss den Kissicks einen Besuch abstatten.«

»Ist Mason heute begraben worden?«

Mick nickte.

»Na schön«, sagte sie. »Ein bisschen ungewöhnlich für ein erstes Date. Aber ich zieh mich schnell um.«

Ohne seine Antwort abzuwarten, verließ sie die Küche. Mick deckte den Salat wieder zu, stellte die Zutaten weg, wusch Messer und Gabeln ab und wischte das Schneidebrett sauber. Die Küche sah relativ frisch renoviert aus und besaß ein einziges, tiefes Edelstahlspülbecken und einen aus U-Bahn-Kacheln gefertigten Spritzschutz. Vor dem Fenster klingelte ein Windspiel. An der Wand hing eine Elvis-Presley-Uhr mit beweglichen Beinen. Sandra kam zurück ins Zimmer.

»Magst du Elvis?«, fragte sie. »Eigentlich tanzt er bei jedem Ticken, aber es hat mich wahnsinnig gemacht, deswegen habe ich das Zahnrad rausgenommen.«

»So eine Uhr habe ich noch nie gesehen.«

»Nicht jeder hat eine Wanduhr.«

»Meine Mutter hat Wanduhren geliebt. Sie hatte an die vierzig davon.«

»Und keinen Elvis?«

»Mom hat immer gesagt, er sähe aus wie ein Gangster.«

»Vergiss den Salat nicht.«

Er gehorchte und folgte ihr ins Wohnzimmer, wo sie sich eine kleine Handtasche an einem langen Riemen umhängte. Draußen ging sie zur Beifahrerseite des Pick-ups und kletterte hinein.

»Tolles Auto«, sagte sie. »Vierundsechziger?«

»Dreiundsechzig. Kennst du dich aus mit Trucks?«

»Die alten Chevys gefallen mir. Der einzige Ford, den ich gut fand, war der Ranchero. Lief hundertmal besser als der El Camino.«

Mick nickte. Beim Fahren fühlte er sich schon etwas wohler, da hatte er eine konkrete Aufgabe, auf die er sich konzentrieren konnte. Schweigend fuhren sie aus der Stadt heraus und über die Asphaltstraße, rechts und links von ihnen Wald. Die Nussbäume trieben noch aus. Mick fuhr einen Bogen um eine anderthalb Meter lange Kornnatter, die sich am warmen Straßenrand sonnte. Mick wünschte, sein Leben wäre so einfach.

»Die meisten hätten die Schlange überfahren«, sagte Sandra. »Magst du Schlangen?«, fragte sie.

»Ich habe jetzt keine Lieblingsschlange, falls du das meinst.«

»Aber einen Lieblingstruck?«

»Auch nicht. Ich fahr den Truck, weil er meinem Papaw gehört hat. Bei dem bin ich aufgewachsen. Und Schlangen haben genauso ein Recht zu leben wie alle anderen Tiere auch. Das hat er mir so beigebracht.«

»Da hast du viel von ihm gelernt.«

»Ja«, sagte Mick. »Außer das mit dem Essig.«

Dankbar warf er ihr einen Blick zu, als sie lächelte.

»Und was hat dir dein Großvater über Frauen beigebracht?«, wollte Sandra wissen.

»Nicht genug.«

»Aber schon, wie man einer Frage aus dem Weg geht, stimmt's?«

»Nein, das habe ich bei der Armee gelernt.«

Sie lachte, und Mick bemerkte, dass sie gern und häufig lachte, was ihm gut gefiel. Die meisten Menschen lachten zu selten, er selbst eingeschlossen. Wenn man die Welt absurd fand, wie er, dann erforderte das eine pragmatische Herangehensweise in sämtlichen Situationen. In dieser wusste er nicht so recht, wie er sich verhalten sollte.

»Von Frauen hatte Papaw nicht viel Ahnung«, sagte er. »Nur: Sei nett zu ihnen. Hör zu. Trag ihnen die schweren Sachen. Erledige die Arbeiten rund ums Haus.«

»Und die Frauen mussten die Arbeit im Haus erledigen.«

»Nein, das nicht. Meistens habe ich mit Papaw allein im Wald gewohnt. Plus mein Dad, bis ich zehn war. Und eine Weile noch mein Urgroßvater.«

»Und was war mit den Frauen?«

»Sind gestorben oder durchgebrannt.«

Je weiter sie sich vom Ort entfernten, desto näher kam die Straße auf beiden Seiten dem Hang, einen Seitenstreifen gab es nicht. Ein Rotschwanzbussard flog niedrig über die Straße und verschwand auf der anderen Seite durch eine Lücke zwischen den Bäumen. Mick verringerte das Tempo und bemerkte ein Kaninchen, das am Fuß eines Essigbaums zu Stein erstarrte.

»Hast du das Karnickel gesehen?«, fragte er.

»Nein, habe ich verpasst«, erwiderte sie. »Ich mag Karnickel. Ich frage mich immer, wie die bloß überleben. Sie können sich nicht wehren, nicht fliegen und auch nicht auf einen Baum klettern. Ihre einzige Strategie ist das unvorhersehbare Hakenschlagen. Eigentlich ein Wunder, dass sie noch nicht ausgestorben sind.«

»Die haben Riesenwürfe«, sagte Mick. »Und vermehren sich fast jeden Monat ... wie die Karnickel.«

»Das einzige hüpfende Tier in Nordamerika.«

»Was ist mit Fröschen? Grashüpfern? Spinnen?«

»Von den Säugetieren, meine ich«, sagte sie.

An der Lehmpiste bog Mick ab zu den Kissicks. Dort parkten schon mehrere Wagen – drei vor dem Haus und ein paar am Straßenrand. Er fuhr einmal am Haus vorbei, wendete, passierte die parkenden Autos und stellte seins dann ganz am Ende ab. Er stieg aus und wartete, ob Sandra nach dem Kartoffelsalat griff. Vielleicht wollte sie als ungeladener Gast lieber ein essbares Mitbringsel in der Hand halten. Sie stieg aus und stellte sich neben ihn.

»Worum ging's eben bei dem Parkmanöver?«, wollte sie wissen.

»Alte Angewohnheit«, sagte er. »Ich wollte nur sehen, welche Autos schon da sind.«

»Und, hast du was Verdächtiges bemerkt?«

»Absolut nichts. Willst du den Kartoffelsalat nehmen?«

»Nein, du hast ihn gemacht, dann darfst du ihn auch überreichen.«

Zusammen gingen sie auf das Haus zu und traten ein. Im vorderen Raum saß Shifty Kissick, umrundet von anderen Frauen mit teilnahmsvollen Gesichtern. Ein paar Männer lehnten an der Wand und sahen zu Boden. Sandra steuerte direkt auf Shifty zu, beugte sich zu ihr vor und umarmte sie. Mick ging durch zur Küche und nickte mehreren Leuten zu, die wie Kissicks aussahen und gebaut waren. Die Angeheirateten waren durch ihre Größe und hellere Haut sofort zu erkennen. Auf dem Küchentisch stand schon jede Menge Essen. Auf dem Herd köchelte Bohnensuppe vor sich hin. Es gab zwei gusseiserne Pfannen mit frischem Maisbrot, Plastikbehälter mit Obstsalat, grüne Bohnen und ein großes Blech mit frittierten Hähnchenstücken. Auf der Anrichte stapelten sich mehrere Chipstüten, zweifellos Mitbringsel alleinstehender Männer, die auf der Hinfahrt an der Tanke haltgemacht hatten.

Neben dem Kühlschrank stand ein Mann, der Mick mit wachem, durchdringendem Blick ansah. Er war eindeutig ein Kissick, aber viel kräftiger als die anderen Männer der Familie: breite Schultern, lange Arme, schlanke, wie gemalt aussehende Finger. Er hatte ein breites Becken und solide Kissick-Beine, die in einer weiten Cargohose steckten. Oben herum trug er ein enges, schwarzes, teuer aussehendes T-Shirt. Dicke, von mehreren Tattoos bedeckte Muskeln wölbten sich an seinen Armen. Mit dem korrekten, militärischen Haarschnitt war es klar, dass es sich um Shiftys letzten Sohn handeln musste.

Mick stellte den Kartoffelsalat auf den Küchentisch.

»Ich bin Mick«, sagte er. »Ich kannte deine Brüder.«

»Raymond. Du bist der Polizist, der Mom hilft?«

»Helfen tue ich ihr, aber von der Polizei bin ich nicht. CID bei der Armee.«

»Und davor?«, fragte Raymond.

»Fallschirmspringer, 101. Airborne. Dem 5. Spezialkräfte-Kommando angeschlossen.«

»Und jetzt nicht mehr bei der Truppe?«

»Doch, ich bin nur krankgeschrieben. Und selbst? Noch dabei?«

»Bin vor einem Jahr ausgeschieden. Drittes Bataillon.«

»Ach, Trinity«, sagte Mick. »Wie geht der schöne Spruch doch gleich? ›Im ersten Bataillon wird man zum Mann, im zweiten zum Marine und im dritten zur Maschine.‹«

Raymond zuckte nur die Achseln.

»Und wo?«, fragte Mick.

»Mal hier, mal da.«

»Welche Funktion?«

»Dies und das.«

Eine lange Minute verging. Mick wurde klar, dass Raymond bei geheimen Operationen in Kampfgebieten eingesetzt worden sein musste, ohne Abzeichen oder Insignien. Er fragte sich, wie viele Waffen er jetzt gerade am Leib trug.

»Und, schon was rausgefunden?«, fragte Raymond.

»Ein wenig ja. Ich bin überzeugt, dass deine beiden Brüder von derselben Person ermordet worden sind. Du warst mit Barneys Business vertraut?«

»Ja. Aber Mason hatte nichts damit zu tun.«

Jemand kam in die Küche, und als Mick sich umdrehte, sah er Sandra, die mit einem breiten Lächeln auf dem Gesicht über das Linoleum eilte.

»Ray-Ray«, sagte sie. »Es ist so schön, dich zu sehen.«

Sie umarmten sich fest, und Mick fragte sich, welche Geschichte die beiden miteinander verbinden mochte.

»Es tut mir so schrecklich leid für eure Familie«, sagte sie. »Mason hatte das Herz am rechten Fleck. Barney kannte ich nicht, aber alle sagen, er sei ein anständiger Kerl gewesen.«

»Du hast dich überhaupt nicht verändert, Sandy. Gut schaust du aus.«

»Lieb von dir. Du aber auch.«

»Und, färbst du dir schon die Haare?«

»Das kriegst du nicht aus mir raus«, erwiderte sie und lachte. »Du färbst dir die Arme, wie ich sehe.«

»Da solltest du erst mal meinen Rücken sehen.«

Sie lachte wieder.

»Und, wie lange bleibst du?«, fragte sie.

»Na, das hängt davon ab, was mir die Spürnase von der Army hier zu sagen hat. Und du arbeitest jetzt fürs County?«

»Stimmt. Micks Schwester ist der Sheriff und meine Chefin.«

»Da bleibt ja alles in der Familie.«

»Kleine Stadt«, sagte sie. »Kleines County.«

»Deswegen bin ich auch weg«, entgegnete Raymond.

Mick verdrückte sich. Er wusste nicht, was er zu den anderen Gästen sagen sollte, und auf einmal war ihm nicht mehr klar, warum er überhaupt hergekommen war. Er trat in Shiftys Blickfeld, wartete, bis sie ihn bemerkte, und hob kurz die Hand zum Gruß. Sie verzog den Mund und wandte sich einem Kind zu, einer Enkelin, vermutete er, die einen Pappteller mit drei Brownies darauf in der Hand hielt. Eins der braunen Quadrate fiel zu Boden, und das Mädchen sah um sich, als befürchte es, ausgeschimpft zu werden. Shifty nahm die Kleine auf den Schoß und streichelte ihr das Haar.

Mick ging nach draußen, wo drei Männer standen und rauchten. Einer hielt eine Flasche Ale-8 am langen Hals.

»Bist du nicht ein Hardin?«, sagte der mit dem Getränk.

Mick nickte.

»Deine Schwester ist auch da?«

Mick schüttelte den Kopf.

»Und hat sie schon rausgefunden, wer die Jungs auf dem Gewissen hat?«

»Nein«, antwortete Mick. »Sie versucht ihr Bestes. Bisher ist noch nichts rausgekommen. Habt ihr irgendeinen Tipp? Ich geb's gern an sie weiter.«

»Ich nicht. Mason konnten alle gut leiden, er hat bloß nichts davon mitbekommen. Fuckin' Barney konnte keiner gut leiden, und davon hat er auch nichts mitbekommen. Jedenfalls kein Grund, die beiden ins Jenseits zu befördern.«

»Einen vernünftigen Grund gibt es nie«, sagte Mick.

Die Männer rauchten, ließen die Worte sacken, betrachteten die Seggeklumpen auf der Wiese, in denen sich frische grüne Spitzen unter das gelbe Gras vom Vorjahr mischten. Eine dicke Amerikanische Waldschnepfe flatterte vom Boden auf, im langen Schnabel baumelte ein Wurm.

»Ich fass es nicht«, sagte einer der Männer. »Als ich das letzte Mal einen Timberdoodle gesehen hab, war ich noch ein Kind.«

Einer der anderen Männer zog das Handy aus der Hosentasche und scrollte in rasendem Tempo durch seine Bilder. Mick machte sich auf eins der gewohnten Fotos gefasst – ein frisch geschossener Truthahn, ein toter Hirsch mit Riesengeweih, eine überfahrene Schlange, die zum Messen der Länge quer über die Straße gestreckt worden war. Stattdessen hörte er die blechernen Klänge eines Saxofons. Der Mann reichte sein Smartphone herum. Darauf war eine Amerikanische Waldschnepfe im bunt gescheckten Balzkleid zu sehen, die zum Song »Tequila« von den Champs zu tanzen, zu wippen und zu stolzieren schien. Die Männer lachten sich schier tot.

»Einen Tequila könnte ich jetzt gut vertragen«, sagte der eine.

»Ich hab 'nen kleinen Kentucky Straight im Auto.«

»Danach geht's nicht mehr ganz so straight weiter.«

Die Männer lachten wieder, und der Flascheninhaber ging zu seinem Auto, um den billigen Bourbon zu holen. Er schraubte ihn auf, grinste und warf den Deckel über die Schulter.

»Den brauchen wir nicht mehr«, sagte er.

Die Flasche machte die Runde. Jeder der Männer nahm einen ordentlichen Schluck und versuchte, nicht zu zeigen, wie harsch ihm der Bourbon im Rachen brannte. Mick stellte sich so auf, dass er der Letzte in der Reihe war, und als die Flasche näher kam, machte er unauffällig einen Schritt in Richtung Feld, als halte er nach der Waldschnepfe Ausschau. Er wollte nichts trinken, wusste aber, dass es die Männer beleidigen würde, wenn er rundheraus ablehnte.

Sandra kam nach draußen, mit Raymond im Schlepptau. Sie umarmte alle Männer, obwohl sie durchdringend nach Rauch, Schweiß und Whiskey rochen. Die längste Umarmung sparte sie für Raymond auf, dann sah sie Mick lächelnd ins Gesicht.

»Wollen wir uns dann mal vom Acker machen?«, sagte sie.

Mick bejahte.

»Und du meldest dich auf jeden Fall, Ray-Ray, okay?«, sagte sie.

»Geht klar«, antwortete er und richtete seine harten Augen auf Mick. »Wir müssen reden.«

Mick zeigte mit einem Nicken, dass er ihn verstanden hatte, und ging die Straße hinunter zu seinem Pick-up. Er war erleichtert, wegzukommen von dem Haus, den Leuten, der Versuchung zum Saufen. Wenn er Bourbon trank, wollte er nichts anderes mehr tun, und es war besser, gar nicht erst anzufangen.

Er fuhr den Waldweg hinunter. Sandra saß auf ihrer Seite der breiten Sitzbank und seufzte. Das aufgeplatzte Polster war mit einem alten Betttuch abgedeckt.

»Schrecklich traurig, das Ganze«, sagte sie. »Die arme Mrs. Kissick.«

»Seid ihr verwandt?«

»Nein, das nicht. Aber ich habe ihre Jungs fast alle gekannt. Ich bin mit ihnen zusammen aufgewachsen.«

»Raymond scheinst du besonders gut zu kennen.«

Sie richtete sich auf und warf Mick einen durchdringenden Blick zu, in dem die Andeutung eines Lächelns spielte, das er nicht recht verstand.

»Ja«, antwortete sie. »Warum, hast du ein Problem damit?«

»Nein, natürlich nicht«, erwiderte er schnell. »Geht mich ja nichts an.«

»Aber trotzdem bringst du die Sprache drauf ... Ich glaube fast, du bist eifersüchtig. Kann das sein?«

»Eifersüchtig auf wen?«, fragte er zurück. »Nein, ich, äh ... ich weiß es nicht.«

»Kanntest du Ray-Ray, bevor er weggegangen ist?«

»Nein«, sagte Mick.

»Und weißt du, warum er fort ist?«

»Er ist zu den Marines gegangen.«

»Ja, er hat sich verpflichtet. Aber das war nicht der Grund, warum er weggezogen ist.«

Mick fuhr stur weiter, obwohl er wusste, dass sie auf eine Frage wartete, aber er wollte ihr den Gefallen nicht tun. Ihm wurde klar, dass sie recht hatte – er spürte einen kleinen Stich der Eifersucht, und jetzt benahm er sich wie ein Fünfjähriger.

»Und, was war der Grund?«, fragte er.

»Ray-Ray ist schwul.«

KAPITEL 17

Micks Großvater weckte ihn jeden Morgen für den langen Fußmarsch zur Schule, der mitten durch den nebligen Wald führte. In den Bergen waren die Winter meist mild, aber manchmal schneite es so heftig, dass die kahlen Bäume in weiße Kronleuchter verwandelt wurden. Mick hatte sich im verschneiten Wald verlaufen und würde zu spät zur Schule kommen. Papaw rief ihn beim Namen.

Als Mick zu sich kam, stand seine Schwester im Morgenmantel vor ihm. Er war augenblicklich hellwach.

»Mick!«, sagte sie. »Mick. Wach auf. Zieh dich an.«

Ohne eine Minute zu verschwenden, sprang er auf und schlüpfte in seine Kleider, die er immer strategisch so hinlegte, dass er im Handumdrehen angezogen war, die Stiefel mit dem Seitenreißverschluss daneben. Linda kochte in der Küche Kaffee. Aus dem Fenster sah er, dass der Saum der Bergkette im Westen gelb leuchtete. Feuer.

»Die Polizei hat angerufen«, sagte sie. »Papaws Hütte brennt.«

Mick stürmte aus dem Haus, sprang hinters Lenkrad und raste durch den Ort, ohne auf Stoppschilder und rote Ampeln zu achten. Er fragte sich, wie groß das Feuer war, wie es ausgebrochen sein mochte. Ein Fehler, dachte er, ein riesengroßer Fehler. Blind hatte er einem Verrückten vertraut, und der hatte jetzt das Haus seines Großvaters in Brand gesteckt. Am Fuß des Tals roch er den Qualm schon, dann sah er ihn auch, eine dunkle Rauchsäule, die sich allmählich über den Kamm verteilte.

Oben am Berg stand ein roter Grand Cherokee Jeep, auf dem das Logo der Feuerwehr prangte. Ein Mann sprach in ein Walkie-Talkie. Drei weitere hielten Abstand zu den Überresten von Micks Blockhütte - vier verkohlte Wände und sonst nichts mehr. Das Dach war verbrannt, die Türen, die Fensterrahmen und die drei Eichenstufen hoch zur Tür auch. Die qualmenden Wände strahlten immer noch eine enorme Hitze ab.

Der Feuerwehrhauptmann versuchte, Mick zurückzuhalten.

»Die Hütte gehört mir«, sagte Mick.

»Sie sind Lindas Bruder?«

Mick nickte.

»Tut mir leid, mein Freund. Wir konnten nichts mehr retten. Irgendjemand hat den Rauch gesehen und den Förster angerufen, der hat uns verständigt. Hatten Sie hier brennbares Material gelagert?«

»Nein.«

Der Feuerwehrmann atmete einmal tief durch, warf einen Blick hinüber zur Hütte und sprach mit leiser Stimme weiter.

»Hat hier irgendjemand gewohnt?«

»Ja, Jacky Turner.«

Der Feuerwehrmann schüttelte den Kopf und machte dann eine Bewegung mit dem Kinn in Richtung Hütte.

»Wir dachten, das wären Sie«, sagte er.

»Tot?«

»Wahrscheinlich Rauchgasvergiftung. Er hat sicher nicht gelitten.«

»Gibt es Male oder Wunden an dem Leichnam?«

»Schwer zu sagen. Ist nicht mehr viel übrig von ihm.«

Als der Wind drehte, blies er Mick den Rauch zusammen mit einem durchdringenden Benzingestank ins Gesicht.

»Riechen Sie das?«, sagte Mick.

»Wir glauben, dass es sich um Brandstiftung handelt. Eine Menge Brandbeschleuniger und mehrere leere Benzinkanister. Es brannte von vornherein heiß. Die massiven Wände haben gehalten. Aber drinnen ist nichts mehr übrig.«

Mick betrachtete die geschwärzte Ruine seiner Hütte – eine Schachtel ohne Deckel. Jemand hatte versucht, ihn zu töten, und stattdessen Jacky erwischt. Ein Krankenwagen von unten aus dem Ort mühte sich den Berg hinauf, gefolgt von Johnny Boy in seinem Privatwagen. Die Sanitäter berieten sich mit dem Feuerwehrhauptmann.

»Was ist mit Jacky?«, fragte Johnny Boy.

»Lebt nicht mehr«, sagte Mick.

»Irgendeine seiner verdammten Erfindungen, die nach hinten losgegangen ist?«

»Der Hauptmann sagt, Brandstiftung.«

»Aber wer würde denn Jacky etwas zuleide tun?«

»Ich glaube, sie hatten es auf mich abgesehen.«

Johnny Boy holte zum Schlag aus. Mick sah die Faust kommen und lehnte sich ihr entgegen, um etwas von der Wucht abzufangen. Er schwankte auf den Fersen nach hinten und wartete auf den nächsten Schlag. Johnny Boy ließ die Arme fallen und sah zu Boden.

»Tut mir leid, Mick.«

»Vergiss es. Geh die Familie benachrichtigen. Linda muss jede Minute hier sein. Sie kann sich um alles kümmern. Lass dich nicht zu was hinreißen, was dir später leidtut.«

Johnny Boy wandte sich mit Tränen in den Augen ab. Mick beachtete ihn nicht mehr. Er musste seine Gefühle tief in sich begraben, in sich verschließen wie in einem Tresor. Ein negativer Gedanke führte immer zum nächsten. Mick war Zorn lieber als Trauer. Die Hütte war seine letzte Verbindung zur Vergangenheit gewesen, und jetzt war sie eine ausgebrannte Ruine.

Er betrat den Wald, schlug einen langsamen Bogen um das Haus und suchte nach Spuren. Als er nichts fand, erweiterte er den Kreis um einen Meter und lief ihn wieder ab, und dann noch zweimal, in drei Metern und sieben Metern Abstand. Das Unterholz war intakt, mit Ausnahme der Fraßspuren von Rehen an der Rinde junger Bäume. Die Brandstifter waren nicht durch den Wald gekommen. Sie hatten die Straße genommen, auf der mittlerweile die Feuerwehr, er selbst, Johnny Boy und der Krankenwagen gefahren waren. Er ging den ungeteerten Weg trotzdem ab, auch wenn er wusste, dass es sinnlos war – alle Spuren der Mörder waren ausgelöscht.

Er kehrte zur Bergkuppe zurück. Mittlerweile waren noch mehr Fahrzeuge eingetroffen, darunter auch Lindas SUV. Er beobachtete zwei Feuerwehrmänner, die mit rauchenden Stiefeln und schweißüberströmten Gesichtern einen Leichensack aus der Hütte trugen. Ihre Schutzkleidung dampfte. Sie luden den schrecklich kleinen Sack mit allergrößter Vorsicht in den Krankenwagen.

»Wer ist das?«, fragte Linda.

»Das ist der Cousin von Johnny Boy, Jacky.«

»Verdammte Scheiße! Ich fass es nicht! Wer zum Teufel hat ihn umgebracht?«

»Kann sonst wer gewesen sein. Während meiner Abwesenheit haben irgendwelche Kids hier gefeiert.«

Sie hielt die Nase in den Wind.

»Benzinparty? Das bezweifle ich. Jemand hat dieses Feuer gelegt, und ich wette, du weißt auch, wer.«

»Sicher weiß ich's nicht.«

»Verrätst du's mir nicht, weil ich deine Schwester bin? Oder weil du wie die anderen frauenfeindlichen Arschlöcher hier tickst?«

»Weil du der Sheriff bist«, gab er zurück.

»Dann musst du es mir erst recht verraten.«

»Ich bin nicht mehr dein Deputy.«

»Du willst es einfach nicht kapieren, du störrischer Esel. Schwebst du in Lebensgefahr? Gibt es sonst noch jemanden, der auf der Abschussliste steht? Als Sheriff muss ich das wissen.«

Mick nickte.

»Du hast recht«, sagte er. »Ich glaube, jemand will mich aus dem Weg räumen.«

»Warum?«

»Weil ich zu nah dran bin rauszufinden, wer die Kissicks auf dem Gewissen hat.«

»Das kannst du nicht für dich behalten, verdammt noch mal!«

»Alles weiß ich noch nicht«, erwiderte Mick. »Ich sag es dir, sobald ich mir sicher bin.«

»Wenn du dann noch nicht tot bist.«

Der Krankenwagen rollte unendlich langsam den Berg hinunter; vermutlich wollte der Fahrer seine Fracht so gut wie möglich schützen. Die wilden Tiere würden der Hütte fernbleiben, bis die Glut abgekühlt war, dann würden sie herauskommen und nach Fressbarem suchen. Mick erinnerte sich daran, wie sein Großvater ihm einmal erzählt hatte, dass er während der Weltwirtschaftskrise in einer Brandruine die Asche durchsucht hatte, ob noch Nägel übrig geblieben waren, die er verwenden konnte.

Er wartete, bis Lindas Zorn verflogen war, dann fragte er sanft: »Was machen wir jetzt, Schwesterchen?«

»Ich rufe die Polizei und das Amt für Alkohol, Tabak, Schusswaffen und Sprengstoffe zur Hilfe. Die untersuchen Brandstiftungen. Ich werde den Fall mit denen zusammen bearbeiten. Du musst dich von der Hütte fernhalten.«

»Geht klar«, antwortete er. »Aber Johnny Boy würde ich mal 'ne Weile an die Leine legen. Sonst versucht er noch, auf eigene Faust rauszufinden, wer es war.«

»Der tut keiner Fliege was zuleide.«

»Aber möglich wäre es trotzdem. Er stammt aus den Bergen, genau wie ich.«

»Und ich auch.«

»Nein, das ist was anderes.«

»Warum, weil ich eine Frau bin?«

»Weil du nicht im Wald aufgewachsen bist.«

Mick stieg in den Pick-up und fuhr den Berg nach unten, vorbei am großen Löschfahrzeug, das zu schwer gewesen war, um es den Waldweg hinauf zu schaffen. Nach den ersten paar Meilen auf der Asphaltstraße gab sein Handy einen Ton von sich, und Mick hielt auf dem Seitenstreifen, um die Nachricht zu lesen – eine SMS von Dr. Harker, die schrieb, sie müsse mit ihm sprechen. Er fuhr der Stadt entgegen, bewusst weit unterhalb des Tempolimits, weil ein brennender Zorn in ihm loderte. An einer Tankstelle kaufte er sich einen großen Kaffee im Styroporbecher. Zum ersten Mal seit vielen Jahren verspürte er eine unbändige Lust auf eine Zigarette. Dieser Drang war zum letzten Mal nach einem Feuergefecht über ihn gekommen. Sein Kommando war zahlenmäßig fünf zu eins unterlegen gewesen und musste auf dem taktischen Rückzug stundenlang kämpfen. Mick hatte als Einziger überlebt.

Er fuhr zum College und sah auf die Uhr – Viertel nach acht. Der Campus war noch weitgehend leer, abgesehen von den studierenden Athletinnen und Athleten, die zum Training eilten, und den vereinzelten blauen Lastwagen der Wartungsarbeiter. Mick betrat das Geologiegebäude und klopfte an Dr. Harkers offen stehende Tür.

»Kommen Sie rein«, sagte sie.

Mehrere Sekunden lang musterte sie Mick, als wäre er eine Bodenprobe, die sie unterm Mikroskop betrachtete. Als sie sprach, klang ihre Stimme sanft und voller Mitgefühl.

»Setzen Sie sich doch«, sagte sie. »Erzählen Sie mir, was los ist.«

Mick ließ sich auf den Besucherstuhl gleiten und kämpfte gegen das Bedürfnis an, ihr alles zu erzählen.

»Ach, nichts. Private schlechte Nachrichten«, sagte er. »Weswegen wollten Sie mit mir sprechen?«

»Ich habe eine Rückmeldung von meinem Kollegen aus der Chemie bekommen. Er ist momentan im Sabbatical, deswegen hat es ein paar Tage gedauert. Er hat die Bodenprobe viermal untersucht, um ganz sicherzugehen, dass das Ergebnis auch stimmt. Sie wissen mit hundertprozentiger Sicherheit, dass die Bodenprobe von den Stiefeln des Opfers stammt?«

»Ich habe sie selbst aus dem Profil gekratzt«, erwiderte Mick. »Warum?«

»Weil sie eine beträchtliche Menge Radium-226 enthält. Ein hochgiftiges, radioaktives chemisches Element.«

»Woher stammt es?«

»Radium-226 ist meist ein Abfallprodukt, das beim Fracking entsteht, dem hydraulischen Aufbrechen von Schiefergesteinen.«

»Fracking – das ist erst so beliebt geworden, nachdem ich nach Übersee versetzt worden bin.«

»›Beliebt‹ ist wahrscheinlich nicht ganz der richtige Ausdruck. Mit dieser Methode wird Erdgas gewonnen. Ganz vereinfacht gesagt, werden Wasser und Chemikalien unter hohem Druck tief unter die Erde in ein Schiefergestein gepresst. Das Gestein bricht auf, das Erdgas wird frei und kann abgepumpt werden. Das Schlimmste an dieser Verfahrensweise ist das zurück nach oben fließende Wasser. Es ist extrem giftig. Das kann man nicht trinken, damit kann man nicht duschen, damit kann man seinen Garten nicht wässern. Es muss irgendwo gelagert werden.«

Diesen letzten Satz sagte Dr. Harker triumphierend, als komme sie im Hörsaal zum krönenden Höhepunkt ihrer Vorlesung. Sie schien auf Rückfragen der aufmerksamen Studierenden zu warten.

»Und wie wird man die Brühe los?«, fragte Mick.

»Da gibt's verschiedene Methoden. Manchmal wird sie direkt in einen Schluckbrunnen gegossen. Aber Filterstrümpfe für radioaktiv verseuchte Abfälle sind am verbreitesten. Große Säcke, von der Form her einem Kondom nicht unähnlich. Die werden illegal irgendwohin geschmissen oder aus dem Bundesstaat geschafft. Auch verstrahlte Ausrüstung ist ein Problem. Das noch viel größere Problem besteht darin, dass es keine Überwachung gibt, keinerlei staatliche Kontrolle, wo diese toxischen Flüssigkeiten abgeladen werden.«

»Und woher stammt die Bodenprobe, was vermutet Ihr Kollege?«

»Das ist eine gute Frage«, sagte sie.

Mick erkannte die Professorinnenmethode, den Studenten zu loben, während sie selbst noch die passende Antwort formulierte. Er merkte, dass er mit seiner Geduld fast am Ende war. Frau Doktor würde sich genau wie eine junge Reservistin frisch aus dem Ausbildungskorps verhalten und nicht zugeben wollen, dass sie etwas nicht wusste. Sie überraschte ihn.

»Er weiß es nicht«, antwortete sie. »Und ich weiß es auch nicht. Die Gesetze in Kentucky verbieten die Einfuhr radioaktiver Abfälle. Trotzdem gibt es in Estill County eine Müllkippe, in der zweitausend Tonnen Atommüll direkt neben einer Grundschule lagern. Vielleicht hat Ihr Opfer ja dort gearbeitet. Lastwagenfahrer kommen mit so etwas in Kontakt, besonders bei illegalen Transporten.«

»Er nicht. Er war selbstständig tätig.«

»Ach, richtig, der Drogendealer.«

»Genau. Und vor drei Tagen hat jemand oben im Rodburn-Tal seinen Bruder ermordet. Ich würde an Ihrer Stelle mit niemandem darüber reden. Und sagen Sie Ihrem Kollegen das Gleiche.«

»Schweben wir in Gefahr?«

»Wenn Sie mit niemandem reden, nicht.«

Mick stand unvermittelt auf, eine schnelle Bewegung, die Dr. Harker zusammenzucken ließ. Er ging zur Tür, atmete einmal tief durch und drehte sich noch einmal zu der Professorin um.

»Ich meine es ganz ernst, Dr. Harker«, sagte er. »Behalten Sie das alles für sich. Vernichten Sie die Bodenprobe und alle Notizen, die Sie dazu angefertigt haben.«

Er lief durch den Gang und dachte an das Radium-226 an den Schuhsohlen von Fuckin' Barney. Vielleicht beförderte der Lkw, den er am Pilzstollen gesehen hatte, Wagenladungen voller Giftmüll. Irgendjemand musste eine Menge Geld damit verdienen, wenn er willens war, dafür zu töten.

KAPITEL 18

Shifty Kissick hatte die ganze Nacht im Sessel geschlafen, erschöpft von Trauer und dem Lorazepam, das sie mit einem Whiskey heruntergespült hatte, nachdem alle gegangen waren. Ihre Schwester hatte ihr angeboten, über Nacht bei ihr zu bleiben, aber Shifty hatte sie heimgeschickt. Bei Ray-Ray fühlte sie sich sicher. Im Morgengrauen hatte er ihr aus dem Sessel ins Bett geholfen. Er trug kein Hemd, und sie hatte nichts zu den vielen Tätowierungen gesagt, die seinen Rücken bedeckten wie Abbildungen in einem Comicbuch. Nichts spielte mehr eine Rolle. Shifty krümmte sich unter der Bettdecke zusammen und weinte sich in den Schlaf wie ein Kind.

Raymond machte hundert Sit-ups, hundert Liegestütze und hundert Hampelmänner. Trotz der Anstrengung atmete er frei und gleichmäßig. Ein leichter Schweißfilm bedeckte seine Haut. Er trank zwei Gläser Wasser, das besonders gut schmeckte wegen des Kirschbaums, den sein Vater vor vierzig Jahren neben dem Brunnen gepflanzt hatte. Er machte ein paar Yogaübungen, um seinen Rücken zu dehnen, dann durchsuchte er das Haus. Seine Mutter besaß eine abgesägte .410er Schrotflinte, eine kleine .32er Pistole und einen .22er Revolver mit langem Lauf. Die privaten Waffen der Familie. Die Schrotflinte taugte hauptsächlich für Schlangen. Mit dem Revolver hatte sein Vater früher Eichhörnchen gejagt, erinnerte er sich. Dabei hatte er auf die Baumrinde neben dem Kopf des Eichhörnchens gezielt. Wenn die Kugel einschlug, war das kleine Tier vom Schock betäubt und fiel aus dem

Baum. Sein Dad nannte das »Den Eichkater vom Baum bellen«. Mit der Methode konnte man das Fleisch essen, ohne es stark zu beschädigen.

Rein aus Gewohnheit putzte Raymond die Waffen, wusste aber genau, dass er mehr Feuerkraft benötigte, falls das Haus angegriffen wurde. Als Jugendlicher hatte er Barney nicht leiden können und Mason kaum gekannt. Beide waren noch Kinder gewesen, als er zur Armee gegangen war. Danach war er nur noch zweimal nach Hause zurückgekehrt: einmal nach der Grundausbildung und einmal zur Beerdigung seines Vaters. Die Begegnung mit den Nachbarn und Verwandten gestern war ihm schwergefallen – in der Vergangenheit hatten diese Leute ihn alle abgelehnt. Jetzt hatten sie Angst vor ihm und wollten deswegen nichts mit ihm zu tun haben. Nur das Wiedersehen mit Sandra Caldwell war tröstlich gewesen, die damals als Einzige zu ihm gehalten hatte. Als Jugendliche hatten sie einander von ihren Träumen erzählt: Von einem Posten als County-Angestellte oder Mitglied des Marinekorps mit drei toten jüngeren Brüdern war damals nicht die Rede gewesen.

Er ging an die frische Luft und begann mit einer Tai-Chi-Übung: *Aufstellen in Kriegerhaltung*, dann *Die Mähne des Wildpferdes teilen*. Mit äußerster Langsamkeit und kontrollierter Atmung bewegte er sich in *Der Kranich breitet seine Flügel aus*. Nach zwanzig Minuten tropfte ihm der Schweiß an Rumpf und Gliedern herab. Fließend ging er über zu *Goldener Hahn auf einem Bein* und verlagerte im Zeitlupentempo das Gewicht auf den anderen Fuß.

Ein uralter Pick-up kam gemächlich die Straße hochgefahren und hielt an. Jemand stieg aus und blieb neben dem Fahrerhaus stehen. Raymond glitt in die letzte Haltung, atmete tief ein und richtete beim Ausatmen den Blick auf den Mann.

»Mick Hardin«, sagte Mick. »Wir haben uns gestern kennengelernt.«

»Sergeant Kartoffelsalat.«

»Möglicherweise bist du der erste Mensch in diesem County, der Tai-Chi macht.«

»Kaffee?«

Mick nickte. Raymond verschwand im Haus und kehrte mit zwei Tassen zurück. Mick folgte ihm in den Garten, und sie saßen auf Metallstühlen mit abgeplatzter Farbe, ein Baumstumpf zwischen ihnen als Tisch. Hinter dem Haus gab es einen Geräteschuppen, einen Autoreifen, der zum Schaukeln in einem Hickory baumelte, und einen leeren Hühnerstall.

»Als ich früher mal hier war«, sagte Mick, »da hatte deine Mom ein Huhn, das konnte rückwärtslaufen.«

»Ach, die alte Sparky. Ist geholt worden. Von einem Fuchs oder Falken. Mommy wollte ihre Viecher nie einsperren. Uns Kinder auch nicht.«

Mick trank ein paar Schlucke des starken Mokkas. Eine Viertelstunde später hatte er Raymond alles erzählt, was er über den Pilzstollen wusste, die radioaktive Substanz an Barneys Schuhen und den Brandanschlag. Raymond hörte ihm zu, ohne zu unterbrechen. Mick trank die Kaffeetasse fast leer und schleuderte den Bodensatz ins Gras, wo er sich wie die dunklen Larven einer Soldatenfliege auf den Grashalmen verteilte.

»Mal sehen, ob ich das alles richtig verstanden habe«, sagte Raymond. »Du bist davon überzeugt, dass Barney vor einer Weile eine größere Menge Heroin im Pilzstollen versteckt hat. Dann hat irgendjemand angefangen, Giftmüll dort abzulagern. Barney ist zu dem unterirdischen Steinbruch gefahren, um sich seinen Stoff zu holen, die Männer dort haben ihn umgebracht und dann tot im Ort abgeladen. Mommy hat Mason zum Steinbruch geschickt, und den haben sie auch umgebracht. Du selbst hast dich auch dort oben blicken lassen, und sie haben versucht, dich abzufackeln. Zu allem Überfluss wollen die Drogenbosse aus Detroit ihr Geld zurück.«

»Das ist die Theorie, mit der ich momentan arbeite. Ich bin ziemlich überzeugt, dass die Burschen, die bei dem Pilzstollen arbeiten, Ex-Militärs sind – ein privater Söldnertrupp.«

»Und warum erzählst du mir das alles?«, wollte Raymond wissen. »Erzähl es deiner Schwester.«

»So etwas müsste sie sofort an die Polizei von Kentucky weiterreichen. Drogen und Giftmüll wurden über die Grenze von mehreren Bundesstaaten verschoben, was bedeutet, dass das FBI eingeschaltet wird.«

»Was juckt dich die Sache? Es geht um meine Brüder.«

»Ein Mann, der sich in der Hütte meines Papaws aufgehalten hat, musste sterben, weil diese Burschen gedacht haben, das sei ich. Ich mochte ihn. Und jetzt ist er tot.«

Raymond saß mehrere Minuten lang reglos da. Mick fragte sich, ob er wohl einen Fehler begangen hatte, ihm das alles zu verraten. Raymond würde Rache wollen. Das war das Gesetz der Berge, von dem er andere abzuhalten versuchte, ein Weg, der zu generationenlangem Blutvergießen führen konnte, ein Weg, auf dem er sich nun selbst befand. Die Männer am Steinbruch stammten nicht hier aus der Gegend, was bedeutete, dass es keine Gefahr einer Familienvendetta gab. Sie waren ein illegal operierender Söldnertrupp, der Zivilisten umbrachte. Wenn das FBI irgendwann so weit wäre, sich zu Verhaftungen herabzulassen, wären die Männer längst über alle Berge. Versuchte er, sich gerade selbst von illegalen Handlungen zu überzeugen?

Raymond sprach leise und beherrscht.

»Wie viele Männer hast du dort am Stollen gesehen?«, fragte er.

»Vier.«

»Kannst du einen übernehmen?«

»Ja.«

»Dann brauchen wir Waffen«, sagte Raymond.

»Barney hatte ein paar Kumpels, die über Schusswaffen verfügen.«

»Er hatte keine Kumpels.«

»Seine geschäftliche Konkurrenz. Mit denen hatte er irgendeinen Deal. Wenn du meine Meinung hören willst: Die sind bis an die Zähne bewaffnet.«

Raymond stand auf.

»Fahren wir«, sagte er.

Schweigend saßen sie im Pick-up, bis sie im Ort waren, wo Mick an einer Bank haltmachte und neuntausend Dollar in Hundertern abhob. Er fuhr auf der alten US 60 nach Osten. Der Morgennebel hatte sich wie ein Schleier gelichtet. Das über die östliche Hügelkette strömende Sonnenlicht sorgte für einen gezackten Schatten auf der Asphaltstraße, die sich scharf in Licht und Dunkelheit teilte. Ein Windstoß drehte die samtige Unterseite der Blätter an einem Silberahorn nach oben.

»Zu wem fahren wir?«, fragte Raymond.

»Zu einem Drogenclan. Der Vater heißt Rich Lange und hat mehrere Söhne, zwei habe ich gesehen. Sie wohnen ganz tief im Wald.«

»Finstere Gestalten?«

»Finster wie die finsterste Nacht.«

»Langes kenne ich keine.«

»Ich kannte auch keine. Sie wohnen im Nachbarcounty, wo Eldridge County zu Ende ist. Dein Bruder hat sich das Gebiet mit ihnen aufgeteilt, wer seinen Stoff wo verkaufen darf.«

Raymond saß entspannt, aber aufrecht auf der alten Polsterbank, den Kopf leicht gedreht, damit er gleichzeitig nach vorne schauen und den Straßengraben im Auge behalten konnte. Mick erkannte die wachsame Haltung eines Soldaten auf Militärpatrouille. Rein instinktiv vertraute er Raymond. Hoffentlich lag er damit richtig.

»Bist du mit Sandy zusammen?«, fragte Raymond.

»Nein. Wir hatten noch nicht mal ein Date. Sie ist mitgekommen, als ich zu eurem Haus gefahren bin, und wir haben ihren Onkel gemeinsam besucht.«

»Onkel Robin?«

»Genau den.«

»Vor zwanzig Jahren war der schon ein schrulliger alter Kauz«, sagte Raymond.

»Jetzt ist er noch ein bisschen kauziger geworden. Altersdemenz, würde ich sagen.«

»Hat er's noch mit den Vögeln?«

Mick nickte. Er bremste ab, als die Straße einem Bach folgte und eine Serie von S-Kurven beschrieb, dann beschleunigte er auf der kurzen Geraden wieder. Raymond versteifte sich nicht, sondern legte sich entspannt mit in die Kurven.

»Hat Sandra dir was über mich erzählt?«, fragte er beiläufig.

»Ein bisschen schon. Deine Mom auch.«

»Ach, was hat Mommy gesagt?«

»Du wärst wegen einer Mexikanerin in Kalifornien geblieben.«

Raymond grinste.

»Mommy mag Mexikaner nicht. Sie hat zwar noch nie einen kennengelernt, aber da lässt sie sich nicht reinreden: Mexikaner sind allesamt Verbrecher. Dieser ganze Mist. Das habe ich ihr gesagt, weil ich wusste, sie kommt mich auf keinen Fall besuchen, wenn ich mit einer Latina zusammen bin. Tatsache ist jedenfalls«, sagte Raymond, »dass Mommy Schwule noch viel weniger mag als Mexikaner.«

»Da hast du die einen Vorurteile gegen die anderen ausgespielt.«

»Ich habe sie nur vor sich selbst geschützt.«

»Sandra hat mir gesagt, dass du dich deswegen verpflichtet hast«, erwiderte Mick.

»Ja und nein. Ich wollte raus aus den Bergen, genau wie du, vermute ich. Ich habe mich für die Marines entschieden, weil sie eine Ausgehuniform mit Schwert und roten Streifen drauf haben.«

Mick lachte zum ersten Mal seit vielen Tagen.

»Ist es ein Problem für dich, dass ich schwul bin?«, fragte Raymond.

»Nein. Mich interessiert nur, wie du unter feindlichem Beschuss zurechtkommst.«

»Dasselbe habe ich mich auch schon gefragt.«

»Das werden wir dann wohl beide rausfinden müssen.«

Schweigend fuhren sie die Asphaltstraße entlang, bogen auf Nebenstraßen ab, dann auf eine einspurige Straße ohne Mittelstreifen, die an einer lehmigen Gabelung endete. Mick nahm die östliche Piste, einen Steilhang hoch bis auf den Kamm. Auf der Fahrerseite wischten die Bäume gegen Rückspiegel und Tür. Die Piste erreichte den Kamm, und an einer etwas breiteren Stelle hielt Mick.

»Ungefähr hier«, sagte er. »Hier haben sie mich beim letzten Mal abgefangen.«

»Kennen sie den Truck?«

»Nein, aber mich kennen sie.«

Mick drückte zweimal auf die Hupe, öffnete die Tür und stieg aus. Er hielt seine Pistole hoch und legte sie auf die Motorhaube. Ein Mann um die dreißig trat aus dem Wald, in der Hand ein halb automatisches Bushmaster-Sturmgewehr mit einstellbarer Schulterstütze und übergroßem Magazin. Er trug einen Buschhut, Combatshirt, Hose und Kampfstiefel, alles in Tarnfarben. Ein fünfundzwanzig Zentimeter langes Bowie-Messer steckte in einer ans Bein gebundenen Scheide. Am Gürtel trug er eine Glock im Holster und ein zweites Magazin. Mick hatte den Mann noch nie gesehen.

»Ich heiße Mick Hardin«, sagte er. »Ich will mit Rich sprechen. Er kennt mich.«

Genau wie beim letzten Mal leitete der Mann die Nachricht mittels Handy weiter, wartete auf die Antwort und sagte erst dann etwas.

»Wer ist der andere da, den du dabeihast?«

»Das ist der Bruder von Fuckin' Barney.«

»Sind die nicht alle tot?«

»Der Älteste nicht. Raymond heißt er.«

Der Mann grinste höhnisch und spuckte auf den Boden.

»Von dem hab ich gehört.«

»Wir müssen beide mit Rich sprechen. Sag ihm das gefälligst.«

Der Mann tat lange genug nichts, bis er klargemacht hatte, dass er keine Befehle von Mick entgegennahm, dann brummte er etwas ins Handy. Er zog eine Grimasse und schüttelte den Kopf.

»Ihr könnt mitkommen«, sagte er. »Tragt ihr irgendwelche Waffen am Körper?«

Mick schüttelte den Kopf. Raymond stieg aus dem Pick-up, hob das Shirt hoch und drehte sich langsam im Kreis. Mick machte einen Schritt nach vorn, und der Mann zeigte mit dem Gewehrlauf bergaufwärts. Das war ein taktischer Fehler. Mick war ihm so nah, dass er in seine Reichweite hätte treten und nach dem Gewehrlauf hätte greifen können. Mick warf Raymond einen Blick zu, ob er den Fehler bemerkt hatte. Raymond brummte.

Sie gingen dem Mann voraus bergauf. Sonnenstrahlen durchdrangen das Blätterdach der Eichen und Walnussbäume und beleuchteten Farn und Moos. Ein Specht stieg an einem Baumstamm hoch wie ein Störungssucher an einem Telefonmast.

Rich Lange erwartete sie auf der Veranda, seine beiden Söhne standen vor dem Haus. Alle drei waren bewaffnet.

»Hidy, Mr. Lange«, sagte Mick.

»Was willst du diesmal?«

»Ich könnte Hilfe gebrauchen.«

»Geholfen hab ich schon beim letzten Mal.«

»Habe ich nicht vergessen und weiß es zu schätzen. Aber diesmal zahl ich auch was dafür.«

»Wer ist dein Kumpel?«

Raymond trat einen Schritt vor.

»Raymond Kissick. Ich bin der Älteste von Shifty.«

Der von Kopf bis Fuß in Tarnkleidung gewandete Wachposten hob das Gewehr.

»Runter mit der gottverdammten Knarre, Peanut«, sagte Rich. »Wenn du schießt, dann geht das Geschoss durch ihn durch, und es trifft mich oder das Haus, kapiert?«

»Jawohl, Sir«, antwortete Peanut. »Ist nur so, dass ich was weiß über den Ray-Ray hier. Der ist verkehrt rum. Ein perverser Schwanzlutscher. Den darf man nicht zu nah ranlassen. Einer Schwuchtel kann man nie trauen.«

Keiner sagte ein Wort. Mick spürte den Zorn, der in Wellen von Raymond ausstrahlte. Die Lange-Söhne reagierten nicht, aber der Vater kniff die Augen zusammen und starrte Peanut finster an, der kämpferisch das Kinn hob. Mick drehte sich ein wenig, um alle im Blick zu behalten.

»Ist Peanut einer von deinen Söhnen?«, fragte Mick.

»Nein«, antwortete Rich. »Hat meine Tochter geschwängert und vor drei Monaten geheiratet.«

»Blutsverwandt ist er also nicht?«

»Kein bisschen.«

Beide Lange-Söhne richteten den Blick interessiert über diesen abrupten Gesprächswechsel auf Mick. Raymond blieb völlig reglos. Seine Augenlider waren auf Halbmast, es ließ sich unmöglich sagen, wohin er blickte. Er hätte auch schlafen können.

»Hey, was soll der Scheiß«, sagte Peanut. »Ich passe nur auf uns alle auf. Sonst macht die Schwuchtel sich noch an uns ran.«

»Können Sie den mal zum Schweigen bringen, damit wir übers Geschäft sprechen können, Mr. Lange?«, sagte Mick.

»Ich kann den zu gar nichts bringen«, antwortete Rich. »Vielleicht schafft ihr's ja.«

Mick sah Raymond an und ruckte das Kinn hoch in Richtung Peanut. Mehrere Sekunden vergingen, in denen eine Meise mehrmals rief. Raymond ging los wie eine Rakete beim Start und schnappte sich Peanuts Gewehrlauf. Er drehte ihn nach unten und von sich weg und versetzte Peanuts Abzugshand einen einzigen Schlag. Peanut ließ das Gewehr los, und Raymond warf es hinter ihn. Mit beiden Händen griff er sich blitzschnell die Pistole aus Peanuts Gürtel und das Bowie-Messer.

»Wenn du kämpfen willst«, sagte er, »dann leg ich die Waffen erst ab.«

»Du hast mir den Finger gebrochen!«, jaulte Peanut.

»Ich nehme eine Hand auf den Rücken, dann haben wir das gleiche Handicap. Darfst auch als Erster zuschlagen.«

Peanut runzelte die Stirn, weil er unsicher war, ob es sich um eine Falle handelte. Fast tat er Mick leid, und er hoffte, dass er sich geschlagen geben würde. Peanut warf seinen Schwagern einen Blick zu, die beide grinsten, und Mick wusste, dass der verletzte Männerstolz über den gesunden Menschenverstand siegen würde. Peanut nickte Raymond zu und richtete sich auf.

Raymond legte die Waffen ins Gras, nahm den rechten Arm hinter den Rücken und steckte die Hand in den Gürtel. Der linke Arm hing entspannt an seiner Seite. Peanut ging mit einem Boxschlag auf ihn los, dem Raymond leicht auswich. Weil er zu viel Schwung hatte, stolperte Peanut, machte kehrt und schlug wieder zu. Raymond verlagerte das Gewicht nur zur Seite, und die Faust ging an seinem Gesicht vorbei. Elegant drehte er sich rechts um Peanut herum und wartete auf den nächsten Angriff. Er erwartete irgendein unbeholfenes Täuschungsmanöver. Und tatsächlich täuschte Peanut rechts in die Luft an und wollte Raymond mit der Linken in den Rumpf boxen, aber er hatte sich schon wieder weggedreht.

»Du kannst jetzt aufhören«, sagte Raymond.

»Wenn du mit dem Karate-Scheiß aufhörst, denk ich drüber nach.«

»Von mir aus«, sagte Raymond. »Dann bleib ich einfach hier stehen.«

»Schwörst du das?«

»Könnte ich, aber du glaubst mir ja eh nicht. Einer Schwuchtel kann man nicht trauen, hast du selbst gesagt.«

»Fick dich.«

»Nein danke«, erwiderte Raymond. »Also, los. Entweder gib auf oder mach.«

»Du bewegst dich auch wirklich nicht?«

Raymond stampfte mit beiden Füßen fest auf die Erde, einen Stiefel nach dem anderen, als wäre er an der Stelle festgewachsen. »Ich bleib einfach hier stehen«, sagte er.

»Da, ihr habt's gehört«, sagte Peanut zu seinen Schwagern. »Er hat gesagt, er rührt sich nicht vom Fleck.«

Peanut rannte auf ihn zu, und Raymond verpasste ihm einen schnellen Kinnhaken. Peanut fiel wie ein nasser Sack zu Boden, beide Arme von sich gestreckt. Wenige Sekunden später war er wieder bei Bewusstsein. Raymond half ihm sich aufzurichten und untersuchte seine Hand. Er sah Rich an.

»Ein einfacher Bruch«, sagte Raymond. »Ihr braucht den Finger nur ein paar Wochen lang an den Mittelfinger zu kleben, dann ist er wieder wie neu.«

Raymond griff nach Gewehr und Pistole, ließ aus beiden die Magazine fallen und legte die Waffen unter einem Ahorn auf den Boden. Das Bowie-Messer legte er ordentlich daneben.

»Mr. Lange«, sagte Mick. »Wir haben eine Spur zum Mörder von Fuckin' Barney und Mason. Um sie weiter zu verfolgen, brauchen wir Waffen.«

»Dann geht zum Laden. Der Background Check dauert zehn Minuten.«

»Ich will nicht, dass es irgendwas Offizielles über den Kauf gibt.«

»Wegen dem, was ihr vorhabt?«

»Ja.«

»Läuft nicht«, sagte Rich.

»Warum?«

»Ihr schlagt euch mit jemandem, die finden raus, wo ihr die Waffen herhabt, und ich habe einen neuen Feind am Hals.«

»Die kennt ihr nicht«, sagte Mick. »Mit Drogen haben sie nichts zu tun.«

»Und in welchem Geschäft sind sie?«

»Ich vermute, illegales Abladen von Giftmüll.«

»Aber sicher bist du dir nicht?«

»Um das rauszufinden, brauchen wir Waffen.«

»Bei uns im Elliott County?«

Mick schüttelte den Kopf.

»Geht mich 'nen feuchten Kehricht an«, erwiderte Rich.

»Das Zeug liegt direkt auf der Countygrenze«, gab Mick zurück. »Wenn es ins Trinkwasser kommt, sitzen wir alle in der Scheiße.«

»So schlimm?«

»Schlimm genug, dass sie drei Menschen dafür ermordet haben.«

»Wer ist der Dritte?«

»Jacky Turner. Er hat in der Hütte von meinem Papaw übernachtet, als sie sie abgefackelt haben.«

»Und haben gedacht, du würdest drin liegen?«

Mick nickte. Rich kratzte sich den Bart und rückte seine Schirmmütze zurecht, beides Gesten, die ihm Zeit zum Nachdenken gaben, wie Mick wusste. Die Morgensonne brachte eine lange, zerfranste Wolke zum Leuchten, die vom Kondensstreifen eines Flugzeugs gekreuzt wurde.

»Als ich klein war«, sagte Rich, »da haben diese Jets noch einen wahnsinnig lauten Knall von sich gegeben. Das war so laut, dass im Wald alles verstummt ist. Das Glas in den Fensterscheiben hat gescheppert, und manchmal ist ein Ziegel vom Dach gefallen. Die hör ich gar nicht mehr.«

»Ist in den Siebzigern verboten worden«, erwiderte Mick.

»Was, wie verbietet man denn ein Geräusch?«

»Sie haben den Überschalljets verboten, ihre Flugübungen über Land durchzuführen. Das Flugzeug da oben fliegt langsamer.

›Unter Schall‹ nennt man das. Damit durchbricht man die Schallmauer nicht«, erklärte Raymond.

»Dann bist du in der Luftwaffe?«, fragte Rich.

»Nein, Sir.«

»Aber irgendwo dienst du doch.«

Raymond zuckte nur die Achseln, sagte aber nichts. Dass er auf die Provokation nicht einging, war ein gutes Zeichen, aber Mick wollte einen weiteren Konflikt gern vermeiden.

»Mr. Lange«, sagte er, »wir brauchen zwei Sturmgewehre, zwei halb automatische Pistolen und extra Ammo. Können Sie uns so was verkaufen?«

»Yep«, sagte Rich. »Sonst noch was?«

»Zwei Chest Rigs. Zwei Sprechgarnituren mit taktischen Headsets. Holster. Flash-Bangs.«

»Flash-Bangs haben wir nicht.«

»Wie sieht's mit Handgranaten aus?«, fragte Raymond.

»Nicht abzugeben«, sagte Rich. »Das kostet euch aber eine hübsche Summe.«

»Wie viel?«, fragte Mick.

»Wie viel hast du?«

Mick beobachtete am Himmel, wie der Kondensstreifen zu einer langen, grauen Feder vor dem tiefen Blau zerfaserte. Er wollte keine Zeit mit Verhandlungen vergeuden. Rich hielt alle Trümpfe in der Hand. Je schneller sie hier fertig wurden, desto besser.

»Ich habe neun Riesen«, sagte Mick.

Rich grinste über beide Backen und wirkte plötzlich wieder jung wie seine Söhne.

»Hättste mir das mal vor einer halben Stunde gesagt. Da hätte Peanut sich die Tracht Prügel sparen können.«

Er sah seine Söhne an.

»Einer von euch Jungs geht mit Peanut rein und verbindet ihm den Finger«, sagte er. »Der andere zeigt Hardin, was wir haben. Ich will mal ein Wort mit dem Kissick hier wechseln.«

Der jüngere Sohn zog Peanut auf die Füße und führte ihn die Treppe hoch ins Haus. Mick folgte dem anderen Lange junior. Raymond sah ihnen schweigend nach, bis sie hinter dem Haus verschwunden waren. Von dort war erst das Bellen eines, dann eines zweiten Hundes zu hören.

»Und du bist ganz sicher mit dem Finger von Peanut?«, fragte Rich.

»Klar. Falsch gebrochen verheilt der nicht mehr richtig. Wenn man ihn richtig bricht, wächst er gut wieder zusammen. Ich habe ihn richtig gebrochen.«

»Und wo hast du so was gelernt?«

Raymond zuckte wieder nur die Achseln.

»Fuckin' Barney war in Ordnung«, sagte Rich. »Und du, willst du das Business von ihm übernehmen?«

»Nein.«

»Und was willst du erreichen?«

»Die Dinge richtigstellen.«

»Ist das wahr, was Peanut über dich gesagt hat?«, wollte Rich wissen.

»Nein, Sir. Ich stehe immer zu meinem Wort.«

»Ich meine den anderen Teil.«

Ein leuchtend gelber Lerchenstärling landete auf einem Zaunpfosten, zog die Schultern hoch und blickte sich um. Nach ein paar Sekunden reckte er den Hals und pfiff sein aus drei Tönen bestehendes Lied. Keiner der beiden Männer sagte etwas. Rich ging zum nächsten Verandastuhl und setzte sich.

»Warum du hier bist, ist mir klar«, sagte Rich. »Familie. Was mir nicht in den Kopf will, ist, was der junge Hardin mit der Sache zu tun hat.«

»Das habe ich mich auch schon gefragt.«

»Ihr seid also nicht befreundet?«

»Ich kenne ihn erst seit zwei Tagen.«

Mick und Richs Großer kamen mit Schusswaffen und Ausrüstung im Arm um die Hausecke. Sie legten alles auf den Verandastufen aus, als wären es Muffins auf einer Kuchentheke. Mick zog das Bündel Hunderter aus der Tasche. Er überreichte dem Lange-Sohn das Geld, der es zählte und dann seinem Vater zunickte.

»Aber bevor ihr geht, musst du mir noch erklären, warum du das machst«, sagte Rich.

»Mein Urgroßvater hat die Hütte gebaut. Dort bin ich mit ihm und meinem Papaw aufgewachsen.«

»Erzähl keinen Müll. Du warst schon hier bei uns, bevor die Hütte abgebrannt ist.«

»Und da hab ich euch gesagt, warum.«

»Kannst es mir ruhig noch mal erzählen, Sohn«, sagte Rich. »Außer es gibt einen Grund, warum du's für dich behältst. Wie dass du zum Beispiel das Geschäft von Fuckin' Barney übernehmen willst.«

»Ich habe schon 'nen Job.«

»Als Soldat macht man nicht viel Kohle.«

»Da haben Sie recht«, sagte Mick. »Mrs. Kissick hat mich gebeten herauszufinden, wer ihren Sohn ermordet hat, das ist alles.«

»Mehr hat es nicht gebraucht?«

Mick nickte.

»Sie zahlt dir was dafür?«

»Geld hat sie keins.«

»Du bist ein verrückter Kerl«, sagte Rich. »Aber ich mag so was. So, und jetzt verschwindet, ihr beiden.«

Raymond und Mick trugen ihr Waffenarsenal den Waldweg hinunter zum Pick-up. Zweimal blieben sie stehen, um sicherzugehen, dass ihnen niemand folgte. Aber sie waren allein mit Ausnahme eines Geiers, der hoch oben in der Luft segelte und darauf zu warten schien, dass jemand starb. Ein Spatzenpaar flog durch einen schmalen Spalt zwischen den Bäumen.

»Neun Riesen«, sagte Raymond. »Die haben dich ausgenommen wie eine Weihnachtsgans.«

»Ist mir schon klar. Ich wollte einfach weg von da.«

»Und warum hast du gerade diesen Betrag mitgebracht?«

»Wegen dem Patriot Act. Wenn man zehntausend auf einmal abhebt, muss die Bank es ans Finanzamt melden.«

»Und jetzt?«, sagte Raymond.

»Ich hab noch was Persönliches zu erledigen.«

»Na schön. Setz mich zu Hause ab. Ich reinige die Waffen und überprüfe das Equipment.«

Sie fuhren schweigend den Berg hinab zur Asphaltstraße, durchquerten das County, dann ging es wieder die Piste hoch zum Heim der Kissicks. Sie trugen die Ausrüstung ins Haus. Mick nickte Raymond einmal zu und ging.

KAPITEL 19

Zu Hause bei Linda nahm Mick die Scheidungspapiere aus dem Koffer und breitete die drei Ausführungen auf dem Küchentisch aus. Das Dokument war kurz, die Sprache einfach gehalten. Peggy wurden drei Viertel der Ersparnisse zugesprochen, im Gegenzug dafür würde sie von seinen zukünftigen Rentenzahlungen der Armee nichts abbekommen. Als gemeinsames Vermögen gab es nur das Haus in Rocksalt, den Pick-up und die Hütte. Mick hatte sich damit einverstanden erklärt, das Haus gegen die Hütte zu tauschen, eine Abmachung, die ihm schon damals nicht ganz fair vorgekommen war – jetzt war die Hütte abgebrannt und die Sache noch ungerechter. Eine lange Zeit starrte er die Formulare an. Das Endgültige daran machte ihm zu schaffen. Einfach dadurch, dass er seinen Namen daruntersetzte, wurde ein beträchtlicher Teil seines Lebens ausradiert.

Auf jeder Seite waren kleine Aufkleber mit Pfeilen angebracht, die ihm die Stellen anzeigten, an denen er unterschreiben musste. Wahrscheinlich war es gut gemeint, aber Mick fühlte sich gegängelt, als wollten ihn die Papiere zwingen, irgendwelche Anweisungen zu befolgen. Er war gerade dabei, die drei Ausfertigungen zu unterschreiben, als seine Schwester zur Seitentür herein und in die Küche kam. Linda öffnete den Mund, um etwas zu sagen, erkannte die Papiere und presste die Lippen aufeinander, dass es aussah, als wären sie zusammengenäht.

Als Mick fertig war, steckte er das Original und eine Kopie in einen Umschlag.

»Brauchst du Briefmarken?«, fragte Linda. »In der Schublade mit Krimskrams liegen welche.«

»Da hat Mom sie auch aufbewahrt«, sagte Mick.

»Manche Dinge ändern sich einfach nie.«

»Tja ... bei Peggy und mir ist es leider nicht so gelaufen.«

»Wenn sie sich einen Anwalt in Rocksalt genommen hat, kann ich den Brief abliefern, wenn du willst.«

»Ich will ihr die Papiere selbst übergeben.«

»Und du glaubst, das ist eine gute Idee?«

»Wahrscheinlich nicht. Aber ich habe trotzdem das Gefühl, dass es richtig so ist.«

Linda verließ die Küche und kam mit einem Karton voller Schilder zurück, auf denen WÄHLT HARDIN stand, darauf ein Farbfoto von ihr in Sheriffsuniform. Die Schilder waren größer und hochwertiger als die vorhergehenden.

»Ich habe von meinem Bekannten gehört, dem Polizisten in Lexington«, sagte sie. »Er hat die gelben Kronen auf den Heroinpäckchen erkannt. Er hat gesagt, bei ihm im Stadtgebiet tauchen sie überall auf. Er konnte sie zurückverfolgen zu einem mittelgroßen Dealer aus Frankfort. Die Sache ist nur: Der Dealer sitzt momentan.«

»Wie lang ist er schon im Bau?«

»Seit drei Monaten. Es könnte gut sein, dass jemand den Drogenhandel an sich gerissen hat und seinen Absatzmarkt jetzt ausweiten will.«

»Mit zwei, drei gelben Kronen in Rocksalt hat man seinen Absatzmarkt noch nicht direkt ausgeweitet.«

»Was soll das eigentlich immer? Ständig widersprichst du mir und zerpflückst das, was ich gesagt habe. Den Scheiß kenne ich vom Bürgermeister zur Genüge.«

»Das meine ich doch nicht so, Schwesterchen. So ticke ich halt. Ich versuche, einer Sache auf den Grund zu gehen.«

»Dann bleib an der Oberfläche, verdammt noch mal. In Rocksalt gibt es Heroin aus Frankfort. Irgendjemand schafft es her. Bald wird es mehr davon geben.«

An Lindas Zorn war etwas dran – er neigte dazu, wie ein Huhn mit dem Schnabel auf allem herumzuhacken, bis das Gras verschwunden und nur noch nacktes Erdreich und Steine übrig waren. Früher oder später brachte man so die Tatsachen ans Licht. Aber an seiner Schwester herumzukritisieren, war trotzdem nicht richtig.

»Und was glaubst du, wofür die Krone steht?«, fragte er.

»Da gibt's viele Möglichkeiten. Rolex. Hallmark. Corona-Bier. Vielleicht trinkt derjenige gern RC Cola.«

»Du hast offensichtlich drüber nachgedacht.«

»Das ist mein gottverdammter Job«, sagte sie.

Sie ging zur Seitentür, die Mick ihr schnell aufhielt. Sie trug den Karton mit Schildern raus zum Carport, öffnete den Kofferraum am SUV und stellte ihn hinein.

»Echt schicke Schilder«, sagte er.

»Find ich auch. Und ich habe freiwillige Helfer, die sie in der Nähe von Tankstellen und Wahllokalen in den Boden stecken. Zur Auffrischung der Erinnerung in letzter Minute, sozusagen.«

»Und die Wahlen finden morgen statt?«, fragte er.

»Ja, verdammt. Du müsstest nicht so blöd fragen, wenn du dich nicht nur den ganzen Tag für dich selbst interessieren würdest.«

»Mm-hm«, meinte Mick. »Ich könnte ein paar Schilder auf dem Weg raus nach Owingsville aufstellen.«

»Das ist Wahlbezirk zwei«, erwiderte sie. »Da habe ich schon Leute.«

»Ich will dir doch nur helfen.«

»Deine Hilfe kommt zu spät, wie üblich.«

Mick ließ sich nicht provozieren. Sie war nervös wegen der Wahlen und ließ ihre Anspannung an ihm aus. Johnny Boy ging ihr vermutlich bereits aus dem Weg. Mick fiel auf, dass er Sandra aus dem Weg ging.

»Eine Sache noch«, sagte er. »Ich trete als Deputy zurück.«

»Rücktritt angenommen.«

»Du musst das bitte auch der Polizei mitteilen. Die war dabei, als du mich zum Deputy ernannt hast.«

»Das geht die gar nichts an.«

»Das heißt, du willst es ihnen nicht sagen.«

Sie knallte den Kofferraum ihres SUVs zu und betrachtete ihn mit einem durchdringenden Blick.

»Irgendwas planst du doch«, sagte sie.

Mick gab keine Antwort.

»Geht es um Papaws Hütte?«, fragte sie.

»Es geht darum, dass der Sheriff, also du, sich formell von ihrem Bruder distanzieren sollte.«

»Wie, formell?«

»Du weißt, was ich meine. Es ist besser, wenn du die Polizisten wissen lässt, dass ich nichts mit deiner Geschäftsstelle zu tun habe.«

»Es gefällt mir überhaupt nicht, wie das klingt.«

»Was dir nicht gefällt, ist, im Ungewissen zu sein. Genau wie beim Ausgang der Wahl.«

Sie nickte, unterbrach dann aber abrupt die Bewegung ihres Kopfs.

»Jetzt hast du mich so in Rage gebracht, dass ich auch schon mit der Nickerei anfange«, sagte sie. »Du weißt, dass ich euer ewiges Nicken nicht ausstehen kann. Wenn du mit Papaw in einem Zimmer warst, dann wurde ständig nur genickt.«

»So haben wir uns halt verständigt.«

»Mir ist das altmodische Miteinanderreden lieber.«

»Gespickt mit ordentlich vielen Flüchen«, sagte er.

»Ja, verflucht noch mal! Wenn man ordentlich vom Leder zieht, lebt man länger. Hast du das gewusst? So kann man richtig Dampf ablassen.«

»Na, dann wirst du mal hundertzehn.«

Sie lächelte. Sofort war die Anspannung in ihrem Gesicht wie weggewischt.

»Mach, was du willst«, sagte er, »nur nicht nicken.«

Sie lachte, und er war dankbar. Es war ein Gefühl, als habe er damit seine Pflicht getan. Schon als sie klein waren, hatte er seine Schwester zum Lachen bringen können. Das hatte außer ihm keiner geschafft.

»Ich muss los«, sagte sie.

»Viel Glück für morgen. Du gewinnst auf jeden Fall.«

Ihr Gesicht verfinsterte sich wieder. Sie stieg in den SUV, fuhr rückwärts aus der Einfahrt und die Lyons Avenue hinunter. Jetzt, da Peggy nicht mehr Teil seines Lebens war, blieb ihm nur noch seine Schwester. Alle anderen Verwandten waren lange tot, abgesehen von ein paar Cousins, die er seit Jahren nicht gesehen hatte. Er wünschte, er würde sich besser mit Linda verstehen, aber er wusste nicht, wie er das anstellen sollte. Vielleicht hatte ihn Peggy ja auch deswegen verlassen.

Am Stadtrand hielt er an, um zu tanken, und steuerte dann auf der alten US 60 nach Westen. Er fuhr an der Abfahrt »Lakeview Heights« vorbei, einer neuen, schicken Ansiedlung, in der es weder »View« noch »Lake« gab. Wenige Meilen später kam er durch das Straßendorf Farmers, überquerte den Licking River und hielt auf dem Seitenstreifen neben einem Wahlkampfplakat seiner Schwester. Es stand krumm, eins seiner Beine war abgeknickt. Mick bog den Draht wieder gerade und schob es fest in die Erde. Ein Auto fuhr vorbei. Der Fahrer hob den Zeigefinger vom Lenkrad, und Mick fragte sich, ob der Mann ihm, dem alten Chevy oder dem Plakat seiner Schwester zuwinkte. Egal, er ruckte das Kinn ein wenig nach oben und grüßte zurück. Zwei Männer vom Land, die mit dem absoluten Minimum an Bewegung den guten alten Sitten der Höflichkeit Genüge leisteten.

Mick fuhr noch ein paar Meilen weiter, bevor er an Zimmy's Quick Stop anhielt, um eine Flasche Ale-8 zu trinken. Hier war das

Land ein wenig flacher, was bedeutete, dass man mehr Landwirtschaft treiben konnte, und er fragte sich, was aus seinem Leben geworden wäre, wenn sein Urgroßvater sich hier und nicht mitten im dichten Wald niedergelassen hätte. Es war eine dumme Angewohnheit, der er nicht nachzugeben versuchte: sich sein Leben vorzustellen, wenn es sich in eine ganz andere Richtung entwickelt hätte – wenn er Bauer, Ladeninhaber, Rechtsanwalt, Arzt geworden wäre. Stattdessen war er auf bestem Weg zum lebenslänglichen Berufssoldaten, etwas, was er nie hatte werden wollen. Man verpflichtet sich für vier Jahre und kriegt dafür das Studium bezahlt. Man verpflichtet sich für dreißig und passt als Zivilist nie mehr irgendwo rein. Vielleicht war es Zeit auszusteigen. In zwei Jahren hatte er seine zwanzig voll, dann konnte er eine Marina am Cave Run Lake eröffnen. Ein Sonnenbrand war dort das Gefährlichste, was er sich zuziehen würde.

Ihm wurde klar, dass er nur deswegen über diese Sachen sinnierte, damit er nicht an das zu denken brauchte, was ihm gleich bevorstand. Als er Peggy das letzte Mal gesehen hatte, hatte sie gerade ihr Kind auf die Welt gebracht und noch unter Nachwirkungen der Narkose im Krankenhaus gelegen. Das war ein Jahr her. Einmal hatte sie ihm eine SMS geschickt, als sie von seiner Verwundung erfahren hatte. Ja, er wollte Peggy sehen, andererseits auch nicht. Ganz gleichgültig, wie sie heute wirkte: Für ihn blieb sie immer die junge Frau, die er vor siebzehn Jahren kennengelernt hatte, neugierig und klug, liebevoll und schlagfertig. Er hatte ihre Spontaneität geliebt, weil ihm selbst diese Qualität meist abging. Immer war sie bereit gewesen, alles stehen und liegen zu lassen und sonst wohin mit ihm zu reisen, aber nun war sie doch nicht weiter als fünfundzwanzig Meilen von ihrem Elternhaus gekommen.

Als er nach Owingsville kam, hielt er am Straßenrand. Auf den Scheidungspapieren stand Peggys Anschrift, die er in das GPS seines Handys tippte. Bis zu ihr war es nicht mehr weit. Am liebsten wäre er umgedreht, geradewegs zum Flughafen in Lexington gefahren und nach Deutschland geflogen. Sein Bein war wieder gesund. Er konnte zur Arbeit zurückkehren.

Er legte den Gang ein und fuhr zu der Adresse. Owingsville war ein hübsches Örtchen, eine historische Kleinstadt, in der Mitte des Hauptplatzes das Amtsgericht, rechts und links davon Geschäfte. Er kam an drei alten Kirchen, zwei Banken und einer Stadtbücherei vorbei. Der Großteil der Einwohnerschaft lebte westlich vom Hauptplatz in kleinen Ranchhäusern mit Carport, dem Haus seiner Schwester nicht unähnlich. Mick bog zweimal ab und verringerte einen halben Block vor Peggys Adresse das Tempo. Ihr Briefkasten leuchtete bunt in der Sonne. Kurz überlegte er, den Umschlag einfach hineinzulegen und wieder wegzufahren, aber er wollte sie noch ein letztes Mal sehen. Zumindest, damit sie sich von ihm verabschieden konnte, falls er nicht lebendig vom Pilzstollen zurückkehren sollte. Er überzeugte sich, dass es nicht egoistisch war, so zu handeln. Er wollte nur ihr Bestes.

Vor einem Backsteinhaus mit weißen Klappläden und Fenstern mit Aluminiumrahmen hielt er an. Peggys Wagen stand in der Einfahrt. Ein schmiedeeisernes Geländer führte neben einer niedrigen Betontreppe zur Haustür. Die Regenrinnen waren sauber, das Fallrohr glänzte. Mick stieg aus, atmete einmal tief durch, ging über den Rasen im Vorgarten und klopfte an die Tür. Keine Reaktion, aber drinnen lief der Fernseher. Er klopfte noch einmal lauter. Wahrscheinlich machte sie gerade einen Spaziergang, schob den Kinderwagen, dachte er. Einen Bürgersteig gab es nicht, und er hoffte, dass sie nicht unter die Räder kam. Er klopfte ein drittes Mal. Als wieder niemand öffnete, überkam ihn ein überraschend starkes Gefühl der Erleichterung. Er ging zum Briefkasten, dann fragte er sich, ob es nicht vielleicht doch besser war, den Brief zwischen Fliegengittertür und Tür zu stecken. Womöglich hatte sie heute schon nach der Post geschaut. Aber vielleicht benutzten sie die Haustür ja gar nicht, sondern gingen immer durch die Seitentür vom Carport ins Haus. Unsicher stand er da.

»Mick?«

Er drehte sich um und sah Peggy ums Haus herumkommen, eine Einjährige auf der Hüfte. Beide hatten dieselbe Haarfarbe. Peggy trug eine abgeschnittene Jeans und eine hellblaue, ärmellose Bluse. Ihre Unterarme waren übersät von frischen Sommersprossen, als würde sie jetzt mehr Zeit in der Sonne verbringen.

»Ich habe geklopft«, sagte er.

»Ich war mit Ruby hinterm Haus.«

»Sie sieht dir ähnlich.«

»Findest du?«

»Ja«, sagte er. »Du siehst gut aus.«

»Hm«, erwiderte sie. »Dabei werde ich die Babypfunde einfach nicht los.«

Mick wusste nicht, wie er das Gespräch weiterführen sollte. Es war sehr still in der Straße. Ein Windspiel klingelte wie entfernte Kirchenglocken. Irgendwo fiel eine Fliegentür mit einem Knall zu. Alle Häuser sahen gleich aus.

»Hübsch hier«, sagte er.

»Mir gefällt's. Wie geht's deinem Bein?«

»Ist wieder in Ordnung.«

Ruby wand sich auf dem Arm ihrer Mutter, und Peggy ging in die Hocke, um das kleine Mädchen auf den Boden zu setzen. Sie trug ein langes gelbes Hemdchen über einer Windel. Sie kniff ihre winzigen braunen Augen gegen die Sonne zu und hielt sich am Bein ihrer Mutter fest.

»Und?«, sagte Peggy.

»Ich habe die Papiere unterschrieben.«

Peggy blinzelte zweimal und lächelte dann auf eine Art, die Mick seit vielen Jahren nicht mehr gesehen hatte. Ihm wurde klar, dass er sie glücklich gemacht hatte, was ihn freute. Aber die Art, wie er das geschafft hatte, ließ sein Herz schwer werden.

»Danke dir«, sagte sie.

»Ich muss los«, sagte er. »Bald geht's wieder zurück zum Stützpunkt.«

»Grüß Linda von mir.«

Er nickte und stieg in den Pick-up. Sie hatte sich bereits abgewandt, langsam, ihre Aufmerksamkeit auf Ruby gerichtet. Mick wendete in der Einfahrt ihrer Nachbarn. Als er wieder an Peggys Haus vorbeifuhr, war sie verschwunden. Er fuhr zurück durch den Ort, nahm die Slate Avenue zur Autobahn und die zurück nach Rocksalt. Es tat ihm sehr weh, dass Peggy jetzt ein besseres Leben führte als während ihrer Ehe. Unermessliche Enttäuschung erfüllte ihn.

Zurück bei Linda schrieb er ein Testament, datierte und signierte es und schob es in seinen Koffer. Er ging früh zu Bett und wünschte, er hätte Percocet oder Whiskey oder beides.

KAPITEL 20

Linda war von Kopf bis Fuß angespannt, als sie mit einem Ruck wach wurde: Heute fand die Wahl statt. Kaffee brauchte sie nicht, trank ihn aber trotzdem, damit sie mittags keine Kopfschmerzen vom Koffeinentzug bekam. Sie bürstete sich die Haare, band sie am Hinterkopf zu einem Knoten zusammen und zog ihre neueste Uniform an, frisch aus der Reinigung. Sie stand vor dem Spiegel und überlegte, ob sie sich schminken sollte. Immerhin war es möglich, dass sie fotografiert wurde oder in den sozialen Medien auftauchte. Ein bisschen Make-up könnte nicht schaden. Bei ihrem letzten Date hatte sie es ein wenig übertrieben und seitdem keine Schminke mehr benutzt. Hör auf, Linda, sagte sie zu sich selbst. Lass den Mist und geh zur Arbeit.

Sie legte ihren Dienstgürtel um, nahm den Sheriffshut mit in die Küche und spülte ihre Kaffeetasse aus. Sie bewegte sich leise durchs Haus, weil ihr Bruder noch schlief. In den letzten Tagen hatte er sich noch distanzierter verhalten als sonst. Im Wagen setzte sie den Hut auf, schob ihn mit Blick in den Rückspiegel zurecht und fuhr zum Büro. Die Nachttelefonistin schüttelte den Kopf, es habe keine Anrufe gegeben. Sie wirkte verschlafen. Ihr Mann arbeitete für das Elektrizitätswerk, was sehr unregelmäßige Arbeitszeiten bedeutete.

»Geh ruhig heim«, sagte Linda.

»Ganz sicher? Es ist noch ein bisschen früh.«

»Klar doch. Geh heim und mach deine Kinder fertig für die Schule. Ich bin hier, bis Sandras Schicht anfängt.«

»Vielen Dank«, sagte die Telefonistin. »Der kleine Pete ist jetzt in der ersten Klasse, und den großen Pete habe ich seit vier Tagen nicht gesehen. Nach dem Unwetter ist in drei Countys der Strom ausgefallen. Pete klappert die Wälder nach den umgestürzten Strommasten ab.«

Linda warf ihr einen mitfühlenden Blick zu, betrat ihr Büro und sah sich den Terminplan für heute an. In einer Stunde schon wieder ein Pfannkuchenfrühstück. Dann ein kurzer Stopp bei einem Altersheim, zeitlich so gelegt, dass die Bewohner kurz danach den Bus zum Wahllokal bestiegen. Mittagessen mit Rede vor dem Young Democrats Club im College. Wenn die Jungen und die Alten sie wählten, konnte nicht viel schiefgehen – falls ihr das Wetter keinen Strich durch die Rechnung machte. Nach dem Mittagessen waren zwei weitere Termine angesetzt, auch wieder jeweils mit einer Mahlzeit verbunden, dann ein Abschlussevent, ihre Siegesfeier, wie sie hoffte. Die Wahllokale schlossen um achtzehn Uhr.

Sie ging noch einmal die Notizen für ihre Wahlkampfrede durch, fügte ein paar neue Punkte hinzu, machte ein paar Änderungen. Bei jedem ihrer öffentlichen Auftritte schickte ihr Gegner jemanden, der sich Notizen machte, und hielt dann selbst eine sehr ähnliche Rede. Es war natürlich schmeichelhaft, dass er sie für kopierenswert hielt, zwang sie aber dazu, sich für jede Rede etwas Neues einfallen zu lassen. Seit ein paar Tagen erwähnte sie die Geiselnahme im Dollar General nicht mehr, weil ja niemand verletzt worden und Jaybird Watts allgemein beliebt war. Er befand sich momentan in einem Programm für Alkoholkranke und durfte auf seine alte Stelle zurückkehren, wenn er das abgeschlossen hatte. Linda erweiterte ihre Rede um eine kurze Anmerkung, wie viel sinnvoller Hilfsprogramme statt Haftstrafen für nicht vorbestrafte Drogenbesitzer wären. Das kam bei den Angehörigen gut an.

Die Tür zur Dienstelle ging auf und wieder zu. Linda erkannte

Johnny Boys Schritt, bevor er den Kopf bei ihr zur Tür hereinstreckte.

»Morgen!«, sagte er. »Und, bist du bereit für deinen großen Tag? Ich wette, du hast die ganze Nacht kein Auge zugetan.«

»Ich hab geschlafen wie ein Baby: Hab die ganze Nacht geweint und mir in die Hosen geschissen.«

Johnny Boy runzelte die Stirn und zog sich in sein Büro zurück. Sie wusste, dass er Kraftausdrücke nicht leiden konnte. Im Grunde stießen sie bei niemandem auf Gegenliebe, außer bei Mick, der sie witzig fand. Sein Bein war ganz offensichtlich wiederhergestellt, das hieß, er würde bald nach Deutschland zurückkehren. Sie schaute auf die Uhr am Handy: Sie musste los. Als sie das Büro von Johnny Boy betrat, war er mal wieder damit beschäftigt, seine umfangreiche Aktensammlung zu ordnen.

»Ich muss dann mal«, sagte sie. »Bleib hier, bis Sandra da ist, und kümmere dich dann um die Anrufe. Wenn es keine Anrufe gibt, kannst du rumfahren und nachgucken, ob auch keiner meine Schilder umgetreten hat.«

»Geht klar, Ma'am.«

»Wir treffen uns dann um fünf im Gemeindezentrum.«

»In welchem?«

»An der Umgehungsstraße.«

»Welche?«

»Welche was, Johnny Boy?«

»Umgehungsstraße. Wir haben jetzt zwei.«

»Aber es gibt nur ein Gemeindezentrum an einer Umgehungsstraße.«

»Das ist korrekt«, sagte er, »an der Flemingsburg Road. Das Carl.-D.-Perkins-Gemeindezentrum. Das ›D.‹ steht für Dewey. Wusstest du, dass er gelispelt hat? Er hat gesagt, dadurch habe er wie ein Mann des Volkes gewirkt. Vielleicht solltest du bei deinen Reden ja auch lispeln.«

»Mensch, halt die Klappe, Johnny Boy.«

Sie ging und winkte Sandra zu, die gerade auf dem Parkplatz aus dem Auto stieg.

»Viel Glück, Sheriff«, sagte Sandra.

»Glaubst du, ich bin eine Frau des Volkes?«

»Ja, für Frauen auf jeden Fall. Für ältere Männer vielleicht nicht so sehr. Und den jungen Leuten ist es nicht mehr so wichtig, welches Geschlecht jemand hat. Meine Stimme und die Stimmen meiner Familie sind dir jedenfalls sicher.«

»Danke. Sehe ich okay aus?«

»Super. Du siehst super aus.«

Linda nickte und fuhr zur American Legion, wo sie versuchen wollte, so wenige Pfannkuchen wie möglich zu essen. Sie mochte keine Pfannkuchen.

KAPITEL 21

Raymond war Vegetarier, was ihn in den Appalachen quasi zum Aussätzigen machte. Zum Frühstück briet er ein Omelett mit Käse, Zwiebel, Bärlauch und einer gewürfelten Steckrübe. Seine Mutter weigerte sich, auch nur einen Bissen davon anzurühren, und verlangte Würstchen, Rührei und weißen Toast. Raymond tat wie geheißen, und sie aß schweigend, dann zog sie sich nach draußen auf die Veranda zurück, um zu rauchen und Kaffee zu trinken. Er machte sich keine Sorgen um sie. Im Marine Corps hatte er gelernt, dass zu viele Sorgen niemandem etwas brachten. Es gab immer zwei Möglichkeiten – sich wehren oder nachgeben. Ihm war Nachgeben im Allgemeinen lieber, besonders, wenn es um Vorgesetzte, seine Mutter oder Juan Carlos ging, der in San Diego auf ihn wartete. Juan Carlos, J.C. genannt, hatte ihm an diesem Morgen schon zwei Nachrichten geschickt.

Raymond wusch ab und schrieb ihm, dass alles gut war. Im Besenschrank fand er einen Stoß braune Papiertüten vom IGA, die er auf dem Tisch ausbreitete. Er trug die Waffen in die Küche – eine Glock 9mm, eine SIG Sauer M17-Pistole und zwei Colt M4-Sturmgewehre. Er nahm eine Schusswaffe nach der anderen auseinander, reinigte sie sorgfältig und setzte sie wieder zusammen. Der vertraute Geruch von Öl und Lösungsmittel füllte die Küche. Die Waffen glommen im schwachen Lampenschein. Raymond trat nach vorn auf die Veranda, wo seine Mutter die Baumreihe an der Straße anstarrte.

»Mommy«, sagte er.

Es dauerte mehrere Sekunden, bis sie ihm langsam den Kopf zudrehte und ihn ansah. Von Verwandten hatte sie Lorazepam bekommen, und er fragte sich, wie viel sie davon geschluckt haben mochte.

»Mommy«, sagte er, »ich mache ein paar Schießübungen hinter dem Haus, okay?«

Sie sah wieder die Bäume an. Ein Starenpaar flog in niedrigem Bogen wenige Schritte vor der Veranda übers Gras. Shifty rührte sich nicht. Raymond ging wieder nach drinnen, nahm die Waffen und ging zur Hintertür hinaus. Er legte sie auf einen alten Picknicktisch, an dem er als Kind oft gesessen hatte. Er fertigte einfache Schießscheiben aus den IGA-Papiertüten und hängte sie in verschiedenen Entfernungen an den Hang in Richtung Wald. Die Sturmgewehre hatten eine optimale Kampfentfernung von bis zu zweihundert Metern, aber Raymond wusste aus Erfahrung, dass er auf kurze Entfernungen am sichersten zielte. Er testete an den beiden M4s Einzelschuss, Drei-Schuss-Feuerstoß und Dauerfeuer und war mit der Zielgenauigkeit der beiden Gewehre hochzufrieden. Die Pistolen trafen ebenfalls anständig. Er schoss sich mit der SIG Sauer ein, dann ging er zurück ins Haus. Auf dem Handy warteten drei neue Nachrichten auf ihn: zwei von Juan Carlos und eine von Hardin, er sei auf dem Weg zu ihm.

Raymond sah nach seiner Mutter, die sich nicht vom Fleck gerührt hatte. Er machte ihr eine Tasse Kaffee und sich selbst einen Tee. Beide saßen still da und guckten ins Leere. Irgendwann zwitscherten ein paar Vögel, als wollten sie die Luft testen, nachdem das Gewehrfeuer sie zum Schweigen gebracht hatte. Raymond schickte J. C. eine Nachricht, die nur aus einer Kette von Emojis bestand. Er fand diese Art zu kommunizieren albern, aber J. C. stand darauf.

»Sohn«, sagte Shifty, ohne sich zu bewegen.

»Mom.«

»Das hinterm Haus. Das klang aber nicht nach einem Schrotgewehr.«

»War es auch nicht.«

»Hat das was mit deinen Brüdern zu tun?«

»Ja.«

»Gut«, sagte sie. »Bitte sei vorsichtig.«

»Natürlich.«

Die Sonne stand mittlerweile so hoch über der Bergkette, dass das Licht über den Waldweg wanderte und die Veranda erreichte. Shifty streifte die Hausschuhe ab und bewegte die Zehen in der Hitze. Raymond erinnerte sich, dass sie das genauso gemacht hatte, als er ein Kind war. Ihm kam der Gedanke, dass er die Nacht womöglich nicht überleben würde.

»Mommy«, sagte er.

»Ja, Sohn.«

»Ich muss dir was sagen.«

Sie wartete schweigend ab.

»Ich bin schwul«, sagte er.

»Das weiß ich.«

»Wirklich?«

»Ich weiß es schon ganz lange«, antwortete sie.

»Du hast nie was gesagt.«

»Ich wusste nicht, wie ich's sagen soll.«

Raymond musste das erst mal sacken lassen. Es kam ihm abwegig vor, dass seine Mutter seit Jahren über sein tiefstes Geheimnis Bescheid wusste. Das Bild seiner eigenen Vergangenheit verschob sich in ihm.

»Ich habe keine mexikanische Freundin«, sagte er.

»Ja, wahrscheinlich nicht«, erwiderte sie.

»Es ist ein Mann.«

»Ein Ehefraumann?«

»Verheiratet sind wir nicht.«

Die Sonne kroch an ihren Beinen hinauf, und Shifty zog den

Morgenrock ein wenig hoch, bis ihre Schienbeine zu sehen waren. Die Haut war trocken.

»Möchtest du etwas Creme für deine Beine?«, fragte er.

»Nein danke. Dein Onkel war auch so. Es liegt in der Familie.«

»Was, die trockenen Schienbeine?«

Sie stieß einen kleinen Lacher aus. Als Ältester von fünf Kindern hatte Raymond in der Kindheit zwei Rollen zu spielen gehabt: Er war der kleine Helfer und der Unterhalter seiner Mutter gewesen. Sie verstanden sich am besten, wenn er beides war.

»Welcher?«, fragte er.

»Onkel Henry.«

»Den habe ich nie kennengelernt.«

»Der Bruder deines Daddys. Er wurde dafür ermordet, als er sechzehn war. Damals wurde über so was nicht geredet. Aber dein Daddy hat bei euch allen danach Ausschau gehalten. Deswegen hat er euch Jungs auch so streng erzogen.«

»Hat er geglaubt, er könnte es aus uns rausprügeln?«

»Nein, mein Junge«, erwiderte sie. »Damit ihr euch wehren könnt, falls einer von euch auch so gerät. Daddy wollte keinen seiner Söhne auf die Weise verlieren, wie er seinen Bruder verloren hat.«

Raymonds Tee war kalt geworden, aber er trank ihn trotzdem. Er hatte sich seit seinem dreizehnten Lebensjahr für Männer interessiert, hatte mit sechzehn vollständig verstanden, was los war, sein Begehren aber erst ausgelebt, als er die Grundausbildung in Pendleton abgeschlossen hatte. Er hatte sich ein Auto gemietet, war nach LA gefahren und hatte eine Bar in West Hollywood gefunden. Ein wilder, widersprüchlicher Gedanke schoss ihm durch den Kopf. Er war froh, dass sein Vater jung gestorben war und nicht um drei Söhne zu trauern brauchte. Aber er wünschte auch, er wäre noch am Leben und würde sehen, wie der schwule Sohn für die Familie kämpfte.

Er hörte Motorengeräusche und richtete den Blick auf die Lehmpiste. Micks Chevy bog langsam um die Kurve und rollte in sein Blickfeld. Er parkte auf dem Gras, das von den vielen Autos bei der Trauerfeier immer noch am Boden lag. Shifty bedeckte ihre bloßen Unterschenkel mit dem Morgenrock, um den Anstand zu wahren.

»Hidy, Mrs. Kissick«, sagte Mick.

Schweigend begrüßte sie ihn mit einem kleinen Kinnrucken und widmete sich dann wieder der Waldbeobachtung. Mick folgte Raymond hinters Haus. Die Waffen lagen in einer Reihe auf dem Picknicktisch. Daneben waren sechzehn Extramagazine angeordnet, vier pro Waffe.

»Hast du sie ausprobiert?«, fragte Mick.

»Ja. Sie sind besser als erwartet. Ich habe die M4s und die SIG eingeschossen.«

Mick nahm die Glock in die Hand, sah ins Patronenlager und schob ein Magazin in den Griff. Mick nahm eine beidhändige stabile Schießhaltung ein und feuerte zwei Schüsse auf die nächsthängende Zielscheibe, zwei auf die mittlere und zwei auf die am weitesten entfernte ab. Er ging über die Wiese; am Gras hing gerade noch so viel Tau, dass er seine Stiefel benetzte, seine Hosenbeine aber nicht. Er hatte alle drei Zielscheiben nahe der Mitte getroffen, aber alle ein wenig zu hoch und zu weit rechts. Er stellte die Visierung neu ein, feuerte auf jede Schießscheibe noch einmal und war mit dem Ergebnis zufrieden.

Das M4 hatte einen One-Point Sling-Gurt, der zu lang eingestellt war, und er zog den Gurt enger, um ihn an seinen rechten Arm anzupassen. Er schoss mit Dauerfeuer auf die erste Zielscheibe und sah die Papierfetzen in die Luft fliegen. Er stellte den Hebel auf Dreischuss-Feuerstoß, ließ die Waffe absinken, ging dann blitzschnell in den Anschlag und schoss aufs zweite Ziel. Er zog die Schulterstütze ganz aus, visierte die letzte Zielscheibe weit oben am Berg sorgfältig an und drückte ab.

»Getroffen«, sagte Raymond. »Nicht schlecht.«

Er nahm ein Monokular aus dem Auge.

»Haben wir das auch von den Langes?«, fragte Mick.

»Nein, das lag bei uns im Haus herum. Mason hat Rotwild gejagt. Einen Monat vor Beginn der Jagdsaison hat er immer Kleidung und Ausrüstung im Hochstand deponiert. Hat behauptet, dann würde sich das Reh an den Geruch gewöhnen.«

»Wenn ein Reh nah genug ist, dass es Kleidung riecht, dann kann es auch ihn riechen.«

»Das habe ich ihm auch gesagt«, erwiderte Raymond. »Hat nichts gebracht.«

»Ist Barney auch auf die Jagd gegangen?«

»Nein. Er hat weder gejagt noch gefischt, und geschlagen hat er sich auch nicht. Irgendwie war er nicht in der Lage, eine Aufgabe vernünftig zu Ende zu führen. Soweit ich weiß, hat Mason hier alles am Laufen gehalten. Barney war ein Chaot.«

»In irgendwas muss er doch gut gewesen sein.«

»Mathe. Er war geschäftstüchtig. Und die Frauen standen auf ihn. Eine feste Freundin hatte er nicht, aber er war kein Kind von Traurigkeit. Eine hier und eine da. Wer weiß, vielleicht hat Mommy ja überall im County Enkelchen.«

»Onkel Ray-Ray.«

Mick überquerte die Wiese hinterm Haus und kletterte am Hang hinauf, um die Zielscheiben abzuhängen. Raymond sammelte die Patronenhülsen ein. Beide saßen am Picknicktisch und reinigten die Waffen. Aus einem Hickorybaum beobachtete sie ein Eichhörnchen. Mick nickte ihm freundlich zu, weil er wusste, dass er später am Tag vielleicht sterben und nie wieder ein Eichhörnchen sehen würde.

»Ich habe mich gestern scheiden lassen«, sagte Mick.

»Und ich habe meiner Mutter gesagt, dass ich schwul bin.«

Sie blickten in den Wald. Das Eichhörnchen war verschwunden. Mick stand auf und sagte: »Um sechzehn Uhr dreißig bin ich wieder hier und hole dich ab.«

Mick ging. Raymond trug die Waffen zurück in die Küche. Er

kochte seiner Mutter noch eine Tasse Kaffee, und sie saßen beide schweigend auf der Veranda. Raymond fragte sich, was seine Mutter wohl dachte, hakte aber lieber nicht nach. Er betrachtete das Profil seiner Mutter, die aufrechte Haltung, ihren Gesichtsausdruck, gelassen wie ein Granithang in einem Sturm. Er versuchte, sich ihr Gesicht genau einzuprägen, für den Fall, dass er am Stollen erschossen wurde. Wenn er starb, würde er ihr Bild vor Augen haben.

KAPITEL 22

Auf dem Weg in die Stadt kam Mick an einem kleinen, aus massivem Kalkstein erbauten Wahllokal vorbei. Etliche Wahlberechtigte standen davor Schlange. Wahlplakate wehten neben der Straße im Fahrtwind wie Savannengras. Mick stellte sich auf dem Sheriffsparkplatz neben Sandras Wagen und überquerte den grau verwitterten Asphalt. Die beiden für den Sheriff und den Deputy reservierten Stellplätze waren leer. Sandra saß, Telefonhörer unters Kinn geklemmt, an ihrem Platz und schrieb etwas auf einen Notizblock. Sie bedankte sich, legte auf und betrachtete Mick.

»Hallo, Deputy«, sagte sie. »Ich habe einen Auftrag für dich. Eine Frau hat einen Kojoten in der Nähe ihres Hühnerstalls gesehen.«

»Ist das ein Verbrechen?«

»Na klar. Wir haben einen eigenen Kojotenknast hinterm Haus.«

Mick schwieg.

»Das war ein Witz«, sagte sie.

»Ich bin nicht mehr Deputy. Ich bin zurückgetreten.«

»Gut. Wenn wir nicht mehr offiziell zusammenarbeiten, könnten wir gemeinsam mittagessen.«

»Ach, ich weiß ja nicht.«

»Du müsstest allerdings was holen«, sagte sie. »Linda ist noch im Wahlkampf, und Johnny Boy ist losgeschickt worden, er soll in den Wahlbezirken herumfahren, bis ein Anruf reinkommt. Insofern sitze ich den ganzen Tag allein hier. In Rocksalt gibt es einen Mexikaner«, sagte sie. »Einen Chinesen. Italiener. Und die Fast-Food-Ketten.«

»Was isst du denn gern?«

Sie zuckte mit leicht betretenem Gesicht die Achseln.

»Dairy Queen«, antwortete sie.

»Wenn du bestellst, hole ich es ab. Ich nehme einen Bacon Cheeseburger mit rohen Zwiebeln, kleine Fritten und Wasser ohne Eis.«

Mick fuhr zum Dairy Queen, wartete fünf Minuten auf die Bestellung und fuhr mit dem Essen zurück zum Sheriffsbüro. Sandra hatte eine Ecke ihres Schreibtischs freigeräumt und ihm einen Stuhl hingeschoben, damit sie über Eck sitzen konnten. Sie hatte sich eine Combo mit Pommes und einem blauen Slushy bestellt. Er wartete ab, bis sie den ersten Bissen nahm. Das tat sie mit einer Begeisterung, die er bisher nur in Italien so erlebt hatte: ungetrübte Freude am Essen, an seinem Geschmack und Geruch.

Sandra leckte sich die Finger ab, wischte den Mund sauber und lehnte sich zurück.

»Du bist in Gedanken versunken«, sagte sie. »Ist etwas los?«

»Nein, eigentlich nicht.«

»Hat es mit mir zu tun?«

Er schüttelte den Kopf und hoffte, dass sie nicht auf einer Antwort beharren würde. Sie könnte es falsch verstehen, wenn er etwas über ihre Art zu essen sagte. Er musste auf ein anderes Thema kommen.

»Ich habe gerade meine Scheidungspapiere abgegeben«, sagte er.

»Es wird immer romantischer.«

»Offiziell bin ich noch nicht geschieden, aber fast.«

»Ist das deine Art zu flirten?«

»Nein«, stammelte er. »Nein, wir essen nur was zusammen. Nein, äh ... ich weiß auch nicht, was ich meine. Das auf jeden Fall nicht.«

»Ich nehme dich nur ein bisschen auf den Arm, Mick. Hat dir schon mal jemand gesagt, dass du zu ernst bist?«

Er nickte.

»Kennst du irgendwelche Witze?«, fragte sie.

»Nur einen«, antwortete er. »Kommt eine Katze in die Kneipe und fragt: ›Kann man hier 'nen Kater kriegen?‹«

Er beobachtete sie, wie sie kurz überlegte. Sie warf ihm einen schnellen Blick zu, ob da noch mehr kam. Dann ließ sie sich gegen die Rückenlehne fallen, sah die Decke an und lachte so schallend, als hätte sie sich das Lachen den ganzen Monat über aufgespart.

»Der ist gut«, sagte sie. »So einen guten habe ich schon lange nicht mehr gehört.«

»Ist leicht zu merken.«

»Den erzähl ich Onkel Robin. Er mag Tierwitze. Ich hab ihm schon als Kind immer Witze erzählt, die ich in der Schule aufgeschnappt habe.«

Mick hatte relativ oft in der Schule gefehlt, weil er seinem Großvater bei der Waldarbeit helfen musste. Seinen Lehrern hatte es nicht viel ausgemacht, weil er immer sehr gute Noten schrieb. Das war ihm gelungen, weil er das Arbeitsbuch in der ersten Schulwoche einmal ganz durchgelesen hatte, und dann noch einmal vor der Klassenarbeit.

»Du bist wieder in Gedanken verloren«, sagte sie.

»Ja, ich denke an die Schule. Der Unterricht war zu einfach, damals.«

»Und auf dem College auch?«

»Da war's noch viel einfacher«, antwortete er.

»Und was hast du studiert?«

»Kriminologie. Mit Psychologie als Nebenfach. Bis zum Abschluss habe ich eine ganze Weile gebraucht, weil ich gleichzeitig im aktiven Dienst war, aber die Armee hat alles bezahlt. Und du?«

»Politik, in Rocksalt, zwei Jahre lang. Dann habe ich an die University of Kentucky gewechselt und *Prelaw* studiert.«

»Aber das Jurastudium hast du dann nicht durchgezogen?«

»Nein, es hat mir keinen Spaß gemacht. Da muss man alles aus jedem Blickwinkel beleuchten und auseinanderpflücken, und man muss gut lügen können. Dann habe ich geheiratet und bin hierher zurückgezogen, aber es hat nicht geklappt. Am Tag, an dem ich meine Scheidungspapiere unterschrieben habe, war ich so glücklich wie seit Jahren nicht mehr. Wie ging es dir dabei?«

»Ich war irgendwie erleichtert, würde ich sagen. Wir waren beide lange unzufrieden, ohne es wirklich zu merken. Dann ging alles den Bach runter. Glücklichsein war eigentlich nie mein Hauptziel. Ich habe Glück immer als Nebenprodukt betrachtet.«

»Nebenprodukt wovon?«

»Richtig zu leben. Die richtigen Entscheidungen zu treffen.«

»Habe ich blaue Zähne?«, fragte sie.

»Ja, etwas, von dem Slushy.«

»Gut.«

»Ach, du willst das so?«, fragte er.

»Ja, dann sehe ich furchteinflößender aus, falls jemand abgeführt wird und zu mir muss.«

Ein halbes Lächeln huschte über sein Gesicht.

»Wann läuft dein Heimaturlaub ab?«, fragte sie.

»In zwei Tagen.«

»Aha«, sagte sie. »Perfektes Timing.«

Mick hatte keine Ahnung, was sie damit meinte. Eine lange Minute verging schweigend zwischen ihnen.

»Ich habe morgen frei«, sagte sie.

»Was, am Mittwoch?«

»Ich habe eine Menge Überstunden gemacht, weil ich hier die Stellung halten muss. Morgen ist Johnny Boy dran. Deine Schwester wird morgen entweder ihren Wahlsieg feiern oder zu Tode betrübt sein.«

»Bei ihr wird das eine wahrscheinlich so schlimm wie das andere.«

Sandra lachte wieder. Mick packte die Essensreste in die Burgerpapiere und stand auf.

»Ich bringe das nach draußen, damit es dein Büro nicht vollstinkt«, sagte er.

»Komm doch heute Abend zum Essen zu mir.«

»Ich kann nicht«, sagte er. »Ich habe etwas zu erledigen.«

»Dann halt später«, sagte sie. »Wir können ein Bier trinken und zusammen den Zikaden zuhören.«

»Es kann aber sein, dass es sehr spät wird.«

»Du gibst mir also einen Korb?«

»Nein«, erwiderte er. »Ich weiß nur nicht, wann ich damit fertig bin.«

»Wenn Männer sich so winden, dann ist meistens eine Frau oder eine Pokerrunde im Spiel.«

»Nichts von beidem.«

»Wenn das Licht auf der Veranda brennt«, sagte sie, »bin ich noch auf.«

Er nickte und ging. Die Mittagssonne brannte auf den Parkplatz, das Gebüsch lag im tiefen Schatten. Mick warf die Fast-Food-Verpackungen in einen öffentlichen Mülleimer und grübelte darüber nach, was sich da gerade mit Sandra abgespielt haben mochte. Er fuhr nach Hause zu seiner Schwester, zog sich aus und legte sich ins Bett. Normalerweise war er Weltmeister im Kurzschlaf, eine für Soldaten lebensnotwendige Fähigkeit, aber seine Gedanken kreisten immer weiter ums Mittagessen. Ihm wollte partout nicht mehr einfallen, warum er bloß so viel geredet hatte.

Um fünfzehn Uhr zog er dunkle Kleidung an, suchte nach einem Verbandskasten und fand ein Erste-Hilfe-Päckchen in der Küchenschublade. Es stammte aus der Drogerie und war im Grunde nur für kleine Schnittwunden geeignet. Er nahm eine Tube antibiotische Salbe und vier große Pflaster heraus. Die steckte er zusammen mit einer Rolle Panzerband, einer Zange, Sekundenkleber, Taschenlampe und einem kleinen Nähset in eine Tasche seiner Cargohose. Viel war es nicht, aber es würde reichen müssen. Aus einem Schuppen hinter dem Carport nahm er sich ein Paar Arbeitshandschuhe und eine Schaufel mit, weil er wusste, dass er nach dem Koffer, in dem Barney seinen Stoff aufbewahrt hatte, würde graben müssen. Er verstaute alles im Pick-up, fuhr zum Haus der Kissicks und parkte auf dem Gras.

Raymond kam nach draußen. Er hatte ein leichtes Chest Rig mit Extramagazinen, einer Feldflasche und der SIG Sauer im Brustholster am Leib. Auf dem Kopf trug er eine schwarze Basecap ohne Abzeichen. Er überreichte Mick das andere Chest Rig, die Glock und ein Headset für die Kommunikation. Hinterm Haus probierten sie die taktischen Headsets in fünfhundert und in tausend Metern Entfernung aus und konnten sich beide Male gut verständigen. Schweigend fuhr Mick auf schmalen, asphaltierten Nebenstraßen nach Lawton. Er zeigte Raymond die Abzweigung zum Pilzstollen, fuhr daran vorbei und zu einem Feldweg, der um die Kurve führte und an einer Wiese endete. Mick parkte den Chevy, sodass er von der Straße aus nicht zu sehen war, und stellte den Motor aus.

»Die Straße da hinten muss man eine Meile weit hoch«, sagte Mick. »Es gibt nur eine einzige Zufahrtsstraße. Anmarschweg gleich Abmarschweg, Kfz verbleibt am besten hier.«

»Bist du viel Spähtrupp gelaufen?«, fragte Raymond.

»Vor dem CID ja. Ist aber eine Weile her. Und du?«

»Ist eine meiner Stärken.«

Mick nickte, und Raymond stieg aus.

»Wenn du irgendwie in die Klemme gerätst, schick mir ein SOS«, sagte Mick. »Geh zur Straße, ich hol dich dann so schnell wie möglich ab.«

Raymond verschwand geduckt und leise im Wald. Falls er Raymond da mit dem Auto rausholen musste, wollte er so gut wie möglich vorbereitet sein. Er übte sechsmal, sich über die Sitzbank zu lehnen und die Beifahrertür zu öffnen, dann schloss er die Augen und machte es noch sechsmal. Er entspannte seinen gesamten

Körper so gut wie möglich. Die alte Sitzbank war durchgesessen, das Schaumstoffinnere quoll an den Nähten heraus. Faustregel Nummer eins für Soldaten war es, zu essen und zu schlafen, wann immer das möglich war, weil viele Tage vergehen konnten, bevor sich wieder eine Chance dazu bot. Die restliche Zeit verging mit Warten – Warten auf den Einsatzbefehl, Warten aufs Essenfassen, Warten in Formation. Das Schlimmste war, im Flugzeug zu sitzen und darauf zu warten, dass man mit dem Fallschirm rausspringen musste.

Mick atmete bewusst langsam, löste leichte Rechenaufgaben im Kopf und ließ den Blick über die erste Baumreihe schweifen. Als die Sonne hinter dem Hügel verschwand, schien ein Zwielicht aus dem Boden aufzusteigen. Die graue Luft zwischen den Bäumen wurde dunkel. Dicht über dem Boden tauchten die ersten Glühwürmchen auf: Weibchen, die Männchen mit ihrem leuchtenden Hinterleib anlockten. Die Frösche klangen wie im Schlechtwetter festgerostete Maschinen. Ein Streifenkauz rief, dann ein zweiter, beide verteidigten ihr Revier. Ein weibliches Käuzchen begann ihr hohes, wie eine Frage klingendes *Hu-hu*, und die Männchen antworteten. Die Glühwürmchen waren auf einmal überall, hundert blinkende Punkte auf dem Feld rund um den Pick-up. Eine Fledermaus schoss im wilden Sturzflug an der Windschutzscheibe vorbei und schnappte sich Insekten aus der Luft.

Mick sah auf die Uhr – es waren nicht mehr als zehn Minuten vergangen. Es kam ihm viel länger vor, und er kehrte wieder zum Atmen und Zählen zurück. Er durfte seinen Gedanken nicht erlauben, auf Wanderschaft zu gehen, hin zu Sandra, der Sheriffswahl, seiner Ex-Frau und ihrem Baby, den verkohlten Resten der von seinem Urgroßvater erbauten Hütte. Der Versuch, sich nicht von seinen Gedanken ablenken zu lassen, lenkte ihn auch ab. Er hatte seinen Zorn so tief in sich hineingefressen, dass er innerlich hohl und leer war wie einer der Schildkrötenpanzer, die man hier manchmal im Wald fand – eine harte Schale, die nur leeren Raum umgab. Nichts war mehr wichtig als zu überleben. Niemand interessierte ihn mehr. Auch Raymond war ihm gleichgültig, er musste ihn nur, wenn nötig, aus der Gefahrenzone bringen.

Das Adrenalin hatte sich schon in seinem Körper gebildet und wartete nur darauf, ausgeschüttet zu werden. Beginnend mit den Zehen, spannte Mick alle Muskeln einen nach dem anderen an und entspannte sie dann wieder, wanderte im Geist am linken, dann am rechten Bein hoch, dann fing er mit Fingern und Armen wieder von vorne an. Er ließ Schultern und Nacken kreisen und hörte es in den Knorpeln knirschen. Die Glühwürmchen verschwanden. Jetzt war die Nacht da. Der Himmelsstreifen zwischen den Bergen füllte sich mit einer Girlande aus Sternen.

Mick dachte an seine Kindheit, in der sein Großvater ihm beigebracht hatte, wie man nachts lautlos durch den Wald schlich: Erst musste man vorsichtig die Außenkante des Schuhs aufsetzen, dann erst allmählich die ganze Sohle. Beim ersten Anflug eines Widerstands, eines Knackens oder Raschelns hielt man inne und machte einen Schritt mit dem anderen Fuß. Wochenlang hatte er das eingeübt, bis es irgendwann von allein klappte und er sich unbemerkt hinterrücks an seinen Großvater anschleichen konnte. Danach brachte Papaw ihm bei, wie man sich in der Dunkelheit zurechtfand. Er formte zwei Batzen aus Teig, drückte sie Mick auf die Augen und band ihm einen doppelten Stoffstreifen um den Kopf. Er gab Mick die Aufgabe, so drei Stunden lang am Rand des Gartens stehen zu bleiben. Er musste nicht nur lernen, wie man richtig hört, sondern auch, wie man das Nicht-sehen-Können akzeptiert. Am nächsten Tag ging Mick drei Meter tief in den Wald hinein, die Arme so, wie Papaw es ihn gelehrt hatte – einer schräg vor dem Gesicht, einer im rechten Winkel vor dem Rumpf ausgestreckt. Jeden Tag ging er tiefer und länger blind in den Wald, obwohl er sich Gesicht und Arme zerkratzte. Oh, ein Kratzer, dachte er dann, trennte sich von dem Gefühl und ignorierte es. Irgendwann spielten Schmerz und Sehfähigkeit keine Rolle mehr.

Nachdem er einen ganzen Monat lang immer wieder solche Lektionen absolviert hatte, nahm Papaw ihm ein letztes Mal die Augenbinde ab. Wenn man nachts etwas sehen wollte, erklärte er, durfte man nicht direkt von vorn darauf blicken. Wenn man den Blick schweifen ließ und auf alles Mögliche richtete, konnte man seine peripheren Sehfähigkeiten am stärksten nutzen. In Dunkelheit konnte Mick ungefähr fünf Meter nach vorn, zur Seite und hinter sich sehen. Wenn er sich bewegte, bewegte sich dieser Spielraum mit ihm und ummantelte ihn, bis er irgendwann kein Hemmnis mehr war.

Anderthalb Stunden vergingen. Stechmücken flogen zum offenen Wagenfenster herein. Lautlos und gelassen wischte er sie weg. Die Frösche hatten ihren Lärm eingestellt. Mick rechnete, dass Raymond dreißig Minuten brauchen würde, um den Berg hochzukommen, anderthalb Stunden für das Ausspähen und noch mal dreißig Minuten für den Rückweg. Also ungefähr zweieinhalb bis drei Stunden insgesamt. Mick kannte Raymond zwar nicht gut, hatte aber vollstes Vertrauen in sein Training. Ein in Trinity ausgebildeter Marine konnte eine kleinere Armee außer Gefecht setzen.

Schwach hörte er es außerhalb des Pick-ups rascheln und drückte sich mit dem Rücken in den Sitz, um seine Silhouette zu verkleinern. In seinem Headset klickte es zweimal. »Ich bin da«, sagte Raymond.

Eine Minute später öffnete Raymond die Tür auf der Beifahrerseite, ignorierte die auf ihn gerichtete Pistole und kletterte hinein. Er trank aus seiner Feldflasche und wischte sich den Mund ab. Er legte den Kopf in den Nacken und sprach zur nackten Metalldecke des Fahrerhauses.

»Neun Gegner«, sagte er. »Einer auf der Bergkuppe oberhalb des Höhleneingangs. Er hat ein Scharfschützengewehr auf einem Dreibein und ein Wärmebildvisier. Kein Spotter, er arbeitet allein. Zwei Posten im vordersten Bereich, auf jeder Straßenseite einer, im Osten und im Westen. Fünf weitere patrouillieren am Eingang. Vier leere Zelte stehen dort. Außerdem drei Fahrzeuge. Eins davon ist ein Wohnmobil für die Verpflegung.«

»Waffen?«

»AR-15-Gewehre mit Extramagazinen. Bei denen draußen keine Zweitwaffen.«

»Bewertung?«

»Abgebrühte Söldner. Die Posten haben Funk.«

Mick nickte, ohne den Blick von den schwarzen Bäumen zu nehmen.

»Lagebeurteilung?«, sagte er.

»Widersprüchlich. Sie sind gut aufgestellt, um den Zutritt zu verhindern, aber nicht, um einen Angriff abzuwehren. Aber die Stärke ist viel höher als eigentlich notwendig. Der Scharfschütze ist verwirrend. Seine Waffe hat eine hohe Reichweite, dabei ist die zu erwartende Kampfentfernung gering. Das ist überflüssig und unpraktisch.«

»Vielleicht ist er einfach so ausgebildet. Sie haben genommen, was sie kriegen konnten.«

»Er muss als Erstes ausgeschaltet werden.«

»Optionen?«

»Wir greifen jetzt an. Oder wir warten ab.«

»Geben wir ihnen Zeit, bis sie müde sind und sich langweilen.«

Mick ließ den Chevy an und folgte der Route 174 durch die Kentucky Hills bis zur Open Fork Road. Seine alte Grundschule war vor etlichen Jahren auf rätselhafte Weise abgebrannt, seitdem standen nur noch die steinernen Grundmauern ohne Dach da. Mick fuhr hinter das Schulgebäude und parkte neben dem früheren Heizungsraum. Seine schönsten Erinnerungen an die Schule waren die kalten Morgen, an denen er den Hausmeister, Mr. Tucker, im Heizungsraum besuchte. Neben der Schule gab es einen flachen Bach. In Dürreperioden trug Mr. Tucker eimerweise Wasser die Böschung hinunter zum Bach, damit die tieferen Stellen nicht auch noch austrockneten und die kleinen Weißfische eine Überlebenschance hatten.

»Ruhen wir uns aus«, sagte Raymond. »Willst du nach hinten?«

»Du bist größer. Streck du dich auf der Pritsche aus.«

Raymond stieg aus dem Fahrerhaus und kletterte hinten auf die Ladefläche. Die Stoßdämpfer des Pick-ups gaben unter dem Gewicht nach. Mick stellte den Wecker an seinem Handy und legte sich mit angezogenen Knien auf die Sitzbank. Er überlegte, ob er die Tür aufmachen und seine Beine rausstrecken sollte, aber dann würden sie nach unten hängen und sein Kreuz belasten. Wenn er die Stiefel ins offene Fenster legte, würde er steife Knie kriegen. Er hatte schon in viel schlimmeren Haltungen geschlafen – angegurtet im Transportflugzeug, auf dem blanken Betonboden in einem provisorischen Feldlager, in Syrien mal zwei Wochen auf nacktem Fels. Er stellte sich vor, er würde unter einem strahlend blauen Himmel am Strand liegen, und der Horizont hatte dieselbe herrliche Farbe wie das Meer. Im Rhythmus seines Atems konnte er die Wellen anströmen und zurückfließen hören. Er fühlte sich warm und ruhig. Und schlief ein.

KAPITEL 23

Zwei Stunden später wurde Mick vom Handywecker geweckt. Hinter der Windschutzscheibe sah er Raymond, der im Mondlicht Tai-Chi übte. Am klaren Himmel funkelten die Sterne. Mick stieg aus und reckte seine steifen Glieder. Raymond und er besprachen den Einsatz, entschieden sich für eine lageangepasst flexible Planung und legten die Funkcodes fest.

Sie fuhren zurück zum Pilzstollen und parkten am Fuß des Bergs. Mick steckte die Beretta ins Handschuhfach und die Glock ins Brustholster. Mit den M4s in der Hand schlugen sie sich in den Wald und stiegen den Berghang parallel zur Straße hoch. Die Nacht war windstill, der Himmel wolkenlos, der Halbmond hing wie ein zerbrochener Teller über ihnen.

Fast oben angekommen, blieb Raymond stehen und flüsterte: »Was sind die R. O. E.s?«

Mick hob den Kopf und sah Raymond in die Augen. Die Frage nach den *Rules of Engagement*, den Verhaltensregeln im Gefecht, zeigte einen solide ausgebildeten US-Marine.

»Wir sind nicht im Krieg«, antwortete Mick. »Alle Bedrohungen ausschalten. Einen für Befragung am Leben lassen.«

Raymond verschwand in der Finsternis, und Mick schlich in östlicher Richtung zu einer Erosionsrinne. Er hängte sich das M4 um, dann begann er den langsamen, völlig lautlosen Aufstieg hin zu dem Mann, der am Ende der Straße Wache hielt. Mick kroch ein paar Meter, hielt inne, um eine Minute zu lauschen, dann kroch er weiter. Seine Kleider waren bereits schweißgetränkt.

Zweimal sah er die leuchtenden Augen nachtaktiver Aasfresser und stoppte, bis die Tiere sich verzogen hatten. Über ihm zeichnete sich als Silhouette vor dem Himmel ein menschlicher Kopf mit Schultern ab. Mick verlagerte das Gewicht ein wenig, um eine bessere Sicht zu haben, und sah, dass der Wachposten an einer Eiche lehnte. Mick hob das M4 und atmete durch den Mund, um jedes Geräusch zu vermeiden. Der Mann war auf der Hut, aber nicht argwöhnisch, und beobachtete die Straße, nicht den Abhang hinter sich.

Mick verbannte alle Gedanken aus seinem Kopf und stellte sich einen brennenden Felsen vor, ein alter Soldatentrick. Ich bin der Fels, dachte er. Ich bin das Feuer. Nichts kann mir etwas anhaben. Er hielt das Reflexvisier weiter auf den Kopf des Mannes gerichtet. Er kümmerte sich nicht um die Mücken, die auf ihm landeten. Ich bin der brennende Fels. In seinem Headset knackte es zweimal, was hieß, dass der Scharfschütze erledigt war. Mick wartete weiter. Der Wachposten ließ die Schultern rollen, verlagerte das Gewicht und marschierte ein wenig auf der Stelle, ohne etwas von Micks Anwesenheit zu ahnen. Eine halbe Stunde verging. Der Wächter marschierte einmal im Kreis, dann kehrte er an die Stelle neben der Eiche zurück.

Bewusst entspannte Mick seine Muskeln, damit er nicht zu steif wurde. Sobald es losging, würde er seine volle Beweglichkeit brauchen. Ich bin der Fels, ich bin das Feuer. Nichts kann mir etwas anhaben. In seinem Funkgerät knackte es dreimal. Raymond war in Position, um den anderen Wachposten zu erledigen. Mick umfasste die Waffe fester und visierte das Ziel noch einmal genau an. Er sprach im leisesten Flüsterton.

»Eins. Zwei. Drei. Los.«

Er drückte ab, und der Wachposten fiel. Der Knall war laut in seinen Ohren, aber das Echo von Raymonds Schuss hörte er trotzdem. Mick sprang aus dem Wald und schaltete auf Drei-Schuss-Feuerstoß um. Zweige zerkratzten ihm Gesicht und Arme. Er rannte über die Straße auf die unfertigen Bauwerke zu und suchte nach den Fußpatrouillen. Er kauerte sich in den eckigen Schatten einer Hauswand. Von links war das Rattern einer AR-15 im Dauerfeuer zu hören. Raymond hatte den Angriff begonnen.

Mick bewegte sich zur Mauerecke. Mit der Gewehrmündung voraus streckte er den Kopf um die Ecke und riss ihn sofort wieder zurück, um das gegnerische Feuer auf sich zu lenken. Kugeln trafen an der Stelle auf die Wand, wo sein Kopf gewesen war. Ein Schuss durchschlug die Wand, sodass es Betonsplitter auf ihn regnete. Er rannte zum anderen Ende der Wand und blitzschnell um die Ecke, sah den Gegner und gab einen Feuerstoß ab. Der Mann ging zu Boden und verschwand im Dunkeln. Mick stürmte los. Der Mann lag auf dem Rücken und war dabei, ein AR-15 einhändig in Schussposition zu bringen. Er gab eine ungezielte Salve ab, bevor Mick ihm in die Brust schoss.

Mick rückte weiter vor. Rechts von sich hörte er Schritte, wechselte mitten in der Bewegung die Richtung, feuerte auf das Geräusch und sprang hinter einem niedrigen Ziegelsteinsockel in Deckung. Oben ragten verschlossene Wasserrohre heraus. Mick war auf drei Seiten ungedeckt. Der Feind konnte ihn hier leicht überwältigen.

Blitzschnell rannte er los und über die offene Fläche auf das am weitesten entfernte Gebäude zu und schoss dabei im Dauerfeuer, um den Feind niederzuhalten. Das M4 hatte plötzlich eine Störung. Mick warf sich gegen die Backsteinwand, ließ das Gewehr fallen und zog die Glock. Hinter ihm ertönte sporadisch Raymonds Gefechtslärm. Mick wartete. Er hörte leise Schritte auf losem Gestein. Der Mann kam um die Ecke des Gebäudes, und Mick feuerte zwei Schüsse auf ihn ab. Er steckte die Pistole ins Holster, schnappte sich das AR-15 des Feindes und rannte auf Raymond zu.

Vor sich sah er ein halb fertiges Gebäude – drei Wände, eine Öffnung für die Tür, zwei für Fenster. Weder Boden noch Dach. Ein

Mann schoss aus dem Innern. Mick spähte um die Türöffnung. Der Mann wirbelte herum, gab einen Feuerstoß ab und sprang dann aus der niedrigen Fensteröffnung ins Freie. Mick riss seinen Körper zurück und drückte sich flach an die Außenwand. Sie lag im tiefen Schatten, aber in Richtung des offenen Felds, auf das sich der Feind geflüchtet hatte, war Mick völlig ungeschützt. Nichts war zu hören. Er sah eine Bewegung hinter einem niedrigen Zementhaufen und feuerte darauf. Beide Schüsse prallten vom Zement ab, und ein Mann rannte diagonal los, hin zum Schutz der Bäume. Mick schoss noch zweimal auf ihn. Der Mann rannte weiter. Links von Mick ertönte Maschinengewehrfeuer, der Mann stolperte noch ein Stück nach vorn, dann ging er zu Boden. Geduckt rannte Mick auf das blutverschmierte Unkraut zu und schoss zweimal auf den Mann.

Eine Minute lang blieb alles still. Mick sprach in sein Headset.

»Lage-Update«, sagte er.

»Vier ausgefallen. Ein Gefangener.«

»Eigene Position?«

»Wald auf deiner Straßenseite.«

»Ich komme zu dir.«

Mick bewegte sich in schussbereiter Haltung über die offene Fläche, wobei er sich alle paar Schritte blitzschnell umwandte, damit er hinter sich blicken konnte. Wenn sie richtig gezählt hatten, hatten sie alle Angreifer ausgeschaltet, aber Raymond hätte möglicherweise einen Mann übersehen können, der auf Erkundungsgang war. Die freie Fläche fiel zum Wald hin ab, und Raymond richtete sich im Unterholz auf. Mick ließ das Gewehr sinken und knipste die Taschenlampe an. Auf dem Boden lagen zwei Männer, der eine tot, der andere verwundet. Raymonds Hemd war vorn dunkel von Blut. Mick zeigte auf den nassen Fleck.

»Bist du verletzt?«

»Durchschuss. Nichts Lebensbedrohliches.«

»Lass mich sehen.«

»Nachdem wir dieses Arschloch verhört haben«, sagte Raymond.

Er zeigte auf den Liegenden, der zwei Schussverletzungen im rechten Bein und eine in der Hand hatte. Seine Augen waren offen. Er verlor Blut, aber nicht allzu schnell. Seine Hand war völlig zertrümmert, nichts als zersplitterte Knochen und Knorpel.

»Hat er etwas gesagt?«, fragte Mick.

»Kein Wort.«

Mick hockte sich vor den Mann und leuchtete ihm mit der Taschenlampe in die Augen. Er blinzelte sehr schnell. Seine Pupillen waren riesig.

»Könnte eine Gehirnerschütterung sein«, sagte Mick.

»Ist ganz sicher eine. Ich habe ihm eins übergezogen.«

»Nachdem er getroffen war?«

»Er hat meine Position verraten. Nur, weil ich den am Leben gelassen habe, habe ich den Schuss abgekriegt.«

Raymond stupste den Mann mit der Schuhspitze, aber er stöhnte nur. Mick richtete die Waffe aufs offene Feld, falls noch jemand auftauchen sollte. Die Nacht war still. Eine leichte Brise versetzte die breiten Blätter einer Pappel in Bewegung. Im Licht des Halbmonds warfen die leer stehenden Gebäude lange Schatten. Eine Eule rief zweimal, als hätte das Gemetzel niemals stattgefunden.

Raymond zerrte den Mann zu einem Baum, richtete ihn zum Sitzen auf und goss ihm Wasser aus der Feldflasche übers Gesicht. Der Mann schnappte nach Luft.

»Wie heißt du?«, fragte Raymond.

»Kowalski.«

»Du bist schwer verletzt. Du brauchst einen Arzt. Beantworte mir einfach ein paar Fragen, dann helfe ich dir. Verstanden?«

Der Verletzte verzog das Gesicht zu einer Grimasse und nickte.

»Wie viele Männer seid ihr?«, fragte Raymond.

»Neun.«

»Lügst du?«

»Nein.«

Raymond warf Mick einen Blick zu, der nickte. Sie hatten den Gegner ausgeschaltet. Mick ließ das Gewehr sinken und ging neben Kowalski in die Hocke.

»Die Lastwagen, die hier hochfahren«, sagte Mick. »Was wird da transportiert?«

»Weiß ich nicht.«

Raymond drückte den Gewehrlauf in die Wunde am Bein des Mannes.

»Mach den Mund auf, Arschloch.«

»Ich weiß es nicht«, sagte Kowalski. »Es sind lange Säcke. Die Fahrer glauben Giftmüll. Sie bringen die Säcke ganz weit nach hinten in den Stollen. Sie fahren mit dem Laster da rein.«

»Wie weit nach hinten?«

»Ziemlich weit. Sergeant Russo kennt sich besser aus.«

»Wer ist das?«

»Der Ältere mit den grauen Haaren. Der trägt so eine Art Fingerring. Der verfärbt sich, wenn es heiß wird.«

»Ein Ringdosimeter?«, fragte Mick nach. »Für die Strahlungsmessung?«

Der Mann bejahte und zog das Bein weg von Raymond.

»Der Sergeant hat das und ein Armband.«

»Okay«, sagte Mick. »Das machst du gut.«

Der Mann blickte Mick trotz der starken Schmerzen mit einem hoffnungsvollen Gesichtsausdruck an.

»Wie lange arbeitest du schon hier?«, fragte Mick.

»Einen Monat.«

»Gut. Nur noch ein paar Fragen, okay?«

Der Mann nickte eifrig und schaute schnell hinüber zu Raymond, als müsse der das bestätigen.

»Hier, guck mich an«, sagte Mick. »Nicht ihn.«

Der Mann gehorchte. Vor Raymond hatte er Angst, was Mick

sich zunutze machen wollte. Er zwang sich, im freundlichen Gesprächston mit ihm zu reden.

»Letzte Woche, welcher Tag weiß ich nicht«, sagte er. »Da ist ein Mann hier hochgekommen, Barney hieß er. Weißt du das noch?«

»Ja.«

»Hast du ihn umgebracht?«

»Nein.«

»Wer dann?«

»Sergeant Russo.«

»Wo ist Barneys Auto?«

»Er hat einem Fahrer Geld dafür gegeben, dass er es wegfährt.«

»Ein paar Tage später kam dann noch ein Mann. Was ist aus dem geworden?«

»Ricky hat ihn entdeckt. Sergeant hat ihn erschossen, dann hat er Ricky und Preston mit dem Auto und der Leiche in den Ort geschickt. Was da passiert ist, weiß ich nicht.«

»Okay, das machst du ausgezeichnet«, sagte Mick. »Wir sind fast fertig. Mein Kumpel wird sich deine Verletzungen gleich ansehen. Er ist Sanitäter.«

»Yep«, sagte Raymond, »ich verbinde dich.«

Raymond verlagerte das Gewicht und klopfte sich auf die Tasche, wie zum Beweis, dass er Verbandsmaterial dabeihatte.

»Wer hat die Hütte abgefackelt?«, fragte Mick.

»Äh ...«, sagte Kowalski. »Welche Hütte?«

»Du weißt, welche Hütte.«

»Die stand leer. Searge hat gesagt, sie muss brennen.«

»Hast du es gemacht?«

Der Mann antwortete nicht. Raymond trat ihm auf die verwundete Hand.

»Ich hab sie nicht angezündet«, schrie der Mann. »Ich war es nicht!«

Raymond drehte die Schuhspitze. Der Mann brüllte und wurde ohnmächtig.

»Scheiße«, sagte Raymond.

»Zeig mir deine Wunde«, sagte Mick.

Raymond hob das Hemd. Das Geschoss war vorn ein- und hinten wieder ausgetreten, ohne den Hüftknochen oder lebenswichtige Organe zu verletzen. Mick säuberte die Eintrittswunde mit Wasser und verteilte dick antibiotische Salbe auf einem großen Pflaster. Als er das aufgeklebt hatte, reinigte er die Austrittswunde. Es war eine saubere Wunde, die gleichmäßig blutete, keine ausgefransten Ränder.

»Das muss genäht werden«, sagte Mick. »Willst du ins Krankenhaus?«

»Kommt nicht infrage.«

Mick holte die Tube Sekundenkleber aus der Tasche.

»Ihr verdammten Army Medics«, sagte Raymond.

Mick trocknete die Wunde, so gut er konnte, bestrich das offene Fleisch und die Haut mit Kleber und drückte die Wunde zusammen. Als er losließ, war die Wunde geschlossen. Er wartete dreißig Sekunden ab, klebte ein Pflaster darauf und wickelte das Panzerband einmal um Raymonds Rumpf.

»In ein paar Tagen geht der Kleber von allein ab«, sagte Mick.

»Und was ist mit ihm?«

Sie betrachteten Kowalski, der anfing, sich wieder zu bewegen.

»Der braucht einen Arzt«, sagte Mick.

»Er kann uns verpfeifen.«

»Niemand wird ihm glauben. Ich bin dann wieder in Europa, und du bist zurück in Kalifornien.«

»Meine Mutter will, dass ich noch ein bisschen bleibe.«

»Und, machst du's?«

»Eine Weile.«

»Ich geh den Wagen holen.«

Mick lief die ungeteerte Straße hinunter. Nach einem Gefecht war er lieber allein und ging zu Fuß, um die Überbleibsel von Adrenalin und intensiver Todesangst loszuwerden. In einer vergleichbaren Situation war er zuletzt vor mehreren Jahren in Afghanistan gewesen. Aufgrund von mangelhaften Lageinformationen waren am Ende sechzehn amerikanische Soldaten tot gewesen. Mick war zweimal verwundet worden, hatte aber trotzdem weitergekämpft und später einen Silver Star für Tapferkeit bekommen. Er hatte sich auskuriert und war zum CID gewechselt. Menschen im Krieg zu töten, war erlaubt, aber an der aktuellen Operation war nichts legal gewesen. Er hatte den Wachposten getötet und dann Zivilisten ermordet, die sich verteidigt hatten. Er hatte genau das getan, wogegen er sein ganzes Leben lang angekämpft hatte: Töten aus Rache. Sosehr er den Kentucky Hills zu entfliehen versuchte – er kam einfach nicht von ihnen los. Töten bereitete ihm keine Freude, er konnte es nur einfach gut. Man konnte sein Verhalten immer rechtfertigen, er und jeder, den er in seinem Leben gefangen genommen hatte. Kurz überkam ihn ein Hass auf sich selbst, dann schob er ihn beiseite. Seine Gefühle spielten keine Rolle, waren nie wichtig gewesen.

Am Fuß des Bergs trank er seine Wasserflasche halb leer und fragte sich, ob er dabei war, in einen Burn-out hineinzuschlittern. Vielleicht litt er an posttraumatischer Belastungsstörung. Sein verletztes Bein schmerzte von der Überanstrengung. Ein neuer Gedanke setzte ihm zu: Vielleicht erfüllte ihn seine Scheidung mit Wut, und das ließ er jetzt an Unbekannten aus. Er beleuchtete den Gedanken von allen Seiten und verwarf ihn. Die Scheidungssache machte ihn traurig; was ihn mit Zorn erfüllte, war Jacky. Er war gestorben, weil die Männer vom Stollen dachten, es sei Mick, der dort im Bett lag. Das war reine Feigheit. Sie hatten sich selbst ausgesucht, für Geld zu töten. Sie lebten unter dem Schwert. Jetzt lagen sie in ihrem Blut. Eines Tages würde auch Mick dort liegen.

Er nahm die Abkürzung quer durch den Wald zum Pick-up. Er fuhr mit schwachem Standlicht los, das die Straße kaum erleuchtete. Am Ende der Straße wendete er und parkte im dunklen Schatten am Waldrand. Er holte die Schaufel von der Ladefläche, überquerte die freie Fläche und ging zu Raymond, der in der Nähe des unkrautüberwucherten Hangs auf ihn wartete.

»Wo ist der Gefangene?«, fragte Mick.

»Er ist nicht durchgekommen.«

»Den hätten wir noch gebraucht, um rauszufinden, wer hier seinen Giftmüll ablädt.«

»Die Männer haben für eine Firma aus Texas gearbeitet, Blacksword Security. Der Sergeant kommuniziert über Handy mit dem Buckner Entsorgungsunternehmen. Der Gefangene hat Gespräche mit jemandem mitgehört, der wie ein Boss klang. Ein Mr. Knox.«

»Murvil Knox?«

»Vorname wurde nicht erwähnt. Jedenfalls hat der ihnen gesagt, sie sollen Herointütchen neben Fuckin' Barney legen. Etwas mit einer gelben Krone.«

»Und wo hatten sie die Beutelchen her?«

»Von Knox' Gewährsmann.«

Mick wandte sich ab. Er wollte nicht wissen, wie Raymond das alles in Erfahrung gebracht hatte. Er ging zum Eingang des Kalksteinbruchs.

»Ich gehe jetzt rein«, sagte Mick. »Deine Mom glaubt, er hat den Stoff relativ weit vorne versteckt.«

»Na ja. Sie glaubt auch, dass die Mondlandung nicht in echt stattgefunden hat.«

»Onkel Robin hat vor fünfzig Jahren mal hier gearbeitet. Er hat gesagt, es gäbe eine Art Büro dort drinnen.«

Mick befestigte die Taschenlampe an seinem Chest Rig und knipste sie an. Er zog die ledernen Arbeitshandschuhe über und ging mit geschulterter Schaufel auf die schwarze Öffnung in der Flanke des Bergs zu. Der Strahl der Taschenlampe konnte fast nichts gegen die Finsternis ausrichten. Auf dem schlammigen Boden hatte sich eine Vielzahl von Fußabdrücken und Reifenspuren eingegraben, die weiterführten ins stockdunkle Innere. Zu Micks

Rechter war ein kleinerer Raum, der völlig mit Graffiti vollgesprüht war. An einer Wand lehnten ein paar modrige Holzbalken. An der Höhlendecke hing das Überbleibsel einer Glühbirnenfassung, aber die Kupferdrähte waren schon vor langer Zeit gestohlen worden. Nichts war zu hören, irgendwo tief im Erdinnern tropfte es leise. Schlangen fühlten sich an solchen Stellen wohl, aber Mick vermutete, dass der Lärm von Lastwagen und Menschen sie längst vertrieben hatte. Er drehte sich einmal im Kreis und suchte nach irgendeinem Anzeichen von losem Erdreich, wo Barney den Koffer seiner Tante vergraben haben könnte. Nichts. Die Wände waren nackter Stein, was hieß, dass er sich tiefer hineinbegeben musste in die Eingeweide der Erde.

Langsam folgte er der einen Wand und leuchtete den Kalkstein an, ob es irgendwo so aussah, als hätte jemand den Boden darunter aufgegraben. Im schwachen Licht der Taschenlampe sah alles gleich aus. Die schwarze Luft war kühl und feucht. Mick gelangte zu einem zehn Meter hohen Höhlenraum und zwei Passagen, links und rechts, die in völlige Finsternis führten. Seinen eigenen Atem hörte er, sonst nichts. Der Eingang hinter ihm war ein kleines, helleres Viereck. Am liebsten wäre er sofort vor der alles verschlingenden Finsternis geflüchtet und dorthin zurückgerannt. Er atmete ein paarmal tief durch und wurde etwas ruhiger. Barney war ganz sicher nicht weiter hineingegangen. Er hatte den Koffer vermutlich näher am Eingang vergraben.

Mick ging denselben Weg zurück, den er gekommen war, und inspizierte dabei die gegenüberliegende Wand. Reiner Fels. Der Erdboden darunter wirkte unberührt. Mick fragte sich, ob er sich geirrt und der Feind den Koffer schon gefunden hatte. Am Eingang war Raymonds Silhouette zu erkennen, Gesicht nach außen, Gewehr im Anschlag. Mick war unerwartet erleichtert über seinen Anblick.

Er stieß die Schaufel in den festen Boden und arbeitete sich in parallelen Reihen durch den ganzen vorderen Raum, als wolle er die Erde umgraben. Nach wenigen Zentimetern stieß er überall auf Fels. Enttäuscht beendete er seine Rasterfahndung und ging zu einem vergammelten Regal, auf dem früher Hunderte von Pilzen gelagert worden waren. Er setzte den Schaufelstiel als Hebel ein und schaffte es so, das Regal wenige Zentimeter von der Wand wegzubewegen. Von beiden Seiten arbeitend, schob er das Regal so weit, bis er das Erdreich darunter sah. Wieder stieß er mit dem Schaufelblatt auf Stein. Unter dem Regal lag nichts begraben. Die Wand dahinter war in einem niedrigen Bogen dunkler gefärbt. Er stieß die Schaufel in die weiche Erde, die den Bogen füllte. Er musste das Regal noch einen halben Meter weiter wegschieben, um richtig heranzukommen. Trotz der kühlen Höhlenluft schwitzte er stark. Er kratzte das Erdreich aus etwas, das mal eine von den Pilzzüchtern eingebaute Belüftungsöffnung gewesen sein musste. Die Tonerde war erst sehr fest, dann ganz locker. Das Schaufelblatt traf auf etwas Nachgiebiges. Mick entfernte kleine Schaufeln voller Erde, bis er schließlich einen eckigen Koffer mit Griff vor sich hatte. Er trug ihn zum Eingang und trat ins Freie, dankbar für die gute Luft, die sich über den östlichen Himmel ziehende Milchstraße, die Brise, die ihm das Gesicht kühlte.

»Zeit abzuhauen«, sagte Raymond.

»Noch nicht.«

»Wir befinden uns in einem Kampfgebiet. Wir müssen hier weg.«

»Das ist ein Mordschauplatz«, erwiderte Mick. »Und wir sind die Täter.«

»Was ist der Plan?«

»Dein Gefangener hat ausgesagt, der Sergeant habe mit Leuten telefoniert.«

»Stimmt.«

»Ich will das Handy.«

Es dauerte keine zehn Minuten, bis sie alle Leichen abgesucht hatten. Keiner der Toten trug einen Ausweis bei sich. Der Älteste hatte graue Haare und einen Bauchansatz. Mick ging davon aus, dass das der Sergeant sein musste. Neben ihm auf dem Boden lag ein .45er Colt. In der Tasche hatte er zwei Handys.

»Ich brauch ein Stück von seinem Hemd«, sagte Mick.

Raymond zog ein Messer aus dem Stiefel und schnitt eine Stoffecke ab. Damit hob Mick die Pistole hoch. Er steckte sie in die Seitentasche seiner Cargohose und untersuchte die Handys. Eins schien für den normalen Gebrauch bestimmt zu sein. Auf dem anderen gab es nur Anrufe von einer einzigen Nummer. Mick rief diese Nummer an. Nach dreimaligem Klingeln antwortete eine kurz angebundene Männerstimme.

»Russo?«

»Nein«, sagte Mick. »Russo ist tot. Alle sind tot.«

»Wer ist da, verdammt noch mal?«

»Das hier ist eine Warnung. Ihr müsst eine Putzmannschaft herschicken, bevor die Polizei da ist.«

»Gib mir sofort Russo.«

»Sperr die Lauscher auf, du Hornochse. Russo ist tot. Die restlichen Männer auch. Zu nichts mehr zu gebrauchen. Was meinst du, woher ich das Handy hab? Die Scheiße steht uns bis zum Hals. Wir brauchen einen Chopper für die Leichen.«

Der Mann am anderen Ende der Leitung schwieg. Mick hörte ihn laut atmen.

»Muss ich noch deutlicher werden?«, sagte Mick. »Wir haben hier eine Höhle, die voll mit verbotenem Giftmüll ist. Das bedeutet FBI. Und alle Spuren führen geradewegs zu Blacksword.«

Mick drückte ihn weg.

»Ich brauche noch ein Stück Stoff«, sagte er zu Raymond. »Gib mir eins mit Blutflecken und DNA drauf.«

Mick zog dem Mann das Ringdosimeter vom Finger. Raymond säbelte Streifen vom Hemd des Toten ab und reichte sie an Mick weiter, der das Handy damit abwischte. Er hielt das Handy, mit dem er eben telefoniert hatte, an einer Ecke und bog die Finger des Toten darum. Dann wickelte er es in das blutige Stück Stoff und steckte es in seine Tasche.

Das zweite Handy fing an zu klingeln. Mick ging dran.

»Ich bin's wieder«, sagte Mick. »Hast du schon jemanden losgeschickt? Noch eine Warnung kriegst du nicht. *Di di mau*.«

Er drückte ihn wieder weg und steckte das Handy ein. Raymond grinste.

»*Di di mau?*«, sagte er. »Das hab ich ewig nicht mehr gehört. Ist doch Vietnamesisch, oder?«

»Ich hab mir gedacht, ein bisschen Slang aus dem Vietnamkrieg bringt ihn auf die falsche Fährte.«

»Können wir uns jetzt verdammt noch mal endlich verpissen?«

Mick nickte, und sie machten sich auf den Weg zum Pick-up. Schaufel und Handschuhe warf Mick auf die Ladefläche, den Koffer befestigte er mit Expandern hinten an der niedrigen Rückwand. Er fuhr den Berg hinab zur asphaltierten Straße und bog nach ein paar Meilen in eine schmale Seitenstraße, über der die Alleebäume ein Dach bildeten. Raymond ließ den Blick unaufhörlich nach rechts und links schweifen, Waffe immer noch im Anschlag. Für ihn war der Einsatz noch nicht vorbei. Nach wenigen Meilen endete die Straße am Ufer des Sand Plank Pay Lake. Sie warfen Waffen und Ammo in den See, die Schaufel hinterher. Nachdem sie die Handschuhe mit Steinen gefüllt hatten, warfen sie die auch noch hinein.

Mick fuhr durch das County zurück zum Grundstück der Kissicks. Keiner von beiden sagte etwas. Mick hielt ein Stück entfernt an der Straße, damit Shifty nicht aufwachte.

»Meinst du, das fällt auf uns zurück?«, fragte Raymond.

»Ich wette, Blacksword wird die ganze Schweinerei beseitigen. Sie haben mehr zu verlieren als wir.«

»Aber dass der ganze radioaktive Mist da oben bleiben soll, gefällt mir gar nicht.«

»Dafür habe ich einen Plan.«

Sie sahen einander schweigend an. Mick spürte, dass Raymond überlegte, ob er nach Einzelheiten fragen sollte, aber er verbot es sich mit einem Kopfschütteln.

»Na schön«, sagte Raymond. »Hauptsache, du hältst mich raus aus der Sache.«

»Kannst du mir einen Gefallen tun?«, sagte Mick. »Ich brauche eine Dusche und saubere Klamotten.«

»Kannst du das nicht zu Hause erledigen?«

»Lieber nicht. Ich wohne bei meiner Schwester. Oh, Mist, die Wahlen.«

Mick stellte sein Handy an und schaute nach, ob er Nachrichten hatte – drei von Linda und eine von Johnny Boy: Linda hatte die Wahl gewonnen. Sie würde die nächsten vier Jahre lang Sheriff bleiben. Raymond stieg aus.

»Na komm«, sagte er. »Aber verbrauch nicht das ganze heiße Wasser.«

Mick zog sich auf der Veranda aus. Raymond zeigte ihm das Bad, und Mick duschte schnell. Sein Rumpf war vom Hochkriechen durchs Unterholz zerkratzt und voller Mückenstiche. Er wusch sich das Haar und rubbelte sich trocken. Auf dem Boden lag ein Stapel alter Kleidungsstücke. Er fand etwas, das einigermaßen passte, und gesellte sich im schwach beleuchteten Wohnzimmer zu Raymond.

»Das Hemd von Mason«, sagte Raymond, »und die Hose von Barney. Einen Gürtel habe ich leider nicht gefunden. Deine Kleider und Stiefel kann ich vernichten. Warte, du brauchst noch Schuhe.«

Raymond verschwand im Flur und kam mit je einem Paar Cowboystiefel, Ausgehschuhen und Converse Sneakers zurück. Mick löste die Schnürsenkel der Converse und schlüpfte hinein, weil er wusste, dass sie sich noch ein wenig weiten würden.

»Alles in Ordnung bei dir?«, fragte er.

»Nein«, antwortete Raymond. »Und bei dir?«

»Hab schon Schlimmeres erlebt.«

»Ich auch. Aber das waren Amerikaner.«

»Das waren deine Brüder auch.«

Schweigend sahen sie einander an. Es gab nichts mehr zu sagen. Diese Sache würde sie für immer aneinanderketten, und sie wollten beide nur weg vom anderen. Mick strich sein feuchtes Haar über den Ohren glatt.

»Sehr vorzeigbar«, sagte Raymond. »Hast du noch ein Date?«

»Nein, natürlich nicht.«

»Kauf ich dir nicht ab. Ist es Sandra? Dann sag ihr einen schönen Gruß von Ray-Ray.«

»Ich sage kein Wort über dich. Es ist am besten, wenn wir zwei uns nie wiedersehen.«

»Verdammt richtig.«

Raymond streckte ihm die Hand hin.

»Gar nicht schlecht für Army«, sagte Raymond.

Mick schüttelte ihm die Hand und ging. Er holte den Koffer in die Fahrerkabine und fuhr dann in den Ort. Die Straßen waren wie ausgestorben, alle Ampeln blinkten rot, und ihm wurde klar, wie einfach es gewesen war, einen Toten in der schlafenden Stadt abzuladen. Vor Sandras Haus hielt er an. Das Licht auf der Veranda leuchtete gelb. Hinter den Fenstern zur Straße war das Flackern eines laufenden Fernsehers zu sehen. Als Mick nach dem Knauf an der Gartentür griff, zögerte er und fragte sich, ob das nicht kompletter Unfug war, was er da gerade machte. Er war Peggy während ihrer gesamten Ehe treu geblieben. Jetzt fragte er sich, ob er überhaupt noch einsatztauglich war. Eine einzige Frau in achtzehn Jahren. Vielleicht war mehr für ihn nicht drin.

Er durchschritt den Garten mit dem ganzen Selbstvertrauen, das er aufzubringen vermochte, und klopfte leicht an die Tür, in der Hoffnung, dass Sandra nicht aufmachen würde. Zwanzig Sekunden später öffnete sie.

»Ich habe deinen Pick-up gehört«, sagte sie. »Komm rein.«

Er nickte und trat über die Schwelle.

KAPITEL 24

Normalerweise war Mick schnell wach, aber an diesem Morgen kehrte er ganz allmählich zurück in die Welt. Wo er genau war, wusste er nicht, nur, dass er in einem äußerst bequemen Bett lag. Er fühlte sich so entspannt wie seit vielen Monaten nicht mehr. Auf dem Nachttisch lag ein Brief von Sandra – sie sei unterwegs bei Besorgungen, Mick könne sich in der Küche zu essen holen, was er wolle, sie hoffe, ihn bald einmal wiederzusehen. Er stand auf, zog sich an und ging.

Zu Hause bei seiner Schwester zog er sich um und verbrannte die von Raymond geliehenen Kleider im Garten im Feuerring. Dann rief er bei der Außenstelle des FBI in Louisville an und verlangte nach Special Agent Wilson. Die Vermittlungsstelle ließ ihn eine Viertelstunde in der Warteschleife schmoren. Wilsons Bekanntschaft hatte er im Vorjahr gemacht, als der FBI-Agent Linda bei ihrem ersten Mordfall als Unterstützung zugeteilt worden war. Mit seiner hochnäsigen Verwöhnte-Jungen-Art hatte er sich bei Linda, Johnny Boy und Mick nicht gerade beliebt gemacht. Als er dann den Falschen eingesperrt hatte, war die Stimmung dauerhaft in den Keller gerutscht.

Als Wilson endlich ans Telefon ging, war seiner Stimme die gewohnte Dienstbeflissenheit, Herablassung und eine neue Weltverdrossenheit anzuhören. Mick fragte sich, ob er die nur vortäuschte, weil er das von den erfahrenen Kollegen so gelernt hatte.

»Special Agent Wilson hier«, sagte er.

»Wollen Sie nicht zurück nach Washington, D.C.?«

»Mit wem spreche ich?«

»Mit dem Mann, der Ihre Karriere auf Touren bringen wird.«

»Nennen Sie Ihren Namen.«

»Mick Hardin. Legen Sie nicht auf.«

»Ich schulde Ihnen noch einen Haken in die Magengrube.«

Mick klärte ihn so knapp wie möglich über den verstrahlten Giftmüll, die Laster aus einem anderen Bundesstaat und die Firma Blacksword auf. Er diktierte Wilson die Wegbeschreibung zum Pilzstollen und betonte die Notwendigkeit von Chemikalienschutzanzügen und Geigerzählern. Die Schießerei ließ er aus.

»Ist die Sache abgeklopft?«, fragte Wilson. »Ich kann keine FBI-Ressourcen auf sinnlose Unternehmungen verschwenden.«

»Melden Sie sich bei meiner Schwester, wenn Sie hier vor Ort eintreffen. Sie kann Ihnen weitere Details nennen und potenzielle Beweisstücke übergeben.«

»Wie zum Beispiel?«

»Mobiltelefone, eine Waffe, DNA und ein Ringdosimeter von der Lagerstätte. Und ein paar Namen.«

»Wenn Sie mich auf den Arm nehmen, lasse ich Sie verhaften.«

»Ich muss los. Mein Flieger zurück zum Stützpunkt wartet.«

»Hauptsache, wir sehen uns nie mehr wieder.«

Es klickte in der Leitung, Wilson hatte aufgelegt.

Mick ging nach drinnen und kochte noch einen Kaffee. Er schenkte sich gerade eine Tasse ein, als seine Schwester nach Hause kam.

»Herzlichen Glückwunsch, Sheriff«, sagte Mick.

»Ja, ja, danke. Ich habe jetzt schon sonst was an der Backe. Ich habe nicht genug Leute, und Johnny Boy musste nach Sharkey. Da hat sich ein Mann gemeldet, bei ihnen gäbe es ein Wildschwein, das würde seine Rinder umbringen.«

»Ich glaube nicht, dass Wildschweine so was machen.«

»Ich auch nicht, aber irgendwas hat die verdammten Kühe umgebracht. Er hat mir drei Fotos geschickt, die er mit dem Handy aufgenommen hat. Ich musste Johnny Boy wirklich beknien hinzufahren. Er hat Angst, dass es Ufos sind, die für das Kuhgemetzel sorgen.«

»Ich tippe auf Kojoten«, sagte Mick. »Oder ein Rudel streunender Hunde.«

»Das weiß ich selbst. Aber er hat fliegende Untertassen auf den Augen.«

»War er immer schon so?«

»Ja, wahrscheinlich schon. Er trinkt nicht, und Drogen nimmt er auch nicht. Abgesehen davon, dass er Angst vor Gespenstern hat, ist er ziemlich stabil.«

Mick nickte. Ein Kolibri inspizierte eine Kaiserwinde ohne Blüten und flog weiter.

»Irgendwas war doch los bei dir, Mick. Ständig viel unterwegs, und letzte Nacht warst du gar nicht zu Hause.«

»Letzte Nacht geht dich gar nichts an. Erstens. Und zweitens war es privat.«

»Peggy?«

»Nein, die lebt immer noch bei dem anderen.«

»Manche Leute raufen sich ja in letzter Minute doch wieder zusammen.«

»Wir nicht«, antwortete Mick. »Wir sind Geschichte.«

»Aber irgendjemanden gibt es da doch, oder?«

»Streng vertraulich, Schwesterchen.«

»Ich bin froh, dass du mal eine ordentliche Nummer geschoben hast. Könnte ich auch gut gebrauchen.«

»Äh ...«

Linda grinste, weil sie sich darüber amüsierte, wie peinlich ihm das war. Ihr Handy klingelte, und sie ging ran. Mick machte Sandwiches für sie beide, während Linda telefonierte und sich dabei Notizen machte. Linda legte auf, und sie aßen am alten Küchentisch ihrer Mutter – verblichenes Resopal mit einem Metallband außen um die Tischkante.

»Das war das Veterinäramt«, sagte sie. »Ufos haben sie schon mal ausgeschlossen.«

»Da bin ich ja beruhigt.«

»Wie geht's deinem Bein?«, fragte sie.

»Völlig verheilt. Die Kraft ist wieder da.«

»Du hast mir gar nicht erzählt, was damals eigentlich passiert ist.«

»Ich und ein Kollege waren auf der Suche nach einem Mann. Er hatte seine Freundin ermordet, dann ist er einfach verschwunden. Wir haben ein ganzes Dorf durchsucht, aber da war er nicht. Auf dem Weg zurück zum Jeep wurden wir in die Luft gejagt. Mein Kollege ist dabei gestorben. Das Schrecklichste war: Ich habe gesehen, wer es getan hat. Ein Kind. Vielleicht zehn oder elf Jahre alt. Er hatte ein Handy in der Hand und sah mich direkt an. Er hat mir ins Gesicht gelächelt. Und dann *Bumm*.«

Sie fasste nach seiner Hand und drückte sie kurz.

»Das tut mir wirklich leid, großer Bruder.«

Mick konnte sich nicht mehr erinnern, wann seine Schwester ihn das letzte Mal berührt hatte. Vielleicht eine Umarmung, als ihre Mutter gestorben war. Sie zog die Hand zurück.

»Vom Amt für Alkohol, Tabak, Schusswaffen und Sprengstoffe hat sich jemand bei mir gemeldet, der Brandstiftungen untersucht«, sagte sie. »Diese Woche kommt er her.«

Mick nickte. Er ging in sein Zimmer, um die Handys, den .45er Revolver und das Ringdosimeter zu holen, und legte sie auf den Küchentisch.

»Das hier stammt von den Männern, die das Feuer gelegt haben. Marquis hat eine Kugel aus Fuckin' Barney rausgeholt. Die lagert bei der Polizei. Ich gehe davon aus, dass die Kugel zu dieser Waffe passt.«

»Wo hast du die Sachen her?«

»Die gehörten alle einem Russo, Vorname unbekannt, Ex-Militär, Rang eines Sergeants. Du kannst seine Identität anhand der

Fingerabdrücke am Handy feststellen lassen. Für den Fall, dass alle Datensätze über ihn vernichtet sind, hast du das Blut in dem Stück Stoff da. Das enthält seine DNA.«

»Wie, vernichtet?«, fragte sie.

»Er war möglicherweise Mitglied bei Schwarzen Operationen. Über die Spezialeinsatzkräfte von verdeckten Operationen gibt es keine offiziellen Aufzeichnungen.«

»Du musst mir sofort erklären, was hier vor sich geht.«

»Es geht um die Kissick-Jungs und radioaktiven Müll. Die Einzelheiten kenne ich nicht.«

»Von wegen, das ist doch Schwachsinn. Was für radioaktiver Müll? Wo?«

»Die Handys stammen auch von Russo. Auf einem gibt es eine ganze Reihe von Anrufen bei Blacksword Security. Mit dem anderen wurde Buckner Entsorgung und ein Mr. Knox angerufen.«

»Knox?«, sagte sie. »Du meinst Murvil Knox?«

»Möglicherweise hat er Fuckin' Barney die Heroinbeutel untergeschoben, die bei ihm gefunden wurden.«

»Das wird ja immer schöner.«

»Jetzt kommt das Allerschönste«, sagte er. »Demnächst steht hier Wilson auf der Matte, der FBI-Heini.«

»Warum?«

»Ich habe ihn angerufen.«

Linda sprang auf und lief im Kreis, einem sehr engen Kreis. Mick sah, dass sie jeden Moment explodieren konnte, und machte sich auf das Schlimmste gefasst. Er war froh, dass sie leere Hände hatte. Sie hatte schon mal einen Kugelhammer durch eine Autoscheibe geschleudert.

»Verdammte Scheiße!«, sagte sie.

»Das ist meine Schwester.«

»Im Augenblick bin ich nicht deine Schwester, sondern der Sheriff, Herrgott noch mal!«

»Und ich will dir nur helfen«, sagte er.

»Indem du mir dieses FBI-Arschloch auf den Hals hetzt?«

»Das wird dir eine Menge Respekt beim FBI und dem Amt für Alkohol, Sprengstoff und Co. verschaffen. Alle nötigen Beweismittel liegen hier vor dir auf dem Tisch.«

»Wann reist du ab?«

»Bald.«

»Nicht bald genug.«

Linda nahm die Beweismaterialien an sich und verließ das Haus. Mick wusch das Geschirr, räumte sein Zimmer auf und steckte die Bettwäsche in die Waschmaschine. Darüber stand auf einem Regal eine Schachtel mit Müllsäcken. Er steckte den blauen Koffer in einen der übergroßen, schwarzen Säcke. Wenige Blocks entfernt gab es eine Enterprise-Autovermietung. Die Converse waren überraschend bequem, als er die Lyons Avenue mit einem Rollköfferchen und der Mülltüte in der Hand hinunterging. Er winkte Mr. Boyle zu, der die Straße von seiner winzigen Veranda aus im Auge behielt.

Eine halbe Stunde später war Mick in einem grauen SUV auf dem Weg zur Interstate. In Lexington fuhr er auf die I-75, auf der man fünf Stunden bis nach Detroit brauchte. In der Nähe der Stadtgrenze fand er ein günstiges Hotel und bezog ein in Blau und Silber eingerichtetes Zimmer. Er buchte einen Flug nach Frankfurt für den nächsten Abend. Mit einem Mal war er todmüde, zog sich aus und schlief zwölf Stunden durch.

Als er ans Frühstücksbüffet kam, hatte es eine Bauarbeitermannschaft schon größtenteils geplündert, nur das Obst war übrig. Mick aß eine Banane und trank zwei Tassen Kaffee. Als er zurück aufs Zimmer ging, stellte er den blauen Koffer in die Badewanne und brauste die Tonerde ab. Er trocknete ihn und bearbeitete die Schlösser und Scharniere mit dem an der Wand angebrachten, hoteleigenen Fön. Sie öffneten sich problemlos. Im Koffer lagen vier große Blöcke Heroin, die in durchsichtige Plastikfolie verpackt und an den Rändern sorgfältig abgeklebt waren.

Er wählte die Detroiter Nummer, die Shifty ihm gegeben hatte. Er landete auf einer Mailbox, was ihn nicht überraschte, immerhin kannte derjenige ja seine Nummer nicht.

»Ich repräsentiere Barney Kissick aus Kentucky«, sprach er aufs Band. »Sagen Sie Charley Flowers, ich muss mit ihm reden.«

Er beendete den Anruf, blickte aus dem Fenster und fragte sich, wie lang er wohl warten musste. Der ganze Parkplatz war leer, abgesehen von seinem Mietwagen und einem Handwerkertransporter, dessen Tür die Aufschrift »Bea Day Plumbing« trug. In seinem Zimmer lagen ein paar Broschüren für touristische Angebote – Musik, Barbecue, Kunstgalerien. Eine andere Broschüre stammte vom Henry-Ford-Museum: Zu seinen Attraktionen zählte Thomas Edisons letzter Atemzug, versiegelt in einem Röhrchen, und ein Oscar-Mayer-Wienermobil.

Fünfzehn Minuten später klingelte das Telefon, und Mick ging augenblicklich dran.

»Wer ist da?«, fragte der Anrufer.

»Mrs. Kissick hat mir diese Nummer gegeben. Ich bin mit ihr befreundet.«

»Was willst du?«

»Charley Flowers.«

»Ist nicht da.«

»Dann richte ihm was aus.«

Mick wartete. Dreißig Sekunden, dann sprach der Mann am anderen Ende weiter.

»Was soll ich ausrichten?«

»Sag Mr. Flowers, wenn er nicht da ist, dann ist das, was ihm gehört, auch nicht da.«

Mick legte auf, bevor der Mann etwas sagen konnte. Zwei Minuten später klingelte sein Handy wieder. Mick ging dran.

»Mr. Flowers?«, sagte er.

»Nein. Ich –«

Mick drückte ihn weg, bevor der Mann noch etwas sagen

konnte. Er fragte sich, wie lang sie dieses Spielchen spielen würden. Mick hatte Zeit, noch sieben Stunden, bis sein Flug ging. Auf dem Parkplatz holte eine Frau einen großen Standhahnschlüssel aus dem Transporter. Das Telefon klingelte.

»Mr. Flowers?«, sagte Mick.

»Ja«, sagte eine harte Männerstimme.

»Ich habe etwas, das Ihnen gehört. Sie haben es Barney Kissick gegeben. Er ist tot. Ich bin bereit, Ihnen Ihr Hab und Gut zurückzugeben. Tauschgeschäft.«

Er wartete wieder, diesmal noch länger. Charley Flowers besaß mehr Disziplin als seine Untergebenen. Aber Mick wusste, dass er fragen würde.

»Im Tausch gegen was?«, fragte Flowers.

»Dass Sie Mrs. Kissick in Ruhe lassen.«

»Mehr wollen Sie nicht?«

»Korrekt, Sir, das ist alles.«

»Was verheimlichen Sie?«

»Nichts«, entgegnete Mick. »Ich bin ein Freund der Familie.«

»Falls ich ja sage. Betonung auf *falls*. Wann erhalte ich mein Eigentum?«

»Ich bin schon in Detroit.«

»Heute Abend einundzwanzig Uhr.«

»Dann bin ich wieder weg. Mein Zeitplan ist eng getaktet.«

»Was sind Sie, Politiker?«

»Nein, Sir. Ich muss mein Flugzeug kriegen.«

»Zurück nach Kentucky?«

»Ich schlage vor, wir treffen uns am Flughafen Detroit auf dem Kurzzeit-Parkplatz. Da sind immer genug Menschen.«

»Davon gibt es zwei. Nord und Süd.«

»Entscheiden Sie, Mr. Flowers.«

»Nord. Um fünfzehn Uhr.«

»Einverstanden.«

»Woran soll mein Mann Sie erkennen?«, fragte Flowers.

»Er soll eine Nachricht an diese Handynummer schicken, wenn er auf dem Parkplatz ist. Ich gebe ihm Lichthupe.«

»Wenn Sie mich verarschen, sind Sie tot.«

»Tu ich nicht, Mr. Flowers. Ich will nicht, dass Mrs. Kissick etwas zustößt.«

Flowers legte auf, und Mick steckte sein Handy ein. Er ging zum Empfang, fragte nach dem nächstgelegenen Restaurant und wurde enthusiastisch über eine auf Hähnchen und Waffeln spezialisierte Kette nebenan verwiesen. Als er gegessen hatte, ging er zurück auf sein Zimmer und ruhte sich ein paar Stunden lang aus. Er steckte die Heroinpakete in die Mülltüte und belud sein Auto. Er fuhr langsamer als das Tempolimit, immer schön um die Schlaglöcher herum, in denen zum Teil abgebrochene Autoteile aus Kunststoff lagen. Er kam an unkrautüberwucherten Brachflächen vorbei, am Straßenrand aufgereihten Hipsterläden, einem ganzen Stadtteil leer stehender Gebäude, daneben schicke Neubauten mit Eigentumswohnungen. An einer Baustelle warf er den leeren blauen Koffer in eine Schuttmulde.

Er fuhr auf der Middlebelt bis zur Goddard Road, dann bog er in die Service Road. Er war eine Stunde zu früh. Der Parkplatz war kleiner als erwartet, kreisförmig angelegt, und besaß nur eine Zu- und Ausfahrt. Alle Wagen entstammten amerikanischer Produktion, meistens von Detroiter Autoherstellern. Mick fand eine leere Parkbucht in Ausfahrtnähe und parkte rückwärts ein. Neben ihm befanden sich zwei leere Stellplätze, dann kam ein Mittelklassewagen. Nirgendwo saß jemand am Steuer, was er für einen Kurzzeit-Parkplatz ungewöhnlich fand. Mick fragte sich, ob er in eine Falle getappt war. Er ließ den Motor laufen und legte den Gang ein, falls er die Mission abbrechen musste. Nebenan kletterte ein halb nackter Mann aus dem Rücksitz nach vorn. Wenige Sekunden später stieg am selben Auto hinten eine Frau aus und setzte sich auf den Beifahrersitz. Sie sah in den Spiegel an der Sonnenblende und trug Lippenstift auf. Der Mann grinste, als sie losfuhren.

Mick hielt die Beretta in der Hand und beobachtete die Einfahrt. Der Müllsack stand auf dem Beifahrersitz. Ein Minivan rollte auf den Platz, drei Kraftfahrzeuge fuhren weg. Um fünf vor drei kam ein Cadillac, neues Modell, langsam herein, umrundete den Parkplatz einmal, genau wie Mick, und fuhr dann rückwärts in eine Parklücke direkt gegenüber. Der Fahrer trug eine Lions-Kappe schräg auf dem Kopf. Der Beifahrer tippte eine Nummer auf seinem Handy ein. Als er fertig war, blickte er auf. Mick erkannte ihn sofort: Vernon Armstrong. Charley Flowers hatte ihn und einen anderen im Vorjahr in die Berge geschickt, um Mick einen Schrecken einzujagen, was allerdings gründlich in die Hose gegangen war. Mick war erstaunt, dass es Vernon noch gab, auch wenn er von den beiden unterbelichteten Gestalten der Schlauere gewesen war.

Mit einem Summen erschien eine Nachricht auf Micks Handy: *Wir hier wo bis du.*

Mick schrieb zurück: *Direkt vor eurer Nase.*

Als Vernon das las, blickte er zur Windschutzscheibe nach draußen.

Mick gab Lichthupe und schrieb: *Ich hab den Stoff. Hol ihn dir.*

Die Cadillactür ging auf. Misstrauisch ging Vernon über die geteerte Fläche und blieb in der Mitte stehen. Mick ließ sein Fenster hinunter und streckte den Kopf nach draußen.

»Hey, Vernon, kennst du mich noch?«

»Fuck!«, sagte Vernon. »Nicht der schon wieder.«

»Wie geht's deinem Kumpel? Freddie, richtig?«

»Er ist tot.«

»Hab mir schon gedacht, dass er es nicht lang macht in eurem Business.«

»Nein, es war ganz anders. Er hatte einen Schlaganfall.«

»Dabei war er noch so jung.«

»Ja, das glaubt einem kein Mensch. Aber ich war dabei. Ist elendig verreckt. Wir standen in der Schlange, um uns einen Hotdog zu holen. Ich musste den Krankenwagen rufen und dann die Biege machen.«

»Dann hat Charley dich wahrscheinlich befördert.«

»So ist es, ich hab jetzt mehr Verantwortung. Und du gibst uns den Stoff also wirklich zurück?«

Mick nickte. Er lehnte sich über den Beifahrersitz, öffnete die Tür und stieß den Müllsack aufs Pflaster. Der Cadillacfahrer hielt eine auf dem Seitenspiegel abgestützte Pistole auf Mick gerichtet. Vernon machte einen Schritt auf die Mülltüte zu.

»Nicht so schnell«, sagte Mick. »Sag deinem Kumpel erst, er soll die Knarre wegstecken.«

Vernon drehte sich um und machte eine Handbewegung. Der Fahrer zog die Hand zurück ins Auto.

»Kann der echt so schießen?«, fragte Mick.

»Ja, Mann. Er ist Linkshänder. Das macht die Leute total fertig, wenn er angerollt kommt und dabei schießt. Der beste Schütze, den ich kenne.«

»Das glaube ich dir gern. Ich fahre jetzt los. Keine Angst, der Stoff ist in der Tüte. Sag deinem Kumpel, er soll keinen Blödsinn machen.«

»Dem hat keiner was zu sagen.«

»Ich schon.«

Vernon ließ sich das ein paar Sekunden durch den Kopf gehen, dann trat er auf der Fahrerseite an den Cadillac und sagte etwas. Er kam zurück zum Müllsack, sah hinein, blickte Mick an und machte eine Geste Richtung Ausfahrt. Mick fuhr langsam an, drehte das Lenkrad, dann hielt er noch einmal.

»Eine Frage noch«, sagte er.

»Was?«

»Die Straßen hier bei euch in Detroit. Warum sind die so schlecht?«

»Der Winter ist lang, es gibt viel Verkehr.«

»Ah. Bis später, Vernon.«

»Bitte nicht!«

Die Abgabestelle für Enterprise-Wagen war eine halbe Meile entfernt. Mick fuhr daran vorbei zu Hertz und wartete, nur für den Fall, dass Vernon ihm folgte. Als er sich vergewissert hatte, dass er unbeobachtet war, fuhr Mick zurück zu Enterprise und stellte seinen Wagen dort auf den Parkplatz. Am Schalter gab er den Schlüssel ab und nahm den Shuttlebus zu Terminal A. Er wischte alle Fingerabdrücke von der Beretta, ließ sie in einen Mülleimer fallen und das Magazin in einen anderen. Von dort nahm er die Tram zum Internationalen Terminal. Sollte jemand die Pistole entdecken, würden sie zuerst im falschen Terminal suchen.

Er schrieb Raymond eine Nachricht: *Erledigt. Deine Mom ist in Sicherheit.*

Eine Minute später schrieb Raymond zurück: *Danke.*

Mick löschte die Konversation, eine Vorsichtsmaßnahme, falls er festgehalten wurde. Vorsichtig zu sein hieß, wie ein Krimineller zu denken, etwas, das er ausgezeichnet konnte. Es hatte seine Laufbahn befördert, aber manchmal fragte er sich doch, ob er nicht zu sehr in diese Richtung abdriftete. Mick hatte viertausend Dollar für ein Last-Minute-Ticket in der First Class bezahlt und stellte sich in die Schlange, um die Formalitäten der internationalen Sicherheitsprozeduren über sich ergehen zu lassen. Mit seinem Militärausweis hätte er nicht Schlange zu stehen brauchen, aber unter dem Sicherheitspersonal gab es viele Veteranen, und die meisten Veteranen mochten den CID nicht. Aktive Soldaten auch nicht. Im Grunde mochte keiner die Strafverfolgungsbehörde, und er selbst dachte mittlerweile ähnlich. Er war das geworden, was er verachtete: ein Mörder aus Rache.

Im Flieger starrte er aus dem ovalen Fenster und versuchte, seine Gedanken zu ordnen. Er hatte dem illegalen Abladen von Giftmüll Einhalt geboten. Er hatte sein Bein wieder auf Vordermann gebracht, hatte Wahlplakate für seine Schwester aufgestellt und herausgefunden, wer die Kissick-Brüder ermordet hatte. Er hatte Peggy mit der Scheidung glücklich gemacht. Er hatte Shifty von der Bedrohung durch Charley Flowers befreit und Jaybird geholfen, aus der Bredouille beim Dollar General herauszukommen. Im Vergleich zum vielen Blutvergießen, das er hinter sich ließ, war diese Liste zu kurz. Zwölf Menschen tot, und hier saß er und brüstete sich mit seinen kleinen Erfolgen. Er fragte sich, wie oft Menschen sich wohl davon zu überzeugen versuchten, dass Mord im Dienst für das Allgemeinwohl akzeptabel war. Er wusste es besser. Das Allgemeinwohl gab es nicht, nur als Ausrede.

Mick schnallte sich an und tat so, als würde er schlafen, bis das Flugzeug in der Luft war. Die Anspannung wich aus seinen Gliedern. Jedes Mal fühlte er sich umgehend besser, wenn er den einen Ort verließ und unterwegs war zum nächsten. In fremden Ländern, wo es völlig normal war, ein Außenseiter zu sein, fühlte er sich wohl. Davon abgesehen ging es ihm im Flugzeug am besten, oder allein im Wald.

DANKSAGUNGEN

Der Autor dankt den folgenden Personen für ihre Unterstützung beim Schreiben dieses Buchs: Kathi Whitley, Jonathan Lethem, Randy Ryan und Melissa Ginsburg.

DANKSAGUNGEN DER ÜBERSETZERIN

Die Übersetzerin dankt Jan Schönherr für den Kontakt zum Experten Gregor Weber – Danke für Ihre fachkundige, freundliche, äußerst wertvolle Hilfe! Mein Dank gilt auch dem Zürcher Übersetzer:innenstammtisch, besonders Ulrich Blumenbach, Ruth Gantert und Charles Lewinsky für die kollegiale Unterstützung beim Witzeerfinden.